山廬後山にて　昭和32年２月（角川源義撮影）

目次

山廬集 …………………………… 7

霊芝 ……………………………… 179

山響集 …………………………… 275

白嶽 ……………………………… 355

心像 ……………………………… 423

春蘭 ……………………………… 469

雪峡　　　　　　　　　　　　　557

家郷の霧　　　　　　　　　　611

椿花集　　　　　　　　　　　677

解説　　井上康明　　　　　721

略年譜　　　　　　　　　　　749

季題索引　　　　　　　　　　758

［凡例］

・本書の底本には、『飯田蛇笏集成』第一巻〜第三巻（俳句Ⅰ〜Ⅲ、一九九四年〜一九九五年、角川書店刊）を用いた。

・本書に収めた作品には、今日の人権擁護の見地に照らして、不当・不適切と思われる表現があるが、著者が故人であることと作品の時代背景を鑑み、原則として底本のまま収録した。

山廬集
さんろ しゅう

序

なにが世のなかで最も地味な為事かといって、俳句文芸にたずさわるほどな地味なものは外にあるまいと思う。芭蕉の生活をながめてみても、彼が自家の集を生きようのうち一つさえ出版していなかったということを思うても、実にうちしずんだ極端なものである。しかしながら、そのおもてにあらわれたところは其麼果敢なげな深沈たるものであったに違いないにしても、彼の心のゆたかさに想い及ぼすとなると、必ずしも外面に打ち見られるようなものではなかったと思う。私は、少年の頃からそれを古金襴を見るような気持でながめて来た。いつしか、自分の生活がその古金襴のくすんだ微光を追うて、俳句生活に入っていることが自覚された。

つもりにつもった自分の作句を一巻にして上梓しようとするに至っていることを見ても、最早争うべからざる事実である。

芭蕉などの時代からみると、我々が現代に生をうけて、俳句の生活に入っていることが、可成り幸福を感じさせられることは瞭らかである。けれども、恁うした句集出版等について、いくぶん幸福を感ずるとはいうものの、為事そのものに就て思う時、一生に果してどれだけのものがのこされてゆくか、おそらく多量のものではないことも瞭らかである。その点、いずれの文芸作でも然うに違いないのだが量より質であるべき殊に此の為事の果敢なげなことに於て、いつの時代でも変りがあるべきではないことを痛感する。

この句集は、素より俳句生活に於ける私としての赤裸々なすがたである。というのは、私の幼時から、昭和六年の終りに至るまで、三十有余ヶ年にわたって、さまざまなものへ発表した制作に、さらに自選をほどこして出来上ったものであるからである。いま、其等の記憶にとどまるものをあげてみると、

「雲母」。「創作」。「ホトトギス」。「小南――横浜」。「俳諧雑誌」。「詩歌時代」。「みつやま」。「芋蔓」。「朝虹」。「海月――伊予」。「北――小樽」。「芭蕉」。「青年日本」。「つくばね」。「穂蓼」。「光緑」。「うしほ――台湾」。「はざくら――伊予」。「俳壇文芸」。「吹雪――鳥取」。「朝雲――朝鮮」。「寒菊」。「藁筆」。「枯野」。「土城――朝鮮」。「青壺――朝鮮」。「東京朝日」。「大連新聞」。「哈爾賓新聞」。「国民新聞」。「山梨日々新聞」。「山梨毎日新聞」。「峡中日報」。「山梨評論」等、その主なるもので、自分が選句に当って関係の深かったものは深かったものだけ多く採ってある。勿論、尚逸するものもあろうとは思う。

昭和七年十一月十五日

峡中山廬に於て

蛇　笏

昭和六年――百二十三句――

新年

新年　船のりの起臥に年立つ故山かな
　　　へんぽんと年立つ酒旗や売女町
旧正月　街路樹に旧正月の鸚鵡籠
飾　一管の笛にもむすぶ飾かな
蓬莱　雲ふかく蓬莱かざる山廬かな
鍬始　初鍬や下司がもちたる大力
初湯　わらんべの溺るゝばかり初湯かな

春

早春　山坂や春さきがけの詣で人

春浅き山の貯水池舟泛ぶ

立春

大和路や春たつ山の雲かすみ

海に山に雲白妙の春たちぬ

春の宵

心斎橋寒々居即事

春宵の枕行燈灯を忘る

春の夜

三田尻駅頭に土地の俳人諸氏と別る

春の夜をはかなまねども旅の空

春昼

四ツ橋やどろ舟遅々とはるの昼

冱返る

冱えかへる山ふかき廬の閾かな

余寒

春さむく尼僧のたもつ齢かな

やまぐにの古城にあそぶ余寒かな

別府郊外果秋の墓に詣で、二句

春寒や墓濡れそぼつ傘のうち

春寒くなみだをかくす夫人かな

温泉げむりに別府は磯の余寒かな

東行庵霊廟開扉

燭光のこゝにはなやぐ余寒かな

きさらぎ

きさらぎの門標をうつこだまかな

如月の凭る手炉ぬくき旅泊かな

きさらぎの一夜をやどる老舗かな

啓蟄

墨石庵

啓蟄のいとし児ひとりよち〳〵と

朧

別かれんとかんばせよする朧かな

東風

夜をこめて東風波ひゞく枕かな

春の霜

春霜や東行庵の片びさし

霞

ふるき代の漁樵をおもふかすみかな

雪解

からたちの雪解ぐもりに佇つ婢かな

扇山むら雲すぐる雪解かな

雪解して大和山々日和かな

凍解　騒人や凍解ふみて山登り

春愁　春愁や派手いとへども枕房

春の燈　酒つげば緒口がつてんす春燈下

種浸し　月影に種井ひまなくながれけり

下萌　草萌や詣でゝ影す老の者

千鶴女小倉に我を迎ふ

春泥　春泥に影坊二つあとやさき

虎杖　いたどりの葉の斑ざしたる蛇籠かな

芹　芹汁や朱ヶ古りたれどめをと膳

竹の秋　渓流のをどる日南や竹の秋

楤の芽　猟弓《サツユミ》をたてかけにける芽楤かな

老鹿にひともと樹ちの芽楤かな

木の芽　朴芽だつ山おもてなる嵐かな

梅

ゆく雲に野梅は花のなごり哉

棕櫚の葉のかゝりて梅の若木かな

草庵や花うるみたる梅一樹

木瓜の花

をりもちて木瓜ちりつゞくみづ枝かな

桜

大谷山大徳坊

神山や風呂たく煙に遅ざくら

花

雨丈君の長逝を悼む

ちる花のあはたゞしさよ昨日今日

大谷山に遊びて

深山みち風たつ花の名残かな

夏

夜の秋

夜の秋や轡かけたる厩柱

入梅

なにがし自作になる二尺余りの陶壺を贈らるゝに

大陶壺さす花もなく梅雨入かな

筍黴雨

峡中山廬

雲ふかき筍《タケノコ》黴雨《ツユ》の後架かな

南風

大南風をくらつて尾根の鴉かな

日盛　峡とほく雲ぬく峰や日の盛り

夏の山　夏山や常山木《クサギ》の揚羽鴉ほど

夏山の葛風たゆる時のあり

端午　深草のゆかりの宿の端午かな

白雲山廬行事　二句

七夕　七夕のみな冷え〳〵と供物かな

梶の葉　梶の葉に二星へそなふ山女魚

草市　草市の人妻の頬に白きもの

暑気中　なつまけの足爪かゝる敷布かな

青簾　忌中なる花屋の青簾かゝりけり

雲水もともに仮泊や青すだれ

鮎　月さして燠のほこ〳〵と鮎を焼く

蟻　蟻いでゝ風薄暑なる杣の路

蠅　　蠅まふて小昼時なる出立ちかな

守宮　　河岸船の簾にいでし守宮かな

筍　　たかんなをさしかつぎしてつゆしげき

蓮の花　　風波をおくりて深き蓮の水

葉裏よりおちたる蜘蛛や蓮の水

秋

立秋　　立秋の廂みせたる杣家かな

秋たつや川瀬にまじる風の音

残暑　　口紅の玉虫いろに残暑かな

閼伽桶に秋暑の華のしづみけり

さかゆきのにほへるほどの残暑かな

月　　海浜仮泊

簾捲く月の渉たる磯家かな

宵闇　宵闇や竈火に遠き蔵びさし

秋の空　山なみに高嶺はゆがむ秋の空

杣の火にゆく雲絶えて秋の空

天の川　雲漢の初夜すぎにけり磧

露　くづれたる露におびえて葦の蜘蛛

案山子　山びこに耳かたむくるかゝしかな

囮　山田なる一つ家の子の囮かな

新絹　秋蚕糸干しさらさるゝ次第かな

秋の鵜　よろ〳〵と尉のつかへる秋鵜かな

鶺鴒　磐石をはしれる水の石たゝき

菊　菊のちり打つべくもなくかゝりけり

蘡薁　ゑびかつら露とむる葉の染まりけり

萩　折りとりて花みだれあふ野萩かな

冬

初冬　浪々のふるさとみちも初冬かな

寒さ　苫寒く星座の浸る汐かな

閨房の灯の寒む〲と暁けにけり

霜月　霜月や坐辺の厭きぬおもひごと

師走　極月やかたむけすつる桝のちり

極月の竈火みゆる巷かな

冬の日　常盤木の葉のてら〲と冬日かな

冬晴　冬晴や杭《ぜ》の禽を射ておとす

大阪行　八句

雪　こゝろえて緒口とる雪の宴《ウタゲ》かな

牧岡の神代はしらず雪曇り

雪ふかく足をとゞむる露井かな

神山や霽れ雲うつる雪げしき

詣路や木々の古実の雪まじり

古りまさる雪の籬とおぼえたり

小柴門出入のしげき深雪かな

魚駒楼即事

雪おちて屋をゆるがす天気かな

風花

風花や登山賽者の女夫づれ

冬の風

師走某日甲府錦町にて病院を出で来たれる男女の一団に逢ふ

北風やほとけの足のぶらぶら

火鉢

東行庵即事

松風にきゝ耳たつる火桶かな

焚火

燠のつよく夜を徹したる焚火かな

温石

温石の抱き古びてぞ光りける

冬耕　冬耕の牛を率《ヰ》てうつ小鞭かな

河豚汁　君の酌こは恐縮やふぐと鍋

ふぐ食ふてわかるゝ人の孤影かな

鰒鍋や酔はざる酒の一二行

寒念仏　ちりひぢの袖のふるびや寒念仏

寒鯉　寒鯉のあらはの鰭や古盥

草枯　枯くさのながるゝもあり深山川

枯蓮　枯蓮のつひながるゝよ小沼尻

枯葦　ほそ〴〵と枯葦揃ふ古沼哉

藪柑子　樹のうろの藪柑子にも実の一つ

枯木　見下して滝つぼ深き冬木かな

昭和五年――九十一句――

新年

雲間庚午の春を迎ふ

新年　年たつや旅笠かけて山の庵

正月　山国の年端月なる竈火かな

飾　はなやぎて煙れる注連や竈神

子の日遊　緑濃き子ノ日の小松打ち眺む

若葉　おとゝいに廬の古道や若菜つむ

歯朶　やまびとや採りもつ歯朶も一とたばね

春

愛妻てる子夫人を失へる楚江君に

春深し　春ふかきぬばたまの夜の枕もと

遂ひに不帰の客となり畢れる煙柳君を弔ふ

行く春　ゆく春のこゝろに拝む仏かな

春愁　春愁や浄机の花の凭れば濃き

煙柳忌　花紅く草みどりなり煙柳忌

野に山に白雲ゆくよ煙柳忌

椿　椿寺雲ふかぐ〳〵と魚板鳴る

いちじるく岨根の椿咲き初めぬ

陋巷の侏儒に咲ける椿かな

夏

涼しさ　紺青の夜涼の空や百貨店

法廷に月影さして夜涼かな

印籠にありて微涼の薬餌かな

風炉茶　風炉茶やきげんとはるゝ山長者

薬の日　薬猟や八百重の雲の山蔽ふ

汗疹　さばかゝる女難の顔のあせぼ哉
香水　香水や眼をほそうして古男
薬玉　五色縷のたれもたれたり肘枕
納涼　納涼やつまみてむさき君の櫛
水泳　遠泳やむかひ浪うつ二三段
競馬　負馬の眼のまじ〳〵と人を視る
扇　匂はしく女賊の扇古りにけり
豪華なる女犯《ニョボン》の扇なぶりけり
墓参　おはしたや墓参のむせぶ香煙り
食禄をすてし墓参のやからかな
盂蘭盆　宵盆や幽みてふかき月の水
山川に流れてはやき盆供かな

文月十一日筑紫なる吉武月二郎の長子我が命名の硯哉早逝すと報じ来るに転た心を曇らす

この秋は何葉にそへん盆供かな

紫蘇

草庵

紫蘇の葉や裏ふく風の朝夕べ

秋

秋

旅人や秋に後るゝ雲と水

初秋

秋ぐちのすはやとおもふ通り雨

夜寒

仏檀や夜寒の香のおとろふる

霜降

舞子駅に陶物師のわざを少時く面白しと見る

霜降の陶ものつくる翁かな

秋の日

飄として尊き秋日一つかな

旅人に秋日のつよし東大寺

野祠に秋日のほめくあたりかな

たちいでゝ身にしみぐ\と秋日かな

秋曇　滝上や大瀬のよどむ秋曇り

神戸に俳人と別れて帰途につく

野分　野分つよし何やら思ひのこすこと

露　庵の露木深く月の虧けてより

畠中や露干る笠の裏返し

琵琶湖畔紅葉屋仮泊

霧　湖霧も山霧も罩むはたごかな

霧さぶく屋上園の花に狆

一の谷

秋の水　小筧や敦盛塚の秋の水

八朔　この秋や百穀みのる田面節

後の雛　しほ〳〵と飾られにけり菊雛

鹿垣　鹿垣や青々濡るゝ蔦かづら

案山子　さるほどに弓矢すてたるかゝしかな

やがて又下雲通る案山子かな

添水

風雨やむ寺山うらの添水かな

夜食

月遠き近江の宿の夜食かな

落し水

月虧けて山風つよし落し水

夜学

うばたまの夜学の窓のあけし儘

山がつに雲水まじる夜学かな

解夏

解夏草をむすびてかたし観世縒

芭蕉忌

おきな忌や茶羽織ひもの十文字

鹿

老鹿の眼のたゞふくむ涙かな

岳々と角ふる鹿の影法師

秋の蠅

秋蠅や人丸庵の飯《イヒ》にとぶ

蜻蛉

いくもどりつばさそよがすあきつかな

皇虫

螽焼く燼のほこ〳〵と夕間暮

菊　菊さけば南蛮笑ふけしきかな

山薊　茅ほけて薊花濃し畦づたひ

秋茄子　平等院の裏町所見
秋茄子の葉と花を干す莚かな

葛　霧こめて日のさしそめし葛《カツラ》かな

葉鶏頭　葉鶏頭遅速もなくて日和かな

栗　栗枯れて隣る耕土の日影かな

薄　ほけし絮の又離るゝよ山すゝき
折りとりてはらりとおもき芒かな
苅籠に穂はちり〲のすゝきかな

冬

年の暮　昭和四年十二月二十日午前零時半溘焉として物故せる画伯岸田劉生氏を深悼す
行く年や冥土の花のうつる水

冬晴　山路見ゆ滝川ごしの冬日和

冬の風　冬風に誰が干しもの〻みだらなる

冬の霧　深山木の梢の禽や冬の霧

冬霧や漁人の笠の古るびやう

霰　行く雲や霰ふりやむ寺林

玉あられ風夜半を過ぐ梢かな

雪　瘦馬にひゞきて雪の笞かな

冬服　冬服や襟しろ〴〵とつ〻がめく

褞袍　一二泊して友誼よき褞袍かな

昨今の心のなごむ褞袍かな

泥鰌掘る　鰌掘る火のあらはなる炎かな

神楽　落月をふむ尉いでし神楽かな

一茶忌　飄々と雲水参ず一茶の忌

近松忌　わざをぎに更闌けし灯や近松忌

鶺　　杣山や鶺に煙のながれたる

茶の花　浪際や茶の花咲ける志賀の里

昭和四年――八十八句――

新年

去年　悔いもなく古年うせる侘寝かな

松過ぎ　表具師や松もすぎたる小炉持つ

正月　酒ほがひ倦みつかれたる睦月かな

一月二十日新県会議事堂に初句会を開く。好晴

正月の玉の日和のいらか哉

初霞　苑の端の木立おもてや初がすみ

初がすむ灘見わたせる田廬かな

初皷

聴きとむやゆかりの宿の初皷

大殿や夜ふかくありて初つゝみ

春袋

二三文いれたる銭や春袋

慾無しといはるゝ君や春袋

ぬひあげて天地袋に薫す

某女の婚約成れるを

嫁がばと天地袋を縫ふや君

花がるた

粛として閨中の灯や花がるた

花がるた夜々のおもゝち愁ひあり

春

早春

早春の日のとろ〳〵と水瀬かな

立春

春たつや山びこなごむ峡つゞき

春還山郷
忘るなき春立つ峡の瀬音かな

二月
渓橋に見いでし杣も二月かな

きさらぎ
きさらぎの墨滓固き硯かな
如月の大雲の押す月夜かな

余寒
江草如空庵
春さむき月の宿りや山境ひ

陽炎
ゆくほどにかげろふ深き山路かな

雪解
月の戸に山風めぐる雪解かな
大硯をひかへし宿の雪解かな
山庵即事
ほど遠く深山風きく雪解かな

雪間
巌苔もうるほふほどの雪間かな

焼野
古めきて月ひかりいづ焼野かな
焼原や風真昼なる影法師

三月二十二日父錦風氏を亡ひし勝峰晋風氏、追善供養の一句をもとめらるゝまゝに

春愁　春愁のまぼろしにたつ仏かな

田畑を焼く　天気よき水田の畔を焼きはじむ

百千鳥　山鴉遠くこたへて百千鳥

帰る雁　わらんべの猟矢に雁も名残かな

雉　撃ちとつて艶なやましき雉子かな

廬後渓流のほとり、荒蕪のなかに池をつくりて鮠を養ふ二句

鮠かふや水引草咲ける槻のもと

柳鮠　雨降るや鮠ひるがへる池の底

春蘭　春蘭の花とりすつる雲の中

虎杖　苅籠やわけて虎杖いさぎよき

夏

薄暑　後架にも竹の葉降りて薄暑かな

入梅　入梅や墓さむげなる竹のつゆ

夏の露　露涼し鎌にかけたる葛の蔓

泉　空蟬をとらんと落す泉かな

帰省　首なげて帰省子弱はる日中かな

更衣　似もつかぬ白装束の更衣

卒逝せる小川柘亭君を悼む

夏帽　夏帽に眼の黒耀や恋がたき

抱籠　蕭牆《セウジヨウ》のうれひにいだく竹奴かな

燈籠　おもざしのほのかに燈籠流しけり

安居　雲ふかく結夏の花の供養かな

霊祭　水向や貧一燈につかまつる

生身魂　年寄りて信心かたし生身魂
柘亭忌　巷間の花買はゞやな柘亭忌
老鶯　谷雲に夏鶯は枝のさき

秋

初秋　墓に木を植ゑたる夢も初秋かな
　十月三日、医汀波来庵。いさゝか恙をわすれて俳談に時を過す
夜長　ともに寝て一とね夜ながき燈下かな
冬隣　はしり火に茶棚のくらし冬隣
　帰庵途上
秋の日　秋の日や草臥れ足の一葉ふむ
　微恙
秋風　秋風や水薬をもる目分量
秋雨　秋霖や蕨かたむく岨の石
高西風　高西風に秋闌けぬれば鳴る瀬かな

秋の蚊帳　病を得て久しく褥中に、苦吟をかさねたる西村泊春君遂ひに長逝すとあるに
秋蟵になみだをさそふ寝ざめかな

扇置く　秋扇の骨あら〱し小十本

秋薊　秋の薊しろ〲枯れてもがれけり

新渋　新渋の一壺ゆたかに山廬かな

解夏　送行の雨又雲や西東

秋の猫　秋猫の目の糸ほどに恋ひわたる

茨の実　茨の実や大夕焼も野渡の景

唐辛子　とりもちて蕃椒枯れそ唐錦

柿　雲霧や岳の古道柿熟す
山がつの枝柿結ぶかづらかな
爪たてゝ山柿《タネナシ》しぶし麓路

栗　杣山や高みの栗に雲かゝる

橡の実　橡の実の山川まろぶひとつ哉

とちの樹のもみづるほどにおつ実かな

たま〳〵秋雲深き山廬を訪ね来れる呉龍君に橡の実を示せば水郷の産たる君これを知らず即ち家つとにとて

蕈《クサビラ》と青柚と橡の実を一つ

冬

小雪　永井ノ里偷伽寺

小雪や古りしだれたる糸桜

寒の内　寒《ン》風呂に上機嫌なる父子かな

冬ぬくし　冬暖の談笑痴者をなみしけり

冬の雲　冬雲や峰木《オネギ》の鴉啞々と鳴く

時雨　藪なかや朽ち垣ぬらす初時雨

雪　雪みえて雲ぬく岳の日和かな

冬霞　冬かすむ鳶の鳴くなり五百重山《イホヘヤマ》

冬の川　冬川や宿雨うちやむ岩だゝみ

冬の水　冬水や日なた影玉うつりつゝ

狩　体業《ガウタイ》のひそかにつらし狩疲れ

日向ぼこ　日向ぼこまた爪をかむ継子かな

火鉢　寂として座のあたゝまる火鉢かな

下僕義政の祖母極寒炬燵に寄れる儘頓死す齢九十有才といふ老婆あはれ深し

なきがらのはしらをつかむ炬燵かな

駱　山がつや駱しとめし一つだま

鶲　野鶲のすこし仰向く風情かな

昭和参年――百二十三句――

新年

三日　炉がたりも気のおとろふる三日かな

正月　なつかしき睦月のちりやすゞり筥

正月六日より流感に罹り臥床十余日尚起つ能はず

小正月　小正月寂然として目をつむる

上元や游行をとゞむ邸内

淑気　いんぎんにことづてたのむ淑気かな

飾　宿院の世に古る炉辺の飾りかな

女礼者　あな醜の脂粉めでたき女礼

弓始　初弓や遠く射かけてあやまたず

春

春暁　春暁の船にだにある枕かな

冱返る　冴え返る精舎の春の雲井かな

雲に鳶富士たかき日の冴返る

清明

清明の路ゆく媼が念珠かな

行く春

戊辰水郷の羈旅竹秋尽く

ゆく春の月に鵜のなく宿りかな

霞

物乞のわたりてかすむ渡頭かな

雪解

切株や雪解けしたる猿茸

仏生会

山寺や花さく竹に甘茶仏

蚕

蚕をめづるほどによりそふ妹背かな

生業最も原始的なる養蚕をこれたのしむ

そのかみの産土《ウブスナ》神しろす蚕かな

四眠休上原紅実君の来訪すとあるに

蚕屋の閑まちわぶ蝦夷のくすしかな

蛙の子

どんぼりの日光あらし蝌蚪の春

蝶

蝶颯つと展墓の花を搏ちにけり

夏

夏めく

夏めくや霽れ雷の一つぎり

草鞋して夏めく渡舟去る娘かな

立夏

夏立つや禿山すかす不浄門

麦の秋

六月八日人の誘ふ旅に市川古駅のほとりを過ぐ

麦秋や痩馬牽きて長手綱

夏の雨

夏の雨花卉あらはなる磯家かな

夏の風

夏風や竹をほぐるゝ黄領蛇《サトメグリ》

夏の水

荊棘に夏水あさき野沢かな

泉

山泉杜若実を古るほとりかな

滝

観瀑や風に流るゝ石たゝき

夏館

誰としる人声遠し夏館

菖蒲酒

くちつけてすみわたりけり菖蒲酒

帰省　帰省するふるさと道の夜市かな

裸　わが好む白ふんどしの裸かな

帷子　かたびらや汗ひえぐ＼と座にたゆる

暑気下し　手弱女の目のなまめきや暑気下し

香薷散　香薷散保養の月におこたりぬ

白靴　山の戸や古白靴もものゝかず

土用灸　いかなこと動ぜぬ婆々や土用灸

花火　駅路やうしろほめきに宵花火

繭　わがことの繭もぎ飽かぬ媼かな

藺刈る　藺を刈るやうすはかげろふ笠につく

冷豆腐　古家や冷奴おごりならねども

納涼

歳々の休暇幼童姪甥共に集まり燈下童話をせがんで足をふみ首にまつはる　二句

肱枕そらねがくりと夜涼かな

飴湯

腹這ひにのみて舌うつ飴湯かな

盂蘭盆

うろくづに雨降りしづむ盆供かな

蓮の葉にかさみておほき盆供哉

霊祭

たくらくと茄子馬にのる仏かな

墓参

御墓参のなみだをかくす故山かな

香煙や一族まゐる藪の墓

郭公

身延七面山

郭公に耳かす齋《トキ》や山の坊

蛍

渓風のほたる火見する芹生かな

滝しぶきほたる火にじむほとりかな

蟬

深山木に雲ゆく蟬の奏べかな

昼顔　桑巻いて昼顔咲かぬみどりかな

竹落葉　竹落葉渓の苔岩乾るまなき

夏木立　霽れや夏木おもての雲がゝり

薔薇　垣薔薇の売女《バイタ》に匂ふ旦暮かな

野茨に虻とる雨雀かへり見す

青酸漿　畑草や青酸漿もみのり時

竹の実　竹の実に寺山あさき日ざし哉

秋

秋暁　ほど遠き秋暁け方の雞《カケロ》かな

秋の昼　つゝぬけに裏戸の花卉や秋の昼

若山牧水の英霊を弔ふ

秋の昼一基の墓のかすみたる

秋の暮　秋夕やかへりみすなる小女房

残暑　杣人の頬ひげあらし残暑どき

郡内大月句会帰途
夜寒　一つ家や夜寒餺《ハウ》飥《タウ》すゝりあふ

爽か　爽かに日のさしそむる山路かな

暮の秋　ゆく秋の粟食むすゞめ羽を拡ぐ

秋の日　澄みそめて水《ナ》瀬のしぶく秋日かな

　　　　石橋や秋日のほめく杖のさき

名月　風をいたむ観月づれの句弟子かな

三日月　新月に牧笛をふくわらべかな

微恙即事
　　　　粥炊くや新月すでに光りそむ

悼角田湖舟
秋風　秋の風枕の塵もとめあへず

宗用海岸所見
　　　　秋風や浪にたゞよふ古幣《ニギテ》

秋雨　秋雨に賤が身をよす硯かな

露　誰もゐぬ露けき囚のぞかれぬ

霧　甲州黒野田宿
霧雨や旅籠古りたる山境ひ

秋の山　秋山や草むら浅き焚火屑

帝展　帝展見秋たゞ中の学徒かな

蚊帳の別れ　幮果てゝ夜の具嵩なくふまれけり

砧　門前の山彦かへす砧かな

新酒　のむほどに顎したゝる新酒かな

なにがし雑誌に掲げんとて句を徴し来る。書中某の父我が旧年の知己たるを認むるに早や旧友に左様な大きな子息あるかと歳月流るゝの迅きにおどろき即ち筆をとりて

案山子　耳遠く目のかすみたる案山子かな

落し水　落し水田盧《タフセ》のねむる闇夜かな

稲刈　稲刈や秋のかげろふ笠の端
刈る程に山風のたつ晩稲かな

芭蕉忌

時雨忌やお仏飯の微光みそなはせ

十月三十日の夜小山村外れの野寺に角田湖舟の忌をさゝやかにいとなむ

湖舟忌

湖舟忌や月の雨ふる竜松寺

秋の蟬

藪の樹や見られて鳴ける秋の蟬

菩提寺竜安精舎

秋の蛍

普陀落や竹にやどかる秋蛍

鶉

夕風や垂穂にあるく片鶉

郡内桂川原――そのかみ芭蕉も旅しける

葛

旅人に行きそふ駄馬や葛の秋

末枯

うら枯れて雲のゆく衛や山の墓

蔦

篠原や日あたる蔦のむらもみぢ

菌

菌山に風たつ道の栞かな

御岳昇仙峡

紅葉

紅葉見のやどかるほどに月の雨

木の実

泉底にしきなす木の葉木の実かな

吹き降りの淵ながれ出る木の実かな

茨の実　草籠に実の唐めきし茨かな

団栗　団栗に八専霽れや山の道

榛《ハシバミ》　榛に田子の威しのよき音かな

冬

冬ぬくし　大谷山麓神社
冬暖や霧ながれたる小柴垣

冬を惜む　冬尽のふけかきこぼす頭かな

冬晴　病中
冬晴れや次ぐ訪客にゆめうつゝ

時雨　黒坂やしぐれ葬の一つ鐘
時雨来やわらびかたむく岨の石

雪　山平《ラ》老猿雪を歩くなり
かる萱の凍雪とけし穂枯かな

鍬沢小舗
二三尺雪つむ軒や猿肉屋

古雪や自然薯蔓の垣を垂る

冬の水
ひた〱と寒九の水や厨甕

新暦売出
家守りて一巻もとむ暦かな

暦の果
月雪や古りに古りたる掛暦

冬座敷
病中　二句
いたつきや芭蕉をゆめむ冬座敷

湯婆
足のべてこだはりあつき湯婆かな

炭
陶器舗のあたりの幽らむ炭火かな

焚火
もえたけて炎《ホムラ》はなるゝ焚火かな

冬の蠅
病中
冬の蠅ほとけをさがす臥戸かな

鮒の寒釣
寒釣や腰に固めし餌胴乱

神送
八ッ霽れや神の留守なる麓原

昔斎忌　昔斎忌月またしぐることの由

昭和弐年―百〇二句―

新年

初春　聖芭蕉かすみておはす庵の春

正月　火を焚いて浦畠人の睦月かな

御降　野社へお降り霽れや夕まゐり

鍬始　鋤初の雨ふり出でし幣《ニギテ》かな

日記始　恋々とをみなの筆や初日記

春著　人の着て魂なごみたる春着かな
春なれて姫の夜を縫ふ小袖かな

織初　織初や磯凪ぎしたる籬内

端山路や曇りて聞ゆ機初め

草の戸や白機初む十四日

初湯

眉剃りて妻の嬉々たる初湯かな

初湯出し肉《シシムラ》湯気をはなちけり

山始

初山や高く居て樵る雲どころ

破魔弓

谷雲にそれて流るゝ破魔矢かな

破魔弓や山びこつくる子のたむろ

翠帳につらぬきとめし破魔矢かな

雑煮

汁なくて厭き〱くらふ雑煮かな

初卯

玉夜床《タマドコ》の悪鬼をはらふ卯槌かな

春

寒明

寒明けの幣の浸りし泉かな

暖　暖かや仏飯につく蠅一つ

花曇　山マ水のいよ〱清し花曇り

中年の悲哀いつしか山中生活のうちに来り夜々の黎明に
ちかく必ず夢やぶれて雪げの音枕にかよふ

雪解　くだかけの鳴きつぐ庵の雪解かな

雛祭　やうやくに雛餅干ぞる旦暮かな

春の炬燵　たかどのに唯ある春の炬燵かな

種痘　母の乳のしぼみ給へる種痘かな

開帳　開帳の破れ鐘つくや深山寺

雲雀　霽《アマバ》れのなごりひばりや山畑

蛙の子　戯作
一つ浮く蝌蚪とゞまりし水面かな

蚕　蚕傭のものかけてねる飼屋かな

田螺　垣津田や宿水《ネミツ》にうきて田螺がら

藤　山藤の風すこし吹く盛りかな

躑躅　尼寺や卯月八日の白躑躅

春蘭　春蘭や巌苔からぶけしきにて

山桜　いばら野や盛りとみゆる山桜

柳　池の面にはらりとしたる柳かな

夏

御《ゴ》祭《サ》風《イ》　小枕に仮りねのさむき御祭風かな

夕立　夕立や水《ナ》底溯る渓蛙

滝　蚊とんぼの袖にとりつく滝見かな

清水　苔の香や笠着てむすぶ岩清水

水泳　岸にうつ泳ぎの波や大夕焼

浴衣　鍼按の眼のみひらけぬ浴衣かな

籐椅子　すはだかに熟睡したる籐椅子かな

汗　たちよれば苔を舐ぶる汗馬かな

麨　はつたいをふくみて姥のかごとかな

霊祭　ときじくのかぐの木の実や聖霊棚

蛍　殪《オ》つさまにひかりもぞする蛍かな

蜥蜴　青蜥蜴さます嫉妬のほむらかな

蟬　桟《カケハシ》や荒瀬をこむる蟬しぐれ

朝顔　庖厨や鉢朝顔の実をむすぶ

牡丹　花闌けてつゆふりこぼす牡丹かな

秋

われ厠にて書見する癖あり。蕉翁の芳野、更科、奥の細道幾度かこゝに親しむ

秋　秋やこの後架を旅のうたごゝろ

九月一日の夜半ものゝけに不図眼ざむれば庵の猫枕辺にて尾の切れし青蜥蜴を弄ぶ

白猫やとかげ喰うてふ閨の秋

秋の鷹古巣にかへる尾上かな

初秋

秋ぐちの庭池の扉や月の雨

文月

文月や田伏の暑き仮り廁

残暑

峡底の穂家秋あつき調度かな

盆過ぎやむし返す日の俄か客

秋の日

秋の日の時刻ををしむ廁かな

月

月影や榛《ハシバミ》の実の枯れて後

仲秋某日下僕高光の老母が終焉に逢ふ。風蕭々と柴垣を吹き古屛風のかげに二女袖をしぼる

秋風

死骸《ナキガラ》や秋風かよふ鼻の穴

山中閑居

ひるを臥て展墓のゆめや秋の風

秋の霞　山廬即事
秋がすむ松や古竹や屋敷神

秋晴　仙娥滝
滝壺や人のたむろす秋日和

秋雨　秋雨や田上《ミ》のすゝき二穂三穂
秋雨や礼容客におのづから

富士の初雪　雲《ン》間に秋雪みゆる旅路かな
有斐閣小憩、人々物干台に登りて四顧展望を恣にす
情こはく秋雪をさすをんなかな

八朔　法廷や八朔照りのカンナ見ゆ

相撲　小角力や締込かたき臀《シリコブラ》

鳴子　一斎句集の成るに際して
生《キ》死《ニ》のほかなる鳴子一二声

秋の蚊帳　仲秋某日下僕の老母が終焉に逢ふ。風蕭々と柴垣を吹き
古屏風のかげに二女袖をしぼる
手をかゞむ白装束や秋の幮

鶺鴒　岩淵や棲める鶺鴒一とつがひ

秋の蛍
　芥川龍之介氏の長逝を深悼す
たましひのたとへば秋のほたる哉
寂寞と秋の蛍の翅をたゝむ

蓑虫
みの虫をついばむ雞や燦として

蟋蟀
炉におちしちゝろをすくふもろ手哉

邯鄲
邯鄲や日のかたぶきに山颪し

桔梗
桔梗や又雨かへす峠口

薄
吹き降りの籠のすゝきや女郎蜘蛛

コスモス
垣間見し機たつ賤や秋桜

瓢箪
青々とかたちきびしき瓢かな
青瓢をめでゝ賢しき女かな
池籬や瓢すがるゝ蔓はなれ

葛
葛の葉や滝の轟く岩がくり

吾亦紅　叢《クサムラ》や吾亦紅咲く天気合ひ

零余子　瓢箪に先きだち落つる零余子かな

紅葉　ちるほどに谷あひ曇る紅葉かな

金渓亭

あけすけに酔客見ゆる紅葉茶屋

観楓の風をいたみて精舎かな

柿　山柿や五六顆おもき枝のさき

柘榴　なま〳〵と枝もがれたる柘榴かな

棗　厭ふ手にもらひこぼるゝ棗かな

冬

師走　谷川に幣のながるゝ師走かな

藤岱金比羅堂即事

寒の内　日をうけて寂たる寒《ン》の扉かな

春近し　外《ト》の月に庵春隣る浄机かな

雪　積雪や埋葬終る日の光り

屏風　やうやくに座のあたゝまる屏風かな

炉　炉隠しや古股引の懸けながし

鷄　鷄きて棘つゆ啗む山椒かな

枯蓮　あけすけに枯茎潰ゆる蓮かな

茶の花　野皁《ノツカサ》や一と株の茶の花ざかり

丙寅霜月十四日病母の為め忠僕二人とともに山に登り霊境を浄めて山神を祀る

落葉　落葉すや神憑く三ッの影法師

大正拾五年（昭和元年）——六十九句——

新年

元日　歳旦や芭蕉たゝへて山籠り

鳥追　鳥追や顔よき紐の真紅

春

麥南と、もに我が尊崇する宗吾神社へ詣づ

早春　早春や庵出る旅の二人づれ

總州の旅より二月十七日夜帰庵、とりあへずその地の麥南のもとへ

立春　かへりつく庵や春たつ影法師

早春展墓

春北風　春北風榲さしたる地にあらぶ

雲雀　山風にながれて遠き雲雀かな

きさらぎのはじめ總州の旅路に麥南の草庵生活を訪ふ

梅　風呂あつくもてなす庵の野梅かな

夏

夏　夏旅や俄か鐘きく善光寺

星祭　夕雲や二星をまつる山の庵

草市　盆市の一夜をへだつ月の雨

汗　つかれ身の汗冷えわたる膚かな

踊　さるほどに泣きごゑしぼる音頭取

墓参　ひしめきてたゞ一と時の墓参かな

盂蘭盆会　さゝぐるや箸そふ盆供手いつぱい

雲を追ふこのむら雨や送り盆

蕗薹忌　蕗薹と相見ざる十数年、弟さん二郎氏の文によりはじめて蕗薹亡きを知る

蕗薹忌もわれまた修す雲の中

火蛾　火蛾打つや弑するとにはあらねども

秋

夜長　ほこ〳〵とふみて夜永き炉灰かな

残暑　秋暑したてゝしづくす藻刈鎌

ゆかた着のたもとつれなき秋暑かな

草籠に秋暑の花の濃紫

名月　釜無川月見会即事
観月や小者聖《ヒジリ》牛に灯をともす

十六夜の月　かけ橋やいざよふ月を水の上

宵闇　宵やみの轡ひゞかす愛馬かな

すた〳〵と宵闇かへる家路かな

秋風　秋風や笹にとりつく稲すゞめ

霧　山霧や虫にまじりて雨蛙

秋の山　秋山やこの道遠き雲と我

秋の蚊帳　夜のひまや家の子秋の蟵がくれ

稲刈　湖沿ひの闇路となりぬ稲車

子規忌　月さそふ風と定むる子規忌かな

虫　虫の夜の更けては葛の吹きかへす

秋の蛍　かりそめに土這ふ秋のほたるかな

秋の蟬　秋蟬のひしと身をだく風情かな

蜩　ひぐらしの遠のく声や山平《ラ》

かな〳〵の鳴きうつりけり夜明雲

桔梗　霧の香に桔梗すがるゝ山路かな

蔦　鉢蔦のみだれおちたる諸葉かな

一葉　園生より霧たちのぼる一葉かな

唐辛子　白紙にもらふ用意や唐からし

唐がらし熟れにぞ熟れし畠かな

大正十五年九月二日篠原温亭氏忽焉として逝く。氏は生前頗る花卉を愛し其のつくるところの句も亦多くこれを詠ぜしものに秀れたるものあるを見る。温亭忌と云はん。

草花忌とや云はん

草の花　秋は今露おく草の花ざかり

冬

冬　三冬のホ句もつゞりて狩日記

年の暮　年の瀬や旅人さむき灯をともす

富士川舟行

大寒　極寒の塵もとゞめず岩ふすま

冬の風　冬風につるして乏し廁紙

道のべや北風にむつむ女夫鍛冶

山居即事

霙　みぞるゝや雑炊に身はあたゝまる

綿入　綿入や気たけき妻の着よそほふ

襟巻　襟巻にこゝろきゝたる盲かな

襟巻や思ひうみたる眼をつむる

頸巻に瞳のにくらしや女の子

冬籠　何にもかも文ンにゆだねぬ冬籠り

炉

気やすさの炉火をながむる佗居かな

焚火

曳き舟の東雲はやき焚火かな

焚火すや雪の樹につく青鷹《モロガヘリ》

燃えおちて煙はたとなき藁火かな

榾

小庵やとても榾火の下あかり

すこやかに山の子酔へる榾火かな

仏山忌

雲にのる冬日をみたり仏山忌

昔斎忌

十二月九日夜半故野田半拙家に其の忌をいとなむ

ほのぐと師走月夜や昔斎忌

鷦

深山木に狩られであそぶ鷦かな

山しばにおのれとくるふ鷦かな

はれぐと鷦のぼりし梢かな

落葉

山土の掻けば香にたつ落葉かな

神さびや供米うちたる朴落葉

茶の花　茶畠や花びらとまる畝頭ラ

晴耕雨読
日にようて茶の花をかぐ命かな

いく霜の山地日和に咲く茶かな

大正拾四年――七十一句――

新年

歳玉　山寺や高々つみてお歳玉

億兆のこゝろ〳〵やお歳玉

絵双六　年寄りてたのしみ顔や絵双六

春

早春　たゞに燃ゆ早春の火や山稼ぎ

行く春　ゆく春や松柏かすむ山おもて

雛祭　いき〳〵とほそ目かゞやく雛かな

田畑を焼く　野火煙や吹きおくられて湖の上

蛙　夜の雲にひゞきて小田の蛙かな

木の芽　はた〳〵と鴉のがるゝ木の芽かな

土くれや木の芽林へこけし音

木瓜の花　焼けあとや日雨に木瓜の咲きいでし

竹の秋　ちる笹のむら雨かぶる竹の秋

夏

夏深し　温泉山道賤のゆき来の夏深し

日盛　山の温泉の風船うりや日の盛り

梅雨　つゆ蠅のからみもつるゝ石の上

汲みもどる谷川くもる梅雨かな

夏の雲　地獄谷の岨路に岳腹の砂防工事を仰望す
夏雲や山人崖にとりすがる

神鳴　人うとき温泉宿にあらぶ雷雨かな
夏旅や温泉山でゝきく日雷

夏の山　夏山や風雨に越ゆる身の一つ

燈籠　山賤や用意かしこき盆燈籠

盂蘭盆会　身一つにかゝはる世故の盆会かな
信心の母にしたがふ盆会かな

霊祭　盆経やかりそめならずよみ習ふ
霊棚やしばらく立ちし飯の湯気

名越の祓　形代やたもとかはして浮き沈み

睡蓮　上林広業寺
睡蓮に日影とて見ぬ尼一人

葉桜　はざくらや翔ける雷蝶一文字

合歓の花　松友君夫人の死を悼む
ねむの花ちる七月の仏かな

秋

夜寒　筆硯わが妻や子の夜寒かな

秋風　かの白蓮女史を
秋風や思ひきつたる離縁状

秋の虹　秋虹をしばらく仰ぐ草刈女

霧　一とわたり霧たち消ゆる山路かな

初猟　初猟の佳景日暮れや舟の上

秋の蚊帳　山の戸やふる妻かくす秋の蚊帳

砧　うちまぜて遠音かちたる砧かな

稲　山風にゆられゆらるゝ晩稲かな

無花果　無花果や雨余の泉に落ちず熟る

「蛇吻」は季語の「せんぶり」又は「医者ころし」とよむと某の謂ふに

当薬引く　をかしくば口やつねらん医者ころし

大角豆　むら雨に枯葉をふるふさゝげかな

相撲　憎からぬたかぶり顔の相撲かな

　　　気折れ顔にく〳〵しさの相撲かな

秋の蚕　臥て秋の一と日やすらふ蚕飼かな

秋の蚊　秋の蚊や吹けば吹かれてまのあたり

啄木鳥　山雲にかへす谺やけらつゝき

鶺鴒　せきれいのまひよどむ瀬や山颪

蔦　石垣やあめふりそゝぐ蔦明り

桔梗　桔梗の咲きすがれたる墓前かな

冬瓜　山寺や斎《トキ》の冬瓜きざむ音

冬瓜にきゝすぎし酢や小丼

冬

初冬
はつ冬や我が子持ちそむ筆硯

立冬
雲ふかく瀞の家居や今朝の冬

冬の夜
夜半の冬山国の子の喇叭かな

冬晴
冬晴や伐れば高枝のどうと墜つ

冬凪
冬凪ぎにまゐる一人や山神社

霜
火屑掃くわが靴あとや霜じめり

雪
雪見酒一とくちふくむ楽《ホガ》ひかな
遅月にふりつもりたる深雪かな

寒灸
寒灸や悪女の頸のにほはしき

胴著
胴著きて興ほのかなる心かな

榾

榾や吊られ廻りて雪日和

北窓塞ぐ

世過ごしや北窓塞ぐ山の民

屏風

こもり居の妻の内気や金屏風

絵屏風や病後なごりの二三日

垣間見や屏風ものめく家の内

避寒

かしづきて小女房よき避寒かな

冬座敷

障子あけて空の真洞や冬座敷

暖炉

暖炉厭ふてゆたかなる汝が月の頬

木兎

山風に暁のなぐれや木兎の声

鶏乳む

日に顫ふしばしの影や鶏乳む

雪天や羽がきよりつゝ鶏つるむ

大正拾参年——七十句——

新年

繭玉　餅花や庵どつとゆる山颪

凧　紙鳶吹かれかはるや夕曇り

春

早春　早春の風邪や煎薬とつおひつ

早春の調度見かけぬ小窓越し

春あさき人の会釈や山畑

春の夜　四月三日夜古奈屋旅館句会席上娉に題して
春の夜やたゝみ馴れたる旅ごろも

東風　小野をやくをとこをみなや東風ぐもり

出代　出代りの泣くも笑ふもめづらしや

田畑を焼く　水辺草ほの〴〵燃ゆる野焼かな
芝焼のふみ消されたるけむり哉
花種蒔く　花の種まき終りたる如露かな
接　木　畑中や接穂青める土の上
挿　木　挿木舟はや夕焼けて浮びけり
涅槃会　人々の眼のなま〳〵し涅槃見る
仏生会　浴仏にたゞよひ浮ぶ茶杓かな
蚕　これやこのつむりめでたき野良蚕
虎　杖　草むらや虎杖の葉の老けそめて
木瓜の花　一と叢の木瓜さきいでし葎かな
椿　折らんとすつばき葉がちや風の中
花　花さそふ月の嵐となりにけり

山ぞひや落花をふるふ小柴垣

ぬぎすてし人の温みや花衣

滝北君新居成れるに一句を乞はれて

一屋の月雪花や思ふべし

竹の秋　廬煙りや竹秋の葉のちり〴〵に

夏

涼しさ　門とぢて夜涼にはかや山住ひ

七夕　七夕の夜ぞ更けにけり几《オシマヅキ》

汗疹　たくましく婢の愁ひあるあせぼかな

天瓜粉　みめよくてにくらしき子や天瓜粉

袷　人なつくあはれ身にそふ袷かな

田植　かたよりて田歌にすさむ女房かな

遠のきて男ばかりの田植かな

早乙女や神の井をくむ二人づれ

蝿叩

とゝのへて打ち馴らしけり蝿叩

踊

もろともに露の身いとふ踊りかな

盂蘭盆会

盂蘭盆の出わびて仰ぐ雲や星

門火

送り火をはた〳〵とふむ妻子かな

蝿

訪客に又とぶ影や夜の蝿

蟻

山蟻のわくら葉あるく水底かな

覆盆子

いちごつむ籠や地靄のたちこめて

黴

愛着すうすす黴みえし聖書かな

帽のかび拭ひすてたる懐紙かな

秋

秋

秋旅や日雨にぬれし檜笠

転寝や庭樹透く日の秋半ば

初秋

むら星にうす雲わたる初秋かな

鰯雲簀を透く秋のはじめかな

秋の空

雲あひの真砂の星や秋の空

秋風

自嘲

われを見る机上の筆や秋の風

扇置く

秋扇やつひ来なれたる庵の客

秋扇やさむくなりたる夜のあはれ

ことよせて唄かく秋の扇かな

団扇置く

古りゆがむ秋の団扇をもてあそぶ

障子洗ふ

障子貼る身をいとひつゝ日もすがら

ねんごろに妻子おもへり障子張り

燕帰る

ゆく雲にしばらくひそむ帰燕かな

鶺鴒　風さそふ落葉にとぶや石たゝき

蜻蛉　山風や棚田のやんま見えて消ゆ

甲子八月九日朝鮮の末吉休山君山廬をたづね来る

秋の蚕　たちつ居つ高麗人の見る秋蚕かな

草の花　花いそぐ秋は草々の夕日かな

冬

冬の夜　わが事に妻子をわびる冬夜かな

冬ぬくし　冬暖の笹とび生えて桃畑

冬晴　冬晴や担ひおきたる水一荷

霜　よく晴れて霜とけわたる垣間かな

雪　帰りつく身をよす軒や雪明り

新兵入営　なでさする豊頬もちて入営子

新暦売出　市人にまじりあるきぬ暦売り

風邪　昨今の風邪でありぬ作男

焚火　一と燃えに焚火煙とぶ棚田かな

冬籠　冬籠日あたりに臥て只夫婦

破浪忌　故破浪君の忌に参じて
破浪忌や花も供へず屛風立て

草枯　草枯や鯉にうつ餌の一とにぎり

大正拾弐年――六十九句――

春

余寒　二月八日甥昌起病む　一句
余寒の児吸入かけておとなしき

花曇　泉水に顔をうつすや花曇り

耕　耕のせかく〵する道境ひ

畦塗　日のあつく塗畦通ふ跣足かな

種浸し　ひら〳〵と蛭すみわたる種井かな

猫の恋　春猫や押しやる足にまつはりて

燕　昼月や雲かひくゞる山燕

蚕　手紙書く指頭そめたる蚕糞かな

桜　老ひそめて花見るこゝろひろやかに

二三片落花しそめぬ苗桜

折りとりし花の雫や山桜

椿　花ちりしあとの枯葉や墓つばき

竹の秋　夕日影せきて古簾や竹の秋

瓜苗　胡瓜苗ほけ土に出て双葉かな

夏

麦の秋　麦秋の蝶吹かれ居ぬ唐箕先

入梅

月いでゝ見えわたりたる梅雨入かな

梅雨

とかう見て梅雨の藪下通るかな

二タ媼梅雨に母訪ふ最合傘

簾外のぬれ青梅や梅雨あかり

衣桁かげ我よればなき梅雨かな

なか〳〵に足もと冷ゆる梅雨かな

沢瀉の葉かげの蜘蛛や梅雨曇り

蚊遣火

西晴れて月さす水や蚊遣香

虫干

虫干のあつめし紐や一とたばね

燈籠

遠浅にむれてあまたの燈籠かな

燈籠や天地しづかに松のつゆ

墓参

子もなくて墓参いとへる夫婦かな

墓参人の帰りやながめられにけり

雨　蛙　雨蛙とびて細枝にかゝりけり

蠅　蠅追ふや腹這ふ足を打ち合せ

水　馬　うち水にはねて幽かや水馬

蛾　抛げし蛾に一と揺りゆれて池の鯉

桐の花　花桐に草刈籠や置きはなし

蓮の花　白蓮やはじけのこりて一二片

蓮濠やすでに日当る人通り

合歓の花　芝山の裾野の暑気やねむの花

桑の実　桑の実の葉裏まばらに老樹かな

青　梅　青梅のはねて浮く葉や夕泉

秋

冷やか　ひやゝかに蓑笠かけし湖の舟
残暑　つらぬきて蟻塔の草の秋暑かな
十月　十月の日影をあびて酒造り
秋の日　秋日椎にかゞやく雲の袋かな
月　某氏の松の画に題す
たちいでゝ秋月仰ぐ山廬かな
名月　名月や宵すぐるまの心せき
秋の雲　みるほどにちるけはしさや秋の雲
秋雲をころがる音や小いかづち
露寒　露ざむの情くれなゐに千草かな
砧　砧女にかの浦山のすゝきかな
秋の蚊帳　ゆく雲や燈台守の蝈の秋
秋の蠅　つぶらかに秋蠅とるやたなごゝろ

秋の草　秋の草全く濡れぬ山の雨

萩　かよひ路にさきすがれたる野萩かな

芋　政敵に芋腹ゆりて高笑ひ

稲　晩稲田や畦間の水の澄みきりて

冬

寒さ　足元に死ねば灯せる寒さかな

冬の月　寒月や灯影に沍てん白柏子

雪　枯紫蘇にまだのこる日や雪の畑

雪起し　冬雷に暖房月をたゝへたり

冬の水　冬水や古瀬かはらずひとすぢに

年木　年木割かけ声すればあやまたず

炭　炭売の娘のあつき手に触りけり

足袋　足袋はいて夜着ふみ通る夜ぞ更けし

綿入　百姓となりすましたる布子かな

暖炉　胸像の月光を愛で暖炉焚く

焚火　焚火煙そこぞと眺められにけり

榾　妻とがむ我が面伏せや榾明り

あつものにかざしおとろふ榾火かな

蕎麦刈る　蕎麦刈のひとり哭する夕日かな

落葉　朴落葉かさばりおちて流れけり

大正拾壱年——六十五句——

新年

太箸　太箸やいたゞいておく静心

著衣始　雪の松ほのぐとして着初かな

春

余寒　春さむき新墓《アラキ》の雪や野の平《ラ》

街路樹に仰ぐ日顫ふ余寒かな

花曇　馬の耳うごくばかりや花曇り

春の山　春山や鳶の高さを見て憩ふ

挿木　薄月も夜に仰がれて挿木かな

蜆　蜆川うす曇りして水の濃き

梅　梅園や誰もひろはず捨て扇

梅の月に焚き衰ふる藁火かな

青麦　青麦や古株の根に蔭もちて

木の芽　木々の芽にかけ橋清き風雨かな

椿　ぱら〳〵と日雨音しぬ山椿

花　長橋におとろふる日や花堤

澄む水にみよしうごきて花吹雪

裸馬率ておとなしや花嵐

蒲公英　塗り畦にたんぽゝちかくありし哉

夏

鰍沢富士川河岸

夕立　馬車を出て舟を待つまや小夕立

鵜飼　夜明りに渦とけむすぶ鵜川かな

花氷　観衆にとけてあとなし花氷

燈籠　燈籠やながれて早き蒲の川

逆汐に高々と浮く燈籠かな

藻刈る　水の日に浮きてゆられぬ藻搔竿

鮎　めづらしやしづく尚ある串の鮎

薔薇　月雪や萎みかさねて垣の薔薇

秋

秋の夜　ひとり寝の身のぬくもりや秋の夜

冷か　ひやゝかにのべたる皺や旅衣

秋分　秋分の時どり雨や荏のしづく

註。荏は紫蘇に似たる植物にして食用に供するこまかき香気強き実を簇生す

月　月の木戸しめ忘れたる夜風かな

秋雨　あき雨に澄む舟つきの砂崩れ

秋の虹　秋虹や草山映えて一とゝころ

谷橋に見る秋虹のやがて消ゆ

秋の雲　秋の雲しろ〴〵として夜に入りし

霧
山霧のしげきしづくや真柴垣

秋出水
出水川とゞろく雲の絶間かな
降り凪ぎて日あたる巌や出水川

案山子
つくり終へて門川越ゆるかゝしかな
かゝし傘の月夜のかげや稲の上

秋の蚊帳
うちつけに冷えたる闇や秋の蛹

秋繭
秋の繭煮えたちし湯や高はじき

団扇置く
もちいでゝ身にそふ秋の団扇かな

稲刈
帰省子やばつたり出逢ふ稲かつぎ

新酒
樽あけて泡吹かれよる新酒かな

子規忌
いとなみて月夜ばかりの子規忌かな
大正十一年九月大竜寺子規忌に参ず
子規の墓に詣でゝころや手をふれて

鶺鴒　せきれいに夕あかりして山泉

秋の蠅　夜の客に翅ひゞかせて秋の蠅

蜻蛉　松たかくながれ返りて夕とんぼ

秋の蜂　秋の蜂巣をすてゝ飛ぶ迴かかな

稲　吹き降りや稲田へ橋のゆきもどり

山陰や草穂まじりに稲の出来

葡萄　雨に剪つて一と葉つけたる葡萄かな

曼珠沙華　曼珠沙華茎見えそろふ盛りかな

柿　山の霧罩めたる柿の雫かな

酸漿　ほゝづきの大雫する籬かな

木の実　うす霧に日あたる土の木の実かな

蘭の花　滝ぐちの蘭のしげりや雲這へる

冬

小春　めぐまんとする眼うつくし小春尼

霜　舟べりの霜しづかなる水ノ面かな

霜芝や日影をあびて沓の泥

雪　雪やんで月いざよへる雲間かな

冬帽　鏡にふれて衣紋つくろへり黒ソフト

炉　炉にあつき脛又うつや厭きごゝち

湯婆　老ぼれて子のごとく抱くたんぽかな

浅草公園所見

水鳥　水禽に流転の小首うちかしげ

大正拾年——三十二句——

夏

水泳　游泳やおぼるゝ水のかんばしき

蠅叩　音ひしと盤面をうつ蠅叩

秋

秋　わづか酔ふてさめざる姿態《シナ》や秋女

通る我をしげ〳〵と見ぬ秋の馬

秋の夜　はした女をうつ長臂や秋の夜

月　月をみる眇もちたる樵夫かな

名月　明月に馬盥をどり据わるかな

霧　霧罩めて野水はげしや黍の伏し

山霧のかんがり晴れし枯木かな

秋の虹　蚕部屋より妹もながめぬ秋の虹

稲刈　稲扱く母にゐまひなげゆく一生徒

秋耕　秋耕にたゆまぬ妹が目鼻だち

蠅つるみとぶ秋耕の焚火空

水燈会　ふなべりや上げ汐よする水燈会

虫　廊の虫吹かれしづみて月夜かな

蛇入穴　むちうちて馭者喫驚す秋の蛇

桐一葉　一葉掃けば蚯蚓縮みて土の冷え

捕鼠器ひたし沈むる水や桐一葉

冬

冬　玉虫の死にからびたる冬畳

冬の日　寒《ン》日に面しゆく我や戎橋

雪　雪つけて妻髪枯れぬ耳ほとり

冬の風　空は北風《ナラヒ》地にはりつきて監獄署

炭　汝が涙炭火に燃えて月夜かな

橇　黒衣僧月界より橇に乗りて来ぬ

炬燵　ひとり住むよきゐどころや古炬燵

をんな泣きて冬麗日の炬燵かな

炬燵あつし酒利きつもる小盃

鴛鴦　よる鴛鴦にかげふか〲と雨の傘

冬木立　旅馬車に渚又遠し冬木立

寒禽を捕るや冬木の雲仄か

寒林の陽を見上げては眼をつぶる

落葉　月のゆめを見しおもひ出や焚く落葉

大正九年——五十七句——

春

三月　三月の筆のつかさや白袷
春泥　春泥や屛風かついで高足駄
挿木　柳挿すやしばし舟押して白腕
仏生会　堂しづく一々見えて花御堂
かしこみて尼僧あはれや花御堂
白魚　白魚くむたびに廻れる舳影かな
蕨　一鷹を生む山風や蕨伸ぶ

夏

夏の月　生き疲れてたゞ寝る犬や夏の月

　　鶯宿山道

夏の雨　夏雨や淵にまた下る合歓の蜘蛛

泉　薙ぎ草のおちてつらぬく泉かな

硯洗　硯洗ひ干す亭二三歩の斜面かな

　　信州なにがしの郷をよぎりて

踊　やまぎりにぬれて踊るや音頭取

燈籠　流燈や一つにはかにさかのぼる

繭　繭買やおとなひかざす古扇

　　屑繭買むりに蚕むしろをわたりけり

蜥蜴　蝶ながるゝ風にはねあそぶ蜥蜴かな

秋

秋　ピストル坐辺にありてこちたし書斎秋

竹山を舁きでし怪我や秋磧

秋女酔ひ伏す枕抱きしめて

夜長

夜永炉に土間のはしらや誰かある

秋の夜

医者の馬は闇に秋夜の小葬

吟行費用、同人病死慰問、すべて不時の用意として我が笹鳴会に俳句無尽をたつ

秋の夜や熱心みえて小勘定

大正九年十月尽日、いさゝか酒肴をしつらへて、たけし、一水両君と打連れだちて手古松山へわけ入る

秋の日

樹々のねの秋日ふむ客や足たかく

笛吹川舟遊

無月

舟をり〳〵雨月に舳ふりかへて

秋の星

秋の星遠くしづみぬ桑畑

霧

しばらくは月をとぼその夜霧かな

山霊をうとんずる月や霧晴るゝ

きりさめやいかにおつべき蔦のつゆ

秋の野　逃げ馬にしもとくはへぬ野路の秋

秋の水　秋水やすてしづみたる古扇

初猟　はつ猟や暑さおどろく不猟《シケ》端山

相撲　夜相撲や目玉とばして土埃り

鳴子　鳴子縄はたゞ薄闇に風雨かな

文珠会の僧月にひく鳴子かな

案山子　雪山をみせて月出ぬ古かゝし

秋の燈　秋燈にねむり覚むるや句三昧

秋夜の燈をつるしあるきぬ日傭男

鶺鴒　滝風に吹かれあがりぬ石たゝき

蜻蛉　汲まんとする泉をうちて夕蜻蛉

蓑虫　笠紐を垂る大露やいなごとり

秋の蝶　秋蝶とぶや雞屠る刃ひつさげて

蛇入穴　うごく枝に腹つよき力秋の蛇

秋の草　谷々や出水滝なす草の秋

竜胆　竜胆をみる眼かへすや露の中

零余子　零余子もぐ笠紐ながき風情かな

冬

冬　日常の靴みがく婢や冬埃り

神無月　山妻や髪たぼながに神無月

師走　誰そ靴に唾はきしわが師走かな

冬の日　冬日縁話し一とゝきはずみけり

冬の燈　寒燈をつり古る妻の起居かな

冬座敷　柱鏡にひろさ溯る冬座敷

雪沓　雪沓やうち揃へぬぐ日高縁

冬籠　子を持てばなめずる情に冬ごもり

炬燵　婢もあてゝ屹度あはれむ炬燵かな

榾　甕水を汲むやまつはる榾げむり

鷦　雪に撃つや鷦細枝に翅たれて

葱　家も夫もわすれたゞ煮る根深かな

大正八年――七十六句――

新年

手毬　廊わたる月となるまで手鞠かな

春

立春　立春の馬嘶くもよし雨中の陽

春浅し　火に倦んで炉にみる月や浅き春

二月　山雪に焚く火ばしらや二月空

雪解　月褒めて雪解渡しや二三人

山くぼの朴一と叢や雪解月

凍解　家鴨抱くや凍解の水はれぐと

焼野　月いよ〳〵大空わたる焼野かな

猟名残　牧がすみ西うちはれて猟期畢ふ

猫の恋　草喰む猫眼うとく日照雨仰ぎけり

落汐や月に尚恋ふ船の猫

芹　日影して胸ふとき雞や芹の水

竹の秋　谷川にほとりす風呂や竹の秋

夏

夜の秋　尿やるまもねむる児や夜の秋

白骨温泉

三伏　三伏の月の小さゝや焼ヶ岳

梅雨　うち越してながむる川の梅雨かな

から梅雨や水ノ面もとびて合歓の鳥

信濃山中梓川

青嵐　川瀬ゆるく浪をおくるや青あらし

大正八年六月二十六日家郷を発して日本アルプスの幽境
白骨山中の温泉に向ふ。途中　三句

夏の山　夏山や又大川にめぐりあふ

泉　汗冷えつ笠紐ひたる泉かな

深山雨に蕗ふかぐ\と泉かな

硯洗ふ　硯洗ふや虹濃き水のゆたかなる

蚊帳　剪りさして毒花に睡る蚊帳かな

白骨檜峠一軒茶屋
高山七月老鶯をきく昼寝蝸　墓参

展墓日暑し玉虫袖をあゆむかな　蛍

瀬をあらびやがて山のすほたるかな

かざむきにまひおつ芋の蛍かな　金亀子

白骨温泉
後架灯おくやもんどりうちて金亀子　夏蝶

大正八年六月六日家郷を発して日本アルプスの幽境白骨温泉に向ふ
夏蝶や歯朶ゆりて又雨来る　蜘蛛

雲ゆくや行ひすます空の蜘蛛　渓蓀

濁り江や茂葉うつして花あやめ　合歓の花

ふためきて又虫とるや合歓の禽

秋

秋
僧院や秋風呂たてゝこみあへる

秋の日　秋日や喰へば舌やく唐がらし

葉月　陰暦八月虹うち仰ぐ晩稲守

初秋　はつ秋の雨はじく朴に施餓鬼棚

笛吹川堤上

秋の日　感電して少年めぐりおちぬ秋の日に

月　月高し池舟上る石だゝみ

白骨温泉　二句

月みせてはとぶ白雲や深山槙

這ひいでゝ人捕るさまや月の蜘蛛

真乗寺住持聾白林に与ふ

山月に冴えて聾ひたる耳二つ

白林和尚葬儀

秋月や魂なき僧を高になひ

幽夢の愛瓢鳴海に題す

ある時は月前にうつ鼓とも

名月　名月や耳しひまさる荒瀬越え

三日月　新月や掃きわすれたる萩落葉

露　倒れ木やのぼるになれて露の杣
　ふなべりをおちてさやかや露の虫
霧　夕霧やうすき星いでゝ笠庇
秋の山　鳥かげにむれたつ鳥や秋の山
秋の蚊帳　耳さとくねて月遠し秋の蝸
菜種蒔く　菜蒔きにも髪ゆひあふや賤が妻
秋の猫　臀たれてむだ飯くらふ秋の猫
落鰻　鰻掻くや顔ひろやかに水の面
秋の蟬　秋蟬やなきやむ幹を横あゆみ
秋の蠅　扇折るや烈火にとべる秋の蠅
秋の草　秋草やふみしだきたる通ひみち
野菊　野菊折るやうちみる早瀬夕焼けて

女郎花　むらさめにおちず古葉やをみなへし

芭蕉　芭蕉葉や池にひたせる狩ごろも

萩　古椀うかむ池ふく風や萩のつゆ

榛　囀するや榛高枝の秋がらす

冬

冬　元結をかみさす冬の女かな

師走　極月や雪山星をいたゞきて

霜　いもの葉にひと霜きしや湖の月

冬の風　上曾根渡し　冬風に下駄も結べる鵜籠かな

時雨　柚伐つて鋸おく枝や片時雨

雪　月いでゝ雪山遠きすがたかな

雪晴や庵にこたへて富士おろし

木枝ながき雪に星出ぬやぶだゝみ

廊灯しゆく婢に月明の深雪竹

薄雪に月出ぬ山は夕日して

山居即事

雉たかく榎の日に飛べる深雪かな

雪空や死雉さげたる作男

焚火

渡しまつ脛くゞり鳴る焚火かな

寒稽古

月の木にありあふ柝や寒稽古

葱

葱洗ふや月ほのぐと深雪竹

大正七年――二十八句――

新年

万歳

万歳にたわめる藪や夕渡し

春

三月　三月や廊の花ふむ薄草履

春の空　春天をふり仰ぐ白歯とぢまけて

花　花を揺る上ヮ風や夜をふかめつゝ

夏

硯洗　硯洗へば梶ながるゝやさや〳〵と

花火　花火見や風情こゞみて舟の妻

秋

秋　乾草をまたぎあへず養る秋の雛

秋の夜　墨するや秋夜の眉毛うごかして

月　刈草に尾花あはれや月の秋

秋風　題婢　秋風や顔虐げて立て鏡

露　金剛力出して木割や露の秋

つまだちて草鞋新たや露の橋

露の日に提げてながし居り雞

心中もせで起きいでぬ露の宿

秋の蠅　水門や木目にすがる秋の蠅

ひるねさめて嚙みつく犬や秋の蠅

秋の草　秋草やぬれていろめく籠の中

萩　風の萩喰むまもはねて仔馬かな

芋　芋喰ふや大口あいていとし妻

白膠木紅葉　もみぢして松にゆれそふ白膠木《ヌルデ》かな

茅萱　崖しづくしたゝる萱や紅葉しぬ

冬

霜　霜凪ぎや沼辺にいでし郵便夫

うら〳〵と旭いづる霜の林かな

氷　書窓耳さとし氷踏む沓おとも

煤払　虫の巣や折り焚く柴に煤の夜を

手袋　医鳳嶺　手袋の手をもて撲つや乗馬《ウマ》の面

麦蒔く　地上三尺霧とぶ笠や麦を蒔く

鴛鴦　月さして鴛鴦浮く池の水輪かな

大正六年――七十五句――

春

立春　立春や耕人になく廬の犢

彼岸

すぐろ野の日に尼つるゝ彼岸かな

弥生

臼おとも大嶺こたふ弥生かな

恋ざめの詩文つゞりて弥生人

行く春

大黒坂昌応寺

ゆく春や僧に鳥啼く雲の中

三月尽

谷杉に凪ぎ雲迅さや弥生尽

春の日

山国の春日を嚙みて鶏の冠《サカ》

朧

みそか男のうちころされしおぼろかな

東風

東風吹いて情こはく見る草木哉

花曇

人あゆむ大地の冷えやはなぐもり

還俗の咎なき旅やはなぐもり

もろともにうれひに酌むや花ぐもり

壇ノ浦懐古

軍船は海にしづみて花ぐもり

雪解　雪とけや渡舟に馬のおとなしき

春の山　夕ばえてかさなりあへり春の山

種浸し　日を抱いてけふを惜しめる種井かな

梅若忌　梅若忌日もくれがちの鼓かな

桜　山ノ神祭典　いにしへも火による神や山ざくら

竹の秋　屠所遠くみるつり橋や竹の秋

夏

夏　廬の盛夏窓縦横にふとき枝

卯月　師をしたふこゝろに生くる卯月かな

水無月　みな月の日に透く竹の古葉かな

涼しさ　河口湖上　富士仰ぐわが首折れよ船涼し

笛ふいて夜涼にたへぬ盲かな

三伏　三伏の月の穢に鳴くあら鵜かな

袷　袷人さびしき耳のうしろかな

鵜飼　ながれ藻にみよし影澄む鵜舟かな

扇　山居即興
柱たかく足倚せて扇つかひけり

乾飯　和田峠茶店
山霧に蜻蛉いつさりし干飯かな

時鳥　河口湖上
白扇に山水くらしほとゝぎす

蠅　蠅とぶや烈風なぎし峠草

蚊　蚊の声や夜ふかくのぞく掛け鏡

葵　屑繭に蠅たむろしぬ花葵

萍の花　浮きくさにまびきすてたる箒木かな

松葉牡丹　上圃日ざかり松葉ぼたんの黄と赤と

覆盆子　流水にたれて蟻ゐるいちご哉

若竹　わか竹や牝を追ふ鶏のいづこまで

若竹　わか竹や句はげむ月に立てかゞみ

合歓の花　高枝に花めぐりあへり午下の合歓

向日葵　向日葵に鉱山びとの着る派手浴衣

秋

秋の昼　秋の昼ねむらじとねし畳かな

夜長　半宵眠さむれば即ち灯をかゝげて床中句を案ず
ながき夜の枕かゝへて俳諧師

暮の秋　ゆく秋や石榻による身の力

秋の日　酒坐遠く灘の巨濤も秋日かな

秋の日　かぜひいて見をしむ松の秋日かな

名月　山居即事
筆硯に多少のちりも良夜かな

秋風　あきかぜやためてよしなきはした銭

秋風や磊磈として父子の情

秋風や痢してつめたき己が糞

なんばんに酒のうまさよ秋の風

偶感

なにをきく眼じりの耳や秋の風

秋雨

柑園の夜に入る燭やあきのあめ

秋の蚊帳

森低くとゞまる月や秋の蟵

灯して妻の眼黒し秋の蟵

寝てすぐに遠くよぶ婢や秋の蚊帳

胡麻刈る

人遠く胡麻にかけたる野良着かな

菊膾

饗宴の灯にとぶ虫や菊膾

燕帰る

胡桃樹下水くらく凪ぐ帰燕かな

馬追虫

空灶《ソラダキ》に月さす松のすいと哉

蜻蛉　胡蘿に尾羽うちしづむとんぼ哉

蕎麦の花　刈りさして廬にしめやかやそばの花

女郎花　山蟻の雨にもゐるやをみなへし

芭蕉　書窓
足あらふ来客をみる芭蕉かな

糸繰る女に芭蕉霧出てもありぬべし

芋　田水はつて一つ葉ゆるゝ芋を見る

芋の葉や孔子の教へいまも尚

萩　竜安寺法会
月明にたかはりたちぬ萩のつゆ

冬

神無月　葬人の野に曳くかげや神無月

十二月　十二月桑原になくすゞめかな

師走　極月の法師をつゝむ緋夜着かな

雪　あすしらぬこともをかしや雪つもる

狩　かりくらや孟春隣る月の暈

月いでゝ猟夫になくや山がらす

水洟　水洟や灯をかゝげたる机前の子

千鳥　月入れば北斗をめぐる千鳥かな

大正五年──四十一句──

新年

楪　ゆづり葉に粥三椀や山の春

春

早春　春あさし饗宴の灯に果樹の靄

髪梳けば琴書のちりや浅き春

立春　立春や朴にそゝぎて大雨やむ

木の芽時　舟を得て故山に釣るや木の芽時

彼岸　尼の数珠を犬もくはへし彼岸かな

　　山寺の扉に雲あそぶ彼岸かな

行く春　舟行　ゆく春や人魚の眇《スガメ》われをみる

暮春　空林の火に馬ねむる暮春かな

田畑を焼く　反逆にくみせず読むや野火の窓

連翹　連翹に山風吹けり薪積む

花　やまびとの大炉ひかへぬ花の月

　　繼はれてちる花に汲む泉かな

　　うきくさにながあめあがる落花かな

竹の秋　空ふかくむしばむ陽かな竹の秋

椿　百鶏をはなてる神や落椿

夏

夏の川　やまがつのうたへば鳴るや皐月川

硯洗　うき草に硯洗へり鵜匠の子

蟬　神甕酒満てり蟬しぐれする川社

毛虫　毛虫焼く火幽し我に暮鐘鳴る

罌粟の花　罌粟の色にうたれし四方のけしき哉

萍の花　曲江にみる萍や機上の婦

桐の花　花桐や敷布くはへて閨の狆

瓢の花　瓢簞の花にひともす逮夜かな

秋

月　詩にすがるわが念力や月の秋

甲斐の夜の富士はるかさよ秋の月

露　葬人は山辺や露の渡舟こぐ

秋の山　秋山の橋小さゝよ湖舟より

秋の海　舟人の莨火もえぬ秋の海

稲刈　稲扱くや無花果ふとき幹のかげ

燕帰る　魚喰ふて帰燕にうたふ我が子かな

白林和尚故郷和歌山へ旅立つを送る

芋　芋秋の大河にあらへたびごろも

煙草の花　開墾地のたばこの花や秋早

野辺に病者の寝具を焼く

秋の草　秋草にあはれもゆるや人の衣

冬

亡児二七日寺詣——竜安寺

寒　苔はえて極寒におはす弥陀如来

冬の風　道のべに痢して鳴く鵜や冬の風

霰　揚舟や枯藻にまろぶ玉あられ

大正四年霜月二十五日誕生の女児生後十五日にして病む
蒲団　おもひ入って人闇にたつ布団かな

火鉢　冷ゆる児に綿をあぶるや桐火桶

富士川下り（ホトヽギス吟行）
鴛鴦　舳に遠く鴛鴦とべりいしがはら

病児逝く
枇杷の花　枇杷に炊く婢にこぼたすや薬壜

大正四年——百三十六句——

新年

繭玉　餅花に髪ゆひはえぬ山家妻

春

田畑を焼く　仏像はあす彫りあがる野火の月
閨怨のまなじり幽し野火の月

菊の根分　日にむいて春昼くらし菊根分

摘草　残雪を嚙んで草つむ山の子よ

土筆　海しらぬ子にこの土ありつくぐし

椿　大空に彫られし丘のつばき哉

竹の秋　虚空めぐる土一塊や竹の秋

花　花に打てば又斧にかへるこだま哉

花の影戸にあり人を偲ばしむ

夏

夏　鉱山《ヤマ》に逢ふて盛夏帽裏の刺を通ず

夏至　白衣きて禰宜にもなるや夏至の杣

夏風　夏風やことぎれし児に枕蝿

夏の雲　夏雲や諸人聴聞のゆきかへり

夏雲濃しうまやの馬にわか竹に

夏寒き西山温泉入湯の帰途海抜五千尺の不二見峠に佇み幽谷を瞰下しつゝ強力の背より水蜜桃一個をぬいて雲とゝもに噛む

夏雲のからみてふかし深山槙

梅雨

臙脂の黴すさまじき梅雨のかゞみ哉

梅雨の灯のさゞめく酒肆の鏡かな

深山花つむ梅雨人のおもて哉

雹

雹晴れて渡舟へんぽんと山おろし

夏の山

白根駒ケ岳の連峰書窓遥かに聳え春日山の翠微眉におつ

なつ山や急雨すゞしく書にそゝぐ

顔よせてみる夏山のあざみかな

夏野

棺桶を舁けば雲ひろき夏野かな

幽火戸にもゆる夏野の鵜匠かな

清水

大峰を日わたりて幽き清水かな

夏衣　水盤に行李とく妻や夏ごろも
夏帽　夏帽や保養一念に湖辺宿
鵜飼　衣かつぐ誰そ草やみや鵜舟去る
夏痩　一日山廬を出て偶々旧知某老妓に会す
なつやせや死なでさらへる鏡山
簟　青巒の月小さゝよたかむしろ
虫干　むしぼしの巣くふ虫あるや古鏡
燈籠　燈籠にねびたる稚児やあはれなる
時鳥　天狗祭の日鶯宿村の老樵夫自ら伐りし大木に圧されて死す　三句
まなことび腸ながれありほとゝぎす
杣の死に斧を祀るやほとゝぎす
閑古鳥　友の死につどへる樵や閑古鳥
金魚　灯してさゞめくごとき金魚かな

蚊　夜ふかく饗宴の酒をすう蚊かな

蛞蝓　おどけたる尼の操や蛞蝓

鰒　うたがへば妻まことなし鰒に酌む

瓜　ぬすびとに夜々の雨月や瓜畠

葵　日中に咳はく牛や花葵

罌粟　大空に不二澄む罌粟の真夏かな

百合の花　山百合にねむれる馬や靄の中

藻の花　泥舟の水棹たてたる花藻かな

日蔽垂るゝ水に明るき花藻かな

若楓　伯母逝いてかるき悼みや若楓

余花　船におちて松毬かろし余花の岸

青梅　青梅のおちゐて遊ぶ精舎の地

枇杷　忌のことにつどひつ枇杷に乳人と酌む

　　　飼猿を熱愛す枇杷のあるじ哉

林檎　汝と剝いて恋白眼《ニラ》み足る林檎かな

紫陽花　紫陽花に八月の山たかゝらず

柘榴　妻織れどくるはしき眼や花柘榴

合歓の花　山風のふき煽つ合歓のからす哉

椶櫚の花　恋ひ老ひて貧苦に梳けり棕櫚の花

秋

秋の暮　大木を見つゝ閉す戸や秋の暮

暮の秋　胃中に虫数多発生して斃れたる農馬あり
　　　胃ぶくろにすごもる虫や暮の秋

秋の空　朴の葉や秋天たかくむしばめる

秋の雲　秋雲をむかへて樹てり杉大樹

月

滄溟にうく人魚あり月の秋

八千草の月幽くすめる尼僧かな

松窓未亡人

肥かつぐ寡婦に東嶺の月黄なり

秋風

あきかぜや水夫にかゞやく港の灯

秋風や舟夫翩飜と波の上

秋風やこだま返して深山川

槍の穂に咎人もなし秋の風

我が郷里に無数の塚あり皆これ太古の墳

われ佇ちて古墳の松や秋の風

狂人某人々に縛せられて藤岱の滝にうたる

岩をかむ人の白歯や秋の風

白林は僧、大秋は医、大秋病み白林僂す

大秋と白林を弟子や秋の風

露

露さだかに道ゆく我をたのしめり

秋雨

あきさめの巌うるほすや樹々の中

霧　舟解いて山霧にこぐや河下へ

秋の山　秋の山国土安泰のすがたかな

初猟　はつ猟の眼にしたしさや草の花

鳴子　病閑に侍するにたへず鳴子ひく

扇置く　コスモスの四窓の秋や置扇

秋の燈　かきたてゝ明き御燈や山の秋

守武忌　薫《タキモノ》に八朔梅や守武忌

西鶴忌　俳諧につぐ闘菊や西鶴忌

鹿　塩辛に一壺の酒や鹿の秋

菊　たましひのしづかにうつる菊見かな

鳳仙花　家富んで朝暮の粥や鳳仙花

落日に蹴あへる鶏や鳳仙花

萩　月さむくあそべる人や萩の宿

　　また痢して灯明うよむや萩のぬし

芙蓉　料理屋の夜の閴寂や白芙蓉

芋　舟解くや葬人野辺に芋の秋

　　野拓いてすみ古る月や芋のぬし

竹の春　書楼出て樵歌又きく竹の春

唐辛子　なんばんといづれぞあかし猿の臀

後妻をむかへたる嵐舟のもとへ

榛　はしばみにふためきとぶや山がらす

冬

冬の日　樋の草に日短かさよ婢の炊ぐ

冬至　山国の虚空日わたる冬至かな

冬の夜　寒夜読むや灯潮のごとく鳴る

冬の日　髭剃つて顔晏如たり冬日影

冬の空　冬そらや大樹くれんとする静寂《シヾマ》

霜夜　赤貧にたへて髪梳く霜夜かな

霜　霜とけのさゝやきを聴く猟夫かな

雪　雪国の日はあはあはし湖舟ゆく

冬の山　藁つむや冬大峯は雲のなか

冬の海　大艦をうつかもめあり冬の海

炉開　炉をきつて出るや椿に雲もなし

煤払　煤掃や師は徘徊す湖ほとり

頭巾　利にうとき人の眼にごる頭巾かな

冬帽　雪晴れてわが冬帽の蒼さかな

病中

蒲団　この布団熱冷えて死ぬおのれかな

布団たゝむ人を去来す栄華かな

橇

山鳴るとうちみる妻や橇暗し

炉によつて連山あかし橇の酔

冬の燈

ひとり読んで花枯るゝ床や寒夜の燈

炉

湯をいでゝわれに血めぐる囲炉裡かな

火鉢

輪番をおちて学べる火桶かな

死病得て爪うつくしき火桶かな

興はなれずひとり詩に憑る火桶かな

炭

ひとり詠むわが詩血かよふ炭火かな

榾

父とうとく榾たく兄の指輪かな

そむく意を歯にひしめかす榾火かな

夜の戸に風媚ぶや我に榾怒る

園にで、山影豁し梢の酔

埋火　埋火に妻や花月の情にぶし

火を埋めてふけゆく夜のつばさ哉

火事　山火事に蔵戸ほのかや鶏うたふ

空也忌　空也忌の魚板の月ぞまどかなる

狸　かりくらの月に腹うつ狸かな

千鳥　濤かぶつて汐汲む蜑やむら千鳥

林檣の大風の月やむらちどり

枯萩　枯萩やせはしき針に情夫なし

枯菊　枯菊や雨きて鶏の冠動く

葱　畜類の肉もこのもし葱の味

月にねむる峯風つよし葱をとる

親疎十年交りたゆる葱の月

真乗寺の白林和尚俳諧を事として偶々山廬を訪ふ

冬木立　白林を湯へとふ柝や冬木立

落　葉　落葉ふんで人道念を全うす

枇杷の花　妻激して口蒼し枇杷の花にたつ

槖吾の花　唾吐いてかすかに石蕗の月に閉づ

薫《タキモノ》に貞意かげあり石蕗暮るゝ

大正参年——三十六句——

夏

火　蛾　幽冥へおつる音あり灯取虫

秋

秋　胃洗ふて病院桐の秋闊し

立秋　洟かんで耳鼻相通ず今朝の秋

夜長　海鳴れど艫は壁にある夜永かな

秋の空　晴れくもる樹の相形や秋の空

秋風　蘆の湖に溺死せる従弟萍生を函嶺の頂に荼毘にして
秋風や眼前湧ける月の謎

竈火赫とたゞ秋風の妻を見る

野分　野分雲湧けど草刈る山平

月　蘆の湖に溺死せる従弟萍生を函嶺の頂に荼毘にして
荼毘の月提灯かけし松に踞す

露　芋の露連山影を正うす

つぶらなる汝が眼吻はなん露の秋

刈田　刈田遠くかゞやく雲の袋かな

案山子　案山子たつれば群雀空にしづまらず

相撲　情婦を訪ふ途次勝ちさるや草相撲

古酒　牛曳いて四山の秋や古酒の酔

太祇忌　太祇忌や秋の湖辺の蒲焼屋

雁　かりがねに乳はる酒肆の婢ありけり

菊　菊畠や大空へ菊の気騰る

烏瓜　梵妻を恋ふ乞食あり烏瓜

萩　窓あけてホ句細心や萩晴るゝ

蘭の花　句また焼くわが性淋し蘭の秋

曼珠沙華
萍生の骨を故郷の土に埋む
葬人歯あらはに泣くや曼珠沙華

柿　農となつて郷国ひろし柿の秋

梨　梨むくや故郷をあとに舟くだる

木瓜の実　木瓜嚙むや歯の尖端に興うごく

紅葉　人すでにおちて滝鳴る紅葉かな

神酒やがて岨ゆきてさめる紅葉かな

先着にあな幣尊と紅葉山

山門に赫と日浮ぶ紅葉かな

紅葉ふんで村嬢塩をはこびけり

冬

寒さ　ある夜月に富士大形の寒さかな

書楼出て日寒し山の襞を見る

冬の山　冬山に僧も狩られし博奕かな

茎漬　束の間の林間の日や茎洗ふ

葱　人妻よ薄暮のあめに葱やとる

山がつに葱の香つよし小料理屋

大正弐年――五十六句――

春

立春

立春や梵鐘へ貼る札の数

行く春

ゆく春や流人に遠き雲の雁

恋々と春惜しむ歌や局人

ゆく春の人に巨帆や瀬多の橋

行春や朱にそむ青の机掛

残る雪

残雪や中仙道の茶屋に谷

雪解

松に帆や雪消の磯家まださむし

春の川

木戸出るや草山裾の春の川

春の水

薪水のいとまの釣や春の水

鹿島より旅うら〻なる春水記

春の野　春野ふむや珠履にもつる〻日遅々たり

田畑を焼く　古き世の火の色うごく野焼かな

西行忌　人々の座におく笠や西行忌

薊　林沼の日のしづかさや花あざみ

夏

川狩　苗代に月の曇れる夜振かな

蔵壁の火籠とりいで〻夜振かな

鵜飼　ひえ〴〵と鵜川の月の巌かな

蚊遣火　城番に松の月すむ蚊やりかな

青簾　駅の家に藻刈も透ける青簾かな

古宿や青簾のそとの花ざくろ

蚊帳　灯を入れてしばらく読める蚊帳かな

行水　行水の裸に麦の夕日影

行水や晒し場暮るゝ垣の隙

行水のあとの大雨や花樗

花火　あまりつよき黍の風やな遠花火

鮓　鮓圧すや加茂のまつりも過ぎし雨

鮎鮓や多摩の晩夏もひまな茶屋

鮎　囮鮎ながして水のあな清し

秋

秋風　人の国の牛馬淋しや秋の風

秋風や野に一塊の妙義山

砧　砧女に大いなる月や浜社

提灯を稲城にかけしきぬた哉
砧一つ小夜中山の月夜かな

夜学

大峰の月に帰るや夜学人

雁

水軍に焼かるゝ城や雁の秋
雁鳴くや秋たゞなかの読書の灯

薄

山陵の松はさびしきすゝき哉
治承このかた平家ぞをしむ花すゝき
天人のぬけがら雲やすゝき原

蘭の花

雁を射て湖舟に焼くや蘭の秋

鶏頭

山僧に遅き月日や鶏頭花
羅漢寺の鐘楼の草の鶏頭かな
今年また庵のその生や鶏頭花

芭蕉　ともしびと相澄む月のばせをかな

冬

立冬　今朝冬や軍議にもれし胡地の城

道芝を吹いて駄馬ゆく今朝の冬

春近し　春隣る嵐ひそめり杣の炉火

冬の日　冬の日のこの土太古の匂ひかな

榾　文読んで烈火の怒り榾を焚く

蕎麦をうつ母に明うす榾火かな

鶏とめに夕日にいでつ榾の酔

炭　炭売つて安堵屏風の大字読む

神楽　磧ゆくわれに霜夜の神楽かな

千鳥　月ひくゝ御船をめぐるちどりかな

草　枯　大江戸の街は錦や草枯るゝ

草盧に籠りて

落　葉　山晴れをふるへる斧や落葉降る

明治四拾五年（大正元年）——三十九句——

春

炉を塞ぐ　炉塞や不破の関屋の一とかすみ

雁風呂　雁風呂や笠に衣ぬぐ旅の僧

針供養　古妻や針の供養の子沢山

畑を打つ　畑打や代々につたへて畠の墓

涅槃会　門前の花菜の雨や涅槃像

釈　奠　釈奠や古墨にかきて像尊と

社　日　門畑に牛羊あそぶ社日かな

水口祭
関の戸や水ノ口まつる田一枚
野おぼろに水ノ口祭過ぎし月

人丸忌
二三人薄月の夜や人丸忌

若草
若草や空を忘れし籠の鶴

蒲公英
蒲公英や炊ぎ濯ぎも湖水まで

薊
森の神泉におはす薊かな

土筆
みさゝぎや日南めでたき土筆

蕨
高野山春たけなはのわらびかな

石楠花
石楠花の紅ほのかなる微雨の中

海棠
海棠や縁を往き来す狆の鈴

竹の秋
竹の秋一焼す蘭のやまひかな
竹秋や雨露風雪の榻の寂び

菜の花　菜の花や五十三次ひとり旅

柳　書楼出て日の草原のやなぎかな

慈姑　慈姑田や透垣したる社守

冬

雪　みだるゝや箙のそらの雪の雁

雪掃けば駅人遠く行きにけり

踏切の灯を見る窓の深雪かな

なつかしや雪の電車の近衛兵

雪風や書院午ぢかく掃除すむ

ふるさとの雪に我ある大炉かな

湯婆こぼす垣の暮雪となりにけり

草枯　草枯や又国越ゆる鶴のむれ

草枯や野辺ゆく人に市の音

冬木立

阿武隈の蘆荻に瀕す冬木かな

寒林のしきみは古き墓場かな

水仙

道具市水仙提げて通りけり

枯蓮は阿羅漢水仙は文珠かな

山茶花

山茶花や日南のものに杵埃り

茶の花

茶の花も菅笠もさびし一人旅

落葉

窓の下なつかしき日の落葉かな

絵馬堂の内日のぬくき落葉かな

明治四拾四年—百二十一句—

新年

元日　元旦や前山颪す足袋のさき

門松　門松や雪のあしたの材木屋

繭玉　餅花や正月さむき屋根の雪

手毬　庭訓による友どちや手毬唄

弓始　梅ぬくし養君の弓はじめ

春

春の日　ながき日や洛《ミヤコ》を中の社寺詣

海月とり暮遅き帆を巻きにけり

四月　琵琶の帆に煙霞も末の四月かな

晒布うてば四月の山辺応へけり

春の宵

宿引にひかれごゝろや宵の春

春の夜

春の夜や仏事したゝむ小商人

冠の紐焼く春の一夜かな

そろばんに久松ねむる夜半の春

余寒

押入に丈草寝るも余寒かな

春寒や耕人うたふ海の唄

行く春

ゆく春の笛に妻恋ふ盲あり

朧夜

朧夜や本所の火事も噂ぎり

おぼろ夜や櫺子にたれし花一朶

朧

お法会に影絵あるよし朧かな

雪解

雪解や機の窓なる湖水不二

雛祭

乙娘雛も次第になりにけり

雛の日や遅く暮れたる山の鐘

猫の子

猫の子のなつく暇や文づかひ

猫の子や尼に飼はれて垣のうち

鶯

鶯や人遠ければ窓に恋ふ

鶯に山吹ばかり横川かな

雉

久遠寺へ閑な渡しや雉子の声

柳鮠

山越えて来てわたる瀬や柳鮠

蝶

山吹の蝶を見てゐて得度かな

花

水甕に花の日さして炊ぎけり

たがやして社の花に午餉かな

木曾人は花にたがやす檜笠かな

梅　山寺やむざと塵すつ梅の崖

藪中の木を積む墓所や梅白し

大根の花　大原や日和定まる花大根

花大根藁家二軒の峡かな

松の花　唐櫃は玄関におけ松の花

夏

暑　船暑し干潟へおろす米俵

筆耕や一穂の灯に暑き宵

涼しさ　すゞしさや波止場の月に旅衣

秋近し　糸染むるや秋遠からぬ小野の森

日盛　日盛りの町中にして傘屋

しづかさや日盛りの的射ぬくおと

日ざかりやおのが影追ふ蓬原

夏の川　夏川や砂さだめなき流れ筋

夏の海　夏海へ燈台径の穂麦かな

夏の宿　芭蕉織る嶋とおもへば夏の宿

幟　社家町や樗の花に鯉のぼり

鵜飼　午過ぎの磧に干せる鵜縄かな

夏痩　あな痩せし耳のうしろよ夏女

打水　わが眉に日の山遠し水を打つ

行水　あつ過ぎる行水にさす日影かな

蚊遣火　蚊火焚くや江を汲む妻を遠くより

今はたゞ蚊火もゆるのみ大雨かな

いとゞしく月に蚊火たく田守かな

虫干

虫干や東寺の鐘に遠き縁

騒動記虫干す中に読まれけり

花火

江泊の酒尽くほどの花火かな

麦刈

葡萄棚ふかく麦うつ小家かな

鮓

鮓桶の蓋とれば雲とざしけり

鮓宿へ旅人下りぬ日の峠

鮓売の裏坂すぎぬ竹の月

富士詣

砂走《スバシ》りの夕日となりぬ富士詣

鯖釣る

鯖釣や夜雨のあとの流れ汐

夏菊

夏菊に桑かたむきて家蔭かな

藻の花

藻の花に窓前の湖雨すなり

余花

藪寺に余花や見えける嵯峨野かな

百合の花
百合折るや下山の袖に月白き

葵
花葵貧しくすみて青簾吊る

夜の市や葵買ひゆく人の妻

蕗
山里や木小屋の中を蕗の川

瓜
瓜つけし馬も小諸の城下かな

しば〳〵や人に雨月の瓜ばたけ

麦
麦畠や奈良の小鍛冶が古簾

麦畑に芥子のとび咲く籬落かな

若葉
水一荷渡御にそなへし青葉かな

夏木立
夏木にも瓜蠅とべり峠畑

桐の花
花桐に斯の民やすき湖辺かな

百日紅
百日紅咲く世に朽ちし伽藍かな

玉巻芭蕉　松風竹雨芭蕉玉巻く書楼かな

秋

残暑　秋暑し湖の汀に牧の鶏

葉月　仲秋や火星に遠き人ごゝろ

秋の日　日の秋や門茶につどふ草刈女

たび人に日の秋畠の焚火かな

霧　谷の戸や菊も釣瓶も霧の中

秋の蚊帳　秋蝍やあした夕べの炉火の紅

鵙吹く　鵙吹や夕日に出たる山の墓

はつ菊や大原女より雁の文

菊　菊咲くやけふ仏参の紙草履

菊の香や太古のまゝに朝日影

冬

冬の日　短日のはや秋津嶋灯しけり

短日の水に影ある漁人かな

短日の時計の午後のふり子哉

寒さ　山国や寒き魚介の小商人

冬至　六波羅へぼたん見にゆく冬至かな

帆もなくて冬至の海の日影かな

冬の空　冬空へ煙さでたくや灘の船

時雨　品川に台場の音のしぐれかな

木枯　凩の山に日あるや厠出て

霜　初霜や湖に青藻の霧がくれ

冬の山　冬山や寺に薪割る奥は雪

冬の海

冬海の漁舸を淋しむ旅人かな

枯野

枯原や堰に音ある榛の風

岡見

逆蓑や運のさだめの一としぐれ

つれだちて淋しき老の岡見かな

竹瓮

淀の魚竹瓮にまよふ一つかな

寒声

寒声の瞳をてらす灯かな

寒声や城にむかへる屋敷町

さゝ鳴

笹鳴や艦入り替ふる麓湾

千鳥

ありあけの月をこぼるゝちどりかな

青楼の灯に松こゆるちどりかな

千鳥啼くや廻廊の燈雨ざらし

岬山の緑竹にとぶ千鳥かな

鮟鱇　鮟鱇やかげ膳据えて猪口一つ
山茶花　山茶花の垣穂の渡し見晴れけり
葱　葱の香に夕日の沈む楢ばやし
落葉　落葉すやしづかに庫裡の甕の水
園丁と鶴と暮れゐる落葉かな
笊干すや垣の落葉に遠き山
木の葉　牧へとぶ木の葉にあらぬ小鳥かな
水仙　水仙に湯をいで丶穿く毛足袋かな

明治四拾参年——七十句——

新年

初芝居　春にまけて優長逝きぬ二の替

春

早春

旅一句

春浅し湊紙すてる深山草

春暁

春暁や花圃ぬけてゆく水貫ひ

春暁の湖に皿洗ふ厨かな

夏近し

煮るものに大湖の蝦や夏近し

朧

果樹園に積む石ありておぼろ哉

貝寄風

貝寄や遠きにおはす杣の神

貝寄や南紀の旅の笠一つ

貝寄や櫂を上げたる水夫二人

鮎汲

鮎汲や糧を忘れし巌高き

木の実植う

木の実植ゑて水にきはまる茨かな

木ノ実植う人呼びかはす二峰かな

滝殿や木鉢へ植ゑし楓の実

桜餅　さくら餅食ふやみやこのぬくき雨

青饅　夢さめてたゞ青ぬたの古草廬

鮒膾　鮒膾瀬多の橋裏にさす日かな

春の宿　火なき炉の大いさ淋し春の宿

壺焼　海凪げるしづかさに焼く蠑螺かな

茶摘　山焼けに焼けのこりしを摘む茶かな

初午　吉野山奥の行燈や一の午

蛤　蛤を焼けば鳴く故にすゞめ貝

蛤や鳴戸の渦にあづからず

梅　梅林を柩舁きゆく漁人かな

梅林に漁舸弄す浪の見えにけり

竹の秋
巌蔭の廬の三味線や竹の秋
耶馬の舟古くあやうし竹の秋

種芋
種芋や兵火のあとの古都の畠
芋植うや尾ノ上の花は晴れがまし

夏

夏の雨
灯をはこぶ湯女と戦ぐ樹夏のあめ
夏の雨草井に日影残りけり

麻刈る
麻刈つて渺たる月の渡しかな

昼寝
昼寝覚め厨にみてる魚介あり

峰入
倒れ木を越す大勢や順の峰
祖父祖母も寝しこの宿や順の峰

時鳥
燈台の浪穂の舟やほとゝぎす

寺にみる月のふるさやほとゝぎす

雨蛙　雨蛙樫の戦ぎに雲忙し

豉虫　まひ〳〵や菖蒲に浅き水車尻

まひ〳〵や庭の水落つ門流れ

蚊　泉掬ぶ顔ひやゝかに鳴く蚊かな

蚕　膳さきへかたむく桑や蚕の宿

羽蟻　魚板より芭蕉へつゞく羽蟻かな

釣人や羽蟻わく舳をかへりみず

蝉　蝉鳴くや瀬にながれ出しところてん

蛭　古駅や塀沿ひ曲る蛭の川

火蛾　夏虫や一と風呂の間の酒肴

金魚　赤貧洗ふが如く錦魚を飼ひにけり

初鰹

初鰹いたくさげすむ門地かな

鰺

鰺釣や帆船にあひし梅雨の中

鮎

ふるさとや廏のまどの鮎の川

鮎漁のしるべも多摩の床屋かな

干鮎や凪しはてたる蠅一つ

牡丹

牡丹や阿房崩すと通ふ蟻

夏草

夏草や駅の木立に捨て車

葉桜

葉桜や嵐橋晴るゝ人の傘

蓴菜

旅人に遠く唄へり蓴採

合歓の花

合歓かげに船の煙りや山中湖

雪の下

鴨足草雨に濁らぬ泉かな

ふもと井や湯女につまるゝ鴨足草

藻の花　曲江に山かげ澄みて花藻かな

秋

鹿　鹿鳴くや酒をさげすむ烽火守

鵙　森の雲鵙の鳴く音と動きけり

渡り鳥　嶋は秋しぐれ易さよ渡り鳥

雁　はつ雁に几帳のかげの色紙かな

虫　小法師や虫なく秋の句沢山

蜩　ひぐらしの鳴く音にはづす轡かな

蜻蛉　蜻蛉や芋の外れの須磨の浪

畠中の秋葉神社や蜻蛉とぶ

松にむれて田の面はとばぬ蜻蛉かな

鯊　鯊つりを埋めてそよぐ蘆荻かな

明治四拾弐年——三十六句——

新年

書初
書初や草の庵の紅唐紙

手毬
手毬かゞるひとりに障子日影かな
再びやつけばもつるゝ毬の糸
手毬つく唄のなかなるお仙かな

春

柳
巡邏終へて柳に日あり歌書を繙く

夏

秋近し
墓松に玉虫とるや秋近く
水楼
秋近きてすりに凭るや月二つ

麦の秋　師門遠く藻に泳ぐ子や麦の秋

毛虫　毛虫焼くや情人窓掛をあげて弾く

蛍　庵出る子に松風のほたるかな

火蛾　月光に燭爽かや灯取虫

牡丹　山雲の翔りて咲けるぼたん哉
　牡丹白し人倫を説く眼はなてば

夏木立　逆友を訪ふ岡晴れぬ青銀杏

瓜　瓜畑を展墓の人や湖は秋

秋

露　江上に月のぼりたる夜露かな

霧　杣の戸をしめきる霧の去来かな

燕帰る　燕去つて柝もうたざる出水かな

唐辛子　南ばんをくらふ虫とて人の影

柿　柿林出る舟や水棹横たへて

冬

神無月　山に遊ぶ水車の鶏や神無月

十二月　炉ほとりの甕に澄む日や十二月

冬の夜　大酔のあとひとりある冬夜かな

寒さ　藪伐れば峰のこだます寒さかな

山風に鶴が啼いたら寒さかな

小春　浦人に袈裟掛け松の小春かな

針売も善光寺路の小春かな

春近し　春近し廻国どもが下駄の泥

冬の日　船よせて漁る岸の冬日かな

霙　湯屋いづるとき傘の霙かな

枯野　荒海の千鳥ぶちまく枯野かな

枯原や留守の戸なりし貰ひ水

氷　林間の篠分くる瀬の氷りけり

埋火　埋火や倚廬《イロ》月あげて槻の枝

手袋　人さかしく帽とるや手袋の手に

蕪菁　婢を御してかしこき妻や蕪汁

明治四拾壹年——二十八句——

新年

三ヶ日　こゝろよき炭火のさまや三ヶ日

秋

暮の秋　ゆく秋やかゝしの袖の草虱

月　とりいでゝもろき錦や月の秋

初嵐　はつ嵐真帆の茜に凪ぎにけり

琴の音や芭蕉すなはち初嵐

露　炊ぎつゝながむる山や露のおと

朝露やむすびのぬくき腰袋

落し水　落し水鳴る洞ありて吸ひにけり

初汐　はつ汐にものゝ屑なる漁舟かな

江の宿や蘇鉄の窓の葉月汐

秋の山　晒し場をくもらす秋の二峯かな

秋の川　秋川や駅にまがりて船だまり

酒肆を出て蘆荻に橋や秋の川

秋出水　ふるさとの木槿の垣や秋出水
かりがねと関の旅人や秋出水
秋の海　秋海のみどりを吐ける鳴戸かな
茄子畠に妻が見る帆や秋の海
秋海のなぎさづたひに巨帆かな
秋の蚊帳　炉辺よりこたふる妻や秋の蚊帳
鹿　鹿鳴いて吹きくる嵐間ありけり

冬

冬の日　くれなゐのこゝろの闇の冬日かな
油垢しむ櫛笥に冬日かな
煤払　透垣にとなりの煤の調度かな
炉開　炉開やほそき煙りの小倉山

住吉の道ノ辺の宿や炉をひらく

千鳥　高浪に千鳥帯とてつゞきけり

汐くみに来て遠不二にちどり哉

水鳥　みづどりにさむきこゝろを蔽ひけり

明治四拾年——四十五句——

春

長閑　のどかさや艇吊りたる艦の空

雛祭　麺棒のとゞろきわたる宿の雛

二日灸　笈磨れの尊き肩や二日灸

汐干　葦の間の泥ながるゝよ汐干潟

碇出てかたむく船や汐干潟

曲水の宴　流觴の鳥ともならず行方かな

寒食　寒食や凡夫の立てる膝がしら

鶏合　春暑く素袍に汗や鶏合

木の実植う　一寺領七谷植うる木ノ実かな

鶯　対岸の模糊に鶯うつりけり

雉子　城山の竹叢に鳴く雉子かな

鳥交る　塵取に尚吹く風や鳥交る

蛇出穴　蛇穴をいでゝ耕す日に新た

蛙　草深き築地の雨や蛙とぶ

花　花の風山蜂高くわたるかな

桜　晴嵐に松鳴る中のさくらかな

蓬　つみためて臼尻に撰る蓬かな

躑躅　松伐りし山のひろさや躑躅咲く

夏

短夜　短夜や蘭の花へだつ戸一枚

暑さ　紫陽花に草紙干す時暑さかな

涼しさ　晒引く人涼しさを言ひ合へり

秋近し　草庵の壁に利鎌や秋隣り

燈台に灯すこゝろや秋隣り

雷　雷晴れや日にのぞかるゝ椎の花

雷の晴れ倒れし酒旗に蚯蚓かな

夏霞　城廓の中の牧場や夏がすみ

青嵐　泉石をはづるゝ滝や青嵐

植田　植ゑし田の中の巨石や忘れ笠

幟　鯉幟夕べたれけり木槿垣

燈籠　かりそめに燈籠おくや草の中

蚊帳　蚊帳つる釣手の音に眠入るなり

合歓に蛔古河の渡しの宿屋かな

虫干　虫払鼠の糞の大いなる

曝書尚われに昨日の忙事かな

打水　無花果の門の格子や水を打つ

河蒸汽水打つ河岸につきにけり

水草の流れ汲み打つ温泉町

行水　行水や盥の空の樅の闇

井戸替　晒井にたかき樗の落花かな

竹植う日　戸袋にあたる西日や竹植うる

鮓　此宿や飛瀑に打たす鮓の石

蛍　月の窓にもの丶葉裏のほたるかな

蚊　蚊ばしらや眉のほとりの空あかり

葵　雷のあと日影忘れて葵かな

合歓の花　雷やみし合歓の日南の旅人かな

明治参拾九年――十六句――

春

早春　春浅き草喰む馬の轡かな

暮春　芥火に沈丁焦げぬ暮の春

朧　諒闇の第一宵や月おぼろ

春の山　草籠の蔭に雉子や春の山

汐干　海苔麁朶のかげある水や汐干潟

辛夷　旧山廬訪へば大破や辛夷咲く

秋

暮の秋　草の戸の臀たれ猫や暮の秋

月　水車の灯幽かにもあるや月の渓

露　就中学窓の灯や露の中

菊　軍艦の甲板の菊や佳節凪ぎ

露草　露草に落ち木もあまた端山哉

冬

立冬　冬に入る炉につみ焚くや古草鞋　富士宿舎

冬の夜　物おちて水うつおとや夜半の冬

千鳥　あら浪に千鳥たかしや帆綱巻く

帰り花　俊寛の枕ながるゝ千鳥かな

返り咲く園遅々とゆく広さかな

明治参拾八年——三句——

秋

立秋　今朝秋や笏をいだけば袖長し

夜長　茶筒かげそれも夜長の炉縁かな

秋晴　橋からの釣糸ながし秋晴るゝ

明治参拾七年以前——五句——

夏

夕立　桐の葉に夕だちをきく書斎かな

日傘　鈴の音のかすかにひゞく日傘かな

麦　麦の穂にかるぐ〵とまる雀かな

秋

菊　白菊のしづくつめたし花鋏

薄　花すゝき小垣の昼を鶏鳴いて

明治参拾六年以前——三句——

春

柳　居すごして箸とる家の柳かな

夏

蚊遣火　たかどのに源氏の君が蚊遣かな

さし汐の時の軒端や蚊遣焚く

明治弐拾七年以前——一句——

秋

墓参

もつ花におつる涙や墓まゐり

霊《れい》芝《し》

明治三十九年以前（五句）

春浅き草喰む馬の轡かな
草籠の蔭に雉子や春の山
芥火に沈丁焦げぬ暮の春
あら浪に千鳥たかしや帆綱巻く
鈴の音のかすかにひゞく日傘かな

明治四十年（十句）

花の風山蜂たかくわたるかな
晴嵐に松鳴る中のさくらかな
松伐りし山のひろさや躑躅咲く

草庵の壁に利鎌や秋隣
泉石を外づれる滝や青嵐
かりそめに燈籠おくや草の中
無花果の門の格子や水を打つ
此宿や飛瀑にうたす鮓の石
月の窓にもの丶葉裏のほたるかな
雷やみし合歓の日南の旅人かな

明治四十一年（五句）

とりいでてもろき錦や月の秋
はつ嵐真帆の茜に凪ぎにけり
炊ぎつ丶ながむる山や露の音

江の宿や蘇鉄の窓の葉月汐
炉辺よりこたふる妻や秋の蠏

明治四十二年（五句）

月光に燭爽かや灯取虫
牡丹しろし人倫をとく眼はなてば
炉ほとりの甕に澄む日や十二月
春近し廻国どもが下駄の泥
湯屋出づるとき傘のみぞれかな

明治四十三年（五句）

煮るものに大湖の蝦や夏近し

灯をはこぶ湯女と戦ぐ樹夏の雨
合歓かげに舟の煙りや山中湖
ひぐらしの鳴く音にはづす轡かな
松にむれて田の面はとばぬ蜻蛉かな

明治四十四年(十句)

琵琶の帆に煙霞もすえの四月かな
雛の日や遅く暮れたる山の鐘
久遠寺へ閑な渡しや雉子の声
夏海へ燈台みちの穂麦かな
午過ぎの磧に干せる鵜縄かな
日の秋や門茶につどふ草苅女

帆もなくて冬至の海の日影かな
牧へとぶ木の葉にあらぬ小禽かな
ありあけの月をこぼるゝ千鳥かな
岬山の緑竹にとぶちどりかな

明治四十五年――大正元年――（五句）

門前に牛羊あそぶ社日かな
野おぼろに水口祭過ぎし月
二三人薄月の夜や人丸忌
雪掃けば駅人遠く往きにけり
踏切の灯を見る窓の深雪かな

大正二年（三十句）

ゆく春や流人に遠き雲の雁
木戸出るや草山裾の春の川
古き世の火の色うごく野焼かな
人々の坐におく笠や西行忌
林沼の日の静かさや花あざみ
ひえびえと鵜川の月の巌かな
行水のあとの大雨や花樗
あまり強き黍の風やな遠花火
囮鮎ながして水のあな清し
人の国の牛馬淋しや秋の風

秋風や野に一塊の妙義山
礁女に大いなる月や浜社
大峰の月に帰るや夜学人
雁を射て湖舟に焼くや蘭の秋
ともし火と相澄む月のぼせをかな
春隣る嵐ひそめり杣の炉火
冬の日のこの土太古の匂ひかな
雞とめに夕日にいでつ榾の酔
月低く御船をめぐる千鳥かな
山晴れをふるへる斧や落葉降る

大正三年（十五句）

幽冥へおつる音あり灯取虫
海鳴れど艪は壁にある夜永かな
竈火赫つとたゞ秋風の妻を見る
芋の露連山影を正うす
刈田遠くかゞやく雲の袋かな
案山子たつれば群雀空にしづまらず
牛曳いて四山の秋や古酒の酔
かりがねに乳はる酒肆の婢ありけり
句また焼くわが性淋し蘭の秋
農となつて郷国ひろし柿の秋

山門に赫つと日浮ぶ紅葉かな

人すでに落ちて滝鳴る紅葉かな

荼生の骨を故郷の土に埋む　一句

葬人の歯あらはに哭くや曼珠沙華

ある夜月に富士大形の寒さかな

書楼出て日さむし山の襞を見る

大正四年（四十五句）

餅花に髪ゆひはえぬ山家妻

閨怨のまなじり幽し野火の月

陽にむいて春昼くらし菊根分

虚空めぐる土一塊や竹の秋

花に打てばまた斧にかへる谺かな

夏風やこときれし児に枕蚊帳
夏雲濃し廐の馬に若竹に
梅雨の灯のさゞめく酒肆の鏡かな
深山花つむ梅雨人のおもてかな
南ア連峰窓に聳え、春日山の翠微眉におつ
夏山や急雨すゞしく書にそゝぐ
青巒の月小さゝよたかむしろ
大空に富士澄む罌粟の真夏かな
日蔽たるゝ水にあかるき花藻かな
山百合にねむれる馬や靄の中
飼猿を熱愛す枇杷のあるじかな
紫陽花に八月の山高からず
山風の吹き煽つ合歓の鴉かな

大木を見つゝ閉す戸や秋の暮
滄溟に浮く人魚あり月の秋
秋風や水夫にかゞやく港の灯
槍のほに咎人もなし秋の風
露さだかに道ゆく我を愉しめり
秋の岳国土安泰のすがたかな
かきたてゝ明き御燈や山の秋
俳諧につぐ闘菊や西鶴忌
薫《たきもの》に八朔梅や守武忌
たましひのしづかにうつる菊見かな
月さむくあそべる人や萩の宿
料理屋の夜の闃寂や白芙蓉

書楼出て樵歌またきく竹の春
はしばみにふためきとぶや山鴉
山国の虚空日わたる冬至かな
髭剃つて顔晏如たり冬日影
冬空や大樹くれんとする静寂《しじま》
霜とけの囁きをきく猟夫かな
雪国の日はあは〳〵し湖舟ゆく
大艦をうつ鷗あり冬の海
炉をきつて出るや椿に雲もなし
雪晴れてわが冬帽の蒼さかな
炉によつて連山あかし橇の酔
死病得て爪うつくしき火桶かな

埋火に妻や花月の情にぶし
火を埋めて更けゆく夜のつばさかな
かりくらの月に腹うつ狸かな
落葉ふんで人道念を全うす

大正五年（十四句）

春あさし饗宴の灯に果樹の靄
髪梳けば琴書のちりや浅き春
立春や朴にそゝぎて大雨やむ
尼の数珠を犬もくはへし彼岸かな
山寺の扉に雲あそぶ彼岸かな

舟行　一句

ゆく春や人魚の眇《すがめ》われをみる

巒霽れてちる花に汲む泉かな
百雞をはなてる神や落椿
毛虫焼く火幽し我に暮鐘鳴る
花桐や敷布くはへて閨の狆
詩にすがるわが念力や月の秋
甲斐の夜の富士はるかさよ秋の月
葬人は山辺や露の渡舟こぐ
稲扱くや無花果太き幹のかげ

大正六年（二十五句）

臼音も大嶺こたふ弥生かな
恋ざめの詩文つゞりて弥生人

還俗の咎なき旅や花曇り
雪解や渡舟に馬のおとなしき
大黒坂昌応寺 一句
ゆく春や僧に鳥啼く雲の中
梅若忌日も暮れがちの鼓かな
屠所遠く見る吊り橋や竹の秋
山ノ神祭典 一句
いにしへも火による神や山桜
三伏の月の穢に鳴く荒鵜かな
笛ふいて夜涼にたへぬ盲かな
ながれ藻にみよし影澄む鵜舟かな
蚊の声や夜深くのぞく掛け鏡
浮き草に間引きすてたる箒かな
流水にたれて蟻ゐる苺かな

向日葵に鉱山《やま》びとの着る派手浴衣

秋の昼ねむらじとねし畳かな

酒坐遠く灘の巨濤も秋日かな

森低くとゞまる月や秋の幮

灯ともして妻の瞳くろし秋の幮

寝てすぐに遠く呼ぶ婢や秋の幮

山蟻の雨にもゐるや女郎花

芋の葉や孔子の教今も尚

かりくらや孟春隣る月の暈

月入れば北斗をめぐる千鳥かな

竜安寺法会

月明に高張たちぬ萩のつゆ

大正七年（五句）

万歳にたわめる藪や夕渡舟
花火見や風情こゞみて舟の妻
つまだちて草鞋新たや露の橋
秋草や濡れていろめく籠の中
うら〳〵と旭いづる霜の林かな

大正八年（三十九句）

火に倦んで炉にみる月や浅き春
月褒めて雪解渡しや二三人
家鴨抱くや凍解の水はれ〴〵と

月いよ〳〵大空わたる焼野かな
牧霞西うちはれて猟期畢ふ
草喰む猫眼うとく日照雨仰ぎけり
落汐や月になほ恋ふ船の猫
谷川にほとりす風呂や竹の秋
尿やるまもねむる児や夜の秋

白骨温泉

三伏の月の小さゝや焼ケ岳
うち越してながむる川の梅雨かな
から梅雨や水面もとびて合歓の禽
硯洗ふや虹濃き水の豊かなる
展墓日暑し玉虫袖をあゆむかな

白骨檜峠一軒茶屋

高山七月老鶯をきく昼寝幮

白骨温泉行　七句

川瀬ゆるく波をおくるや青嵐

深山雨に蕗ふかぐと泉かな

夏蝶や歯朶揺りてまた雨来る

汗冷えつ笠紐浸る泉かな

夏山や又大川にめぐりあふ

雲ゆくや行ひすます空の蜘蛛

後架灯置くやもんどりうつて金亀子

風向きにまひおつ芋の蛍かな

ふためきて又虫とるや合歓の鳥

陰暦八月虹うち仰ぐ晩稲守

はつ秋の雨はじく朴に施餓鬼棚

月高し池舟あがる石だゝみ

名月や耳聾ひまさる荒瀬越え

新月や掃き忘れたる萩落葉

白林和尚葬儀

秋月や魂なき僧を高になひ

舟べりを落ちてさやかや露の虫

鳥かげにむれたつ鳥や秋の山

囀するや榛高枝の秋鴉

元結を嚙みさす冬の女かな

極月や雪山星をいたゞきて

上曾根渡舟場所見　一句

冬風に下駄も結べる鵜籠かな

月いでゝ雪山遠きすがたかな

月の樹にありあふ柝や寒稽古

山居即事

雞たかく榎の日に飛べる深雪かな

大正九年（十四句）

三月の筆のつかさや白袷
かしこみて尼僧あはれや花御堂
一鷹を生む山風や蕨伸ぶ
薙ぎ草の落ちてつらぬく泉かな
信州なにがしの郷を過ぎて
やまぎりに濡れて踊るや音頭取
流燈や一つにはかにさかのぼる
蝶ながるゝ風にはねあそぶ蜥蜴かな
夜長炉に土間の柱や誰かある
秋の星遠くしづみぬ桑畑
笛吹川舟遊
舟をり〳〵雨月に舳ふりかへて

夜相撲や眼球とばして土埃り
滝風に吹かれ上りぬ石たゝき
汲まんとする泉をうちて夕蜻蛉
谷々や出水滝なす草の秋

大正十年（五句）

わづか酔うてさめざるしなや秋女
月をみる眇もちたる樵夫かな
蚕部屋より妹も眺めぬ秋の虹
秋耕にたゆまぬ妹が目鼻だち
寒禽を捕るや冬樹の雲仄か

大正十一年（十句）

ぱら〱と日雨音する山椿
秋分の時どり雨や荏のしづく
月の木戸しめ忘れたる夜風かな
谷橋に見る秋虹のやがて消ゆ
秋の雲しろ〴〵として夜に入りし
出水川とゞろく雲の絶間かな
うす霧に日当る土の木の実かな
めぐまんとする眼美し小春尼
雪やんで月いざよへる雲間かな
老ぼれて子のごとく抱く湯婆かな

大正十二年（十九句）

老いそめて花見る心ひろやかに
二三片落花しそめぬ苗桜
折りとりし花のしづくや山さくら
月いでゝ見えわたりたる梅雨入かな
簾外のぬれ青梅や梅雨明り
子もなくて墓参いとへる夫婦かな
うち水にはねて幽かや水馬
花桐に草苅籠や置きはなし
白蓮やはじけのこりて一二片
冷やかに簑笠かけし湖の舟

秋日椎にかゞやく雲の袋かな
名月や宵すぐるまのこゝろせき
つぶらかに秋蠅とるやたなごゝろ
冬雷に暖房月を湛へたり
冬水や古瀬かはらず一と筋に
年木割かけ声すればあやまたず
炭売の娘のあつき手に触はりけり
百姓となりすましたる布子かな
胸像の月光を愛で暖炉焚く

大正十三年（十三句）

餅花や庵どつと揺る山おろし

小野を焼くをとこをみなや東風曇り
挿木舟はや夕焼けて浮びけり
山ぞひや落花をふるふ小柴垣
ぬぎすてし人の温みや花衣
みめよくてにくらしき子や天瓜粉
盂蘭盆の出わびて仰ぐ雲や星
いちごつむ籠や地靄のたちこめて
秋旅や日雨にぬれし檜笠
むら星にうす雲わたる初秋かな
鰯雲簀を透く秋のはじめかな
秋扇やさむくなりたる夜のあはれ
ゆく雲にしばらくひそむ帰燕かな

大正十四年（二十五句）

たゞ燃ゆる早春の火や山稼ぎ
いき〳〵と細目かゞやく雛かな
夜の雲にひゞきて小田の蛙かな
焼けあとや日雨に木瓜の咲きいでし
はた〳〵と鴉のがるゝ木の芽かな
温泉山みち賤のゆき来の夏深し
夏旅や温泉山出てきく日雷
夏山や風雨に越える身の一つ
山賤や用意かしこき盆燈籠
信心の母にしたがふ盆会かな

身一つにかゝはる世故の盆会かな
秋虹をしばらく仰ぐ草苅女
山風にゆられゆらるゝ晩稲かな
憎くからぬたかぶり貌の相撲かな
臥て秋の一と日やすらふ蚕飼かな
せきれいのまひよどむ瀬や山颪
山寺や斎《とき》の冬瓜きざむ音
雲ふかく澥の家居や今朝の冬
冬凪ぎにまゐる一人や山神社
雪見酒ひとくちふくむほがひかな
遅月にふりつもりたる深雪かな
寒灸や悪女の頸のにほはしき

胴着きて興尽かなるこゝろかな
かしづきて小女房よき避寒かな
日に顫ふしばしの影や雛乳む

大正十五年—昭和元年—（二十二句）

歳旦や芭蕉たゝへて山籠り
山風にながれて遠き雲雀かな
如月のはじめ総州の旅に麥南の草庵を訪ふ
風呂あつくもてなす庵の野梅かな
宗吾神社へ詣づ
早春や庵出る旅の二人づれ
二月十八日帰庵、とりあへず麥南のもとへ
かへりつく庵や春たつ影法師
悼内藤鳴雪氏
春さむや翁は魂の雲がくれ
夏旅や俄か鐘きく善光寺

夕雲や二星をまつる山の庵
盆市の一夜をへだつ月の雨
雲を追ふこのむら雨や送り盆
ほこ〱とふみて夜永き炉灰かな
ゆかた着のたもとつれなき秋暑かな
秋風や笹にとりつく稲すゞめ
夜のひまや家の子秋の幮がくれ
虫の夜の更けては葛の吹きかへす
ひぐらしの遠のく声や山平ラ
冬風に吊して乏し廁紙
襟巻にこゝろきゝたる盲かな
すこやかに山の子酔へる榾火かな

富士川舟行
極寒のちりもとゞめず巌ふすま

山柴におのれとくるふ鶲かな

山土の掻けば香にたつ落葉かな

昭和二年（三十三句）

聖芭蕉かすみておはす庵の春

恋々とをみなの筆や初日記

人の着て魂なごみたる春着かな

織初や磯凪ぎしたる籬内

端山路や曇りて聞ゆ機初

初湯出し肉《しゝむら》湯気をはなちけり

破魔弓や山びこつくる子のたむろ

山水のいよ〳〵清し花曇り
雨霽れの名残り雲雀や山畠
春蘭や巌苔からぶけしきにて
小枕に仮りねのさむき御祭風《ごさい》かな
夕立や水底溯る渓蛙
苔の香や笠被てむすぶ岩清水
鍼按の眼のみひらけぬ浴衣かな
たちよれば笞を甜ぶる汗馬かな
殪つさまに光りもぞする蛍かな
花闌けてつゆふりこぼす牡丹かな
秋の鷹古巣に帰る尾ノ上かな
秋口の庭池の扉や月の雨

盆過ぎやむし返へす日の俄か客

月影や榛の実の枯れて後

秋雨や田上のすゝき二穂三穂

仲秋某日下僕が老母の終焉に逢ふ、風蕭々と柴垣を吹き、
古屏風のかげに二女袖をしぼる　二句

死骸《なきがら》や秋風かよふ鼻の穴

手をかざむ白装束や秋の嶹

炉におちしちゝろをすくふもろ手かな

桔梗やまた雨かへす峠口

吹き降りの籠の芒や女郎蜘蛛

山柿や五六顆おもき枝の先

芥川龍之介氏の長逝を深悼す

たましひのたとへば秋のほたるかな

谷川に幣のながるゝ師走かな

積雪や埋葬をはる日の光り
鶲来て棘つゆふくむ山椒かな
霜月十四日、病母の為め忠僕二人と共に山に登り霊境を浄め山神を祀る
落葉すや神憑く三つの影法師

昭和三年（三十一句）

いんぎんにことづてたのむ淑気かな
戊辰水郷の旅、竹秋尽く　一句
ゆく春の月に鵜の鳴く宿りかな
山寺や花咲く竹に甘茶仏
蝶颯つと展墓の花を搏ちにけり
草鞋して夏めく渡舟去る娘かな
夏の雨花卉あらはなる磯家かな

夏風や竹をほぐるゝ黄領蛇《さとめぐり》
荊棘に夏水あさき野沢かな
山泉杜若実を古るほとりかな
くちつけてすみわたりけり菖蒲酒
いかなこと動ぜぬ婆々や土用灸
うろくづに雨降りしづむ盆供かな
蓮の葉にかさみて多き盆供かな
たくらくと茄子馬にのる仏かな
香煙や一族まゐる藪の墓
滝しぶきほたる火にじむほとりかな
深山木に雲行く蟬のしらべかな
桑巻いて昼顔咲かぬみどりかな

ほど遠き秋暁け方のかけろかな

若山牧水の英霊を弔ふ

秋の昼一基の墓のかすみたる

新月に牧笛を吹くわらべかな

幮果てゝ夜の具嵩なくふまれけり

門前のやまびこかへす碪かな

落し水田廬のねむる闇夜かな

宗用海岸所見

秋風や浪にたゞよふ古幣

うら枯れて雲の行衛や山の墓

御岳昇仙峡　二句

紅葉見のやどかるほどに月の雨

吹き降りの淵ながれ出る木の実かな

山平ラ老猿雪を歩るくなり

家守りて一巻もとむ暦かな

燃えたけてほむらはなるゝ焚火かな

昭和四年（三十七句）

苑の端の木立おもてや初霞
慾無しといはるゝ君や春袋
花かるた夜々のおもゝち愁ひあり
粛として閨中の灯や花かるた
早春の日のとろ〳〵と水瀬かな
春立つや山びこなごむ峡つゞき
渓橋に見いでし杣も二月かな
春さむき月の宿りや山境ひ
行くほどにかげろふ深き山路かな

巌苔もうるほふほどの雪間かな
ほど遠く深山風きく雪解かな
天気よき水田の畔を焼きはじむ
撃ちとつて艶なやましき雉子かな
雨降るや鮠ひるがへる池の底
春蘭の花とりすつる雲の中
後架にも竹の葉降りて薄暑かな
露涼し鎌にかけたる葛の蔓
空蟬をとらんとおとす泉かな
首なげて帰省子弱はる日中かな
夏帽に眼の黒耀や恋敵
おもざしのほのかに燈籠流しけり

雲ふかく結夏の花の供養かな
水向や貧一燈につかまつる
墓に木を植ゑたる夢も初秋かな
秋風や水薬をもる目分量
秋霖や蕨かたむく岨の石
高西風に秋闌けぬれば鳴る瀬かな
秋の繭しろ〴〵枯れてもがれけり
送行の雨又雲や西東
雲霧や岳の古道柿熟す
杣山や高みの栗に雲かゝる
寒風呂に上機嫌なる父子かな
冬霞む鳶のなくなり五百重山

冬雲や峯木の鴉啞々と啼く

寂として座のあたゝまる火鉢かな

野鶲のすこし仰向く風情かな

永井ノ里倫伽寺

小雪や古り枝垂れたる糸桜

昭和五年（四十二句）

年立つや旅笠かけて山の庵

山国の年端月なる竈火かな

春愁や浄机の花の凭れば濃き

椿寺雲ふかぐ〳〵と魚板鳴る

いちじるく岨根のつばき咲きそめぬ

紺青の夜涼の空や百貨店

薬猟や八百重の雲の山蔽ふ
香水や眼をほそうして古男
五色縷の垂れも垂れたり肘枕
納涼やつまみてむさき君の櫛
遠泳やむかひ浪うつ二三段
負馬の眼のまじ〱と人を視る
匂はしく女賊の扇古りにけり
宵盆や幽みてふかき月の水
山川に流れてはやき盆供かな
紫蘇の葉や裏ふく風の朝夕べ
秋口のすはやとおもふ通り雨
仏壇や夜寒の香のおとろふる

飄として尊き秋陽ひとつかな
旅人に秋日のつよし東大寺
滝上や大瀬のよどむ秋曇り
庵の露木深く月の翳けてより
霧さぶく屋上園の花に狆
やがてまた下雲通る案山子かな
風雨やむ寺山うらの添水かな
月翳けて山風つよし落し水
山がつに雲水まじる夜学かな
いくもどりつばさそよがすあきつかな
螽焼く燠のほこ〱と夕間暮
霧罩めて日のさしそめし葛かな

ほけし絮の又離るゝよ山すゝき
折りとりてはらりとおもきすゝきかな
深山木のこずゑの禽や冬の霧
十二月二十日午前零時半溘焉として物故せる画伯岸田劉生氏を深悼す
逝く年や冥土の花のうつる水
ゆく雲や霰ふりやむ寺林
痩馬にひゞきて雪の笞かな
冬服や襟しろ〴〵と恙めく
一二泊して友誼よき褞袍かな
飄々と雲水参ず一茶の忌
土器にともし火燃ゆる神楽かな
落月をふむ尉いでし神楽かな

杣山や鶲に煙のながれたる

昭和六年（四十一句）

船のりの起臥に歳たつ故山かな
一管の笛にもむすぶ飾りかな
雲ふかく蓬萊かざる山廬かな
わらんべの溺るゝばかり初湯かな
大和路や春立つ山の雲かすみ
古き代の漁樵をおもふ霞かな
やまぐにの古城にあそぶ余寒かな

別府郊外、果秋の墓に詣づ

春寒くなみだをかくす夫人かな

長門東行庵

春さむく尼僧のたもつ齢かな

心斎橋寒々居
春宵の枕行燈灯を忘る
月影に種井ひまなくながれけり
草萌や詣でゝ影す老の者
渓流のをどる日南や竹の秋
千鶴女、小倉に我を迎ふ
春泥に影坊二つあとやさき
大谷山大徳坊
神山や風呂たく煙に遅ざくら
夜の秋や轡かけたる廐柱
雲ふかき筍黴雨の後架かな
大南風をくらつて尾根の鴉かな
夏山や常山木の揚羽鴉ほど
某、自作になる二尺余りの陶壺を贈らるゝに
大陶壺さす花もなく梅雨入かな
七夕のみな冷え〳〵と供物かな

梶の葉に二星へそなふ山女魚
草市の人妻の頰に白きもの
なつまけの足爪かゝる敷布かな
忌中なる花屋の青簾かゝりけり
月さして燠のほこ〳〵と鮎を焼く
風波をおくりて深き蓮の水
秋たつや川瀬にまじる風の音
口紅の玉虫いろに残暑かな
杣の火にゆく雲絶えて秋の空
雲漢の初夜すぎにけり磧
くづれたる露におびえて葎の蜘蛛
山びこに耳かたむくる案山子かな

山田なる一つ家の子の囮かな

よろ〳〵と尉のつかへる秋鵜かな

浪々のふるさとみちも初冬かな

極月やかたむけすつる桝のちり

温石の抱き古びてぞ光りける

牧岡神社
雪ふかく足をとゞむる露井かな

東行庵
松風にきゝ耳たつる火桶かな

鰒鍋や酔はざる酒の一二行

昭和七年（七十二句）

伊勢蝦に懸蓬萊のうすみどり

山居即事
八重雲に雞鳴くや飾り臼

春の星戦乱の世は過ぎにけり

落木のくだけし地や別れ霜

礼容をうしなはぬ娘や春炬燵

雛まつる燈蓋の火の覗かれぬ

杣のみち靄がゝりして猟期畢ふ

焼芝や昨日の灰の掬はるゝ

櫱の眼をつく丈けや山平ラ

咲きそめし椿にかゝる竹の雨

長禅寺に、故四俳人の追悼会をいとなむ　五句

雲へだつ筑紫の春の紅々忌

巨人忌の大嶺に日はたゞよへり

まつりたる皷緒忌の花の馬酔木かな

夢拙忌の供華しろ〴〵と籠の中

山池のそこひもわかず五月雨るゝ

さみだれて苔蒸すほどの榁かな

花鉢を屋形も吊りて薄暑かな

麦秋の紫蘇べら〳〵と唐箕さき

星合の薫するやこゝろあて

石枕夜闌の水にうつりけり

手向けたる七個の池の水の色

帰省子にその夜の故園花幽き

鏡みるすがしをとめや暑気中り

鬱々と蒼朮を焚くいとまかな

涼趁うて埠頭の闇や夏帽子

帯の上の乳にこだはりて扇さす

蚊遣火のなづみて闇の咫尺かな
雷神をのぞめる僕や富士登山
下山して西湖の舟に富士道者
五合目附近、石楠花咲きみだるゝ辺りの地に、強力の茯苓を掘れる
茯苓を一顆になへり登山杖
花とつて臘白の頬や墓詣
盆過ぎのむらさめすぐる榛の水
滝川に沿うたる旅や蟬しぐれ
夏菊に透垣をうつ狐雨
神農にさゝげて早き胡瓜かな
砂丘沃ゆ西瓜の黝き蜑の昼
採る茄子の手籠にきゆァとなきにけり

葉びろなる茄子一ともとの走り花
格子戸に鈴音ひゞき花柘榴
たちよれば花卯盛りに露のおと
日中の微雨きり〳〵と四葩かな
雨に剪る紫陽花の葉の真青かな
水葬の夜を紫陽花は卓に満つ
舞踏靴はき出て街の驚破や秋
秋の昼書にすがりたる命かな
すゞかけに秋立つ皇子の輦《くるま》かな
提げし大鎌の刃に残暑かな
雲井なる富士八朔の紫紺かな
果物舗雨月の光りさしそひぬ

蔬菜籠新らのおもたし露の日に
旭光にめぐりてやまぬ葦の露
秋霞みしてゐる瑠璃鳥や朴の先
青梅路や秋がすみして大菩薩
乳牛に無花果熟るゝ日南かな

大森、松浅離房句会　二句

つかのまの絃歌ひゞきて秋の海
秋海にたつきの舟の曇りけり

百花撩乱たる帝展の中、恰も見る、さるやんごとなきあたりの新婚とおぼしければ

帝展に蓮歩をうつす契りかな
こしかけて山びこのゐし猿茸
ころ〳〵ところがる杣や茸の毒
乱菊をかすめてはやき月の雨

奈良公園江戸三亭

火をはこぶ娘のはるかより鹿の雨

宍道湖

秋の嶺浸れる水の諸《もろ》手《た》舟《ふね》

短日や賤が会釈の羞かしく

日も月もわたりて寒の闇夜かな

行く年やかけながしたる芭蕉像

燈影をはゞみてもゆる除夜の炉火

鵜は舟に鴉は山に冬日かな

寒水を飲みはなちたる柄杓かな

眼の前に脱がれし下駄や日向ぼこ

閑談のふところにして寒卵

姫の貌まぼろしを追ふ神楽かな

日象に耶蘇降誕の茶のけむり

昭和八年（四十四句）

松過ぎや街はるぐ〳〵と葬車駆る
大餝り花街は月の幽らけれど
深山空寒明けし陽のわたりけり
お彼岸の鐘き丶とむる樵夫かな
まなじりに点ずる臙脂や暮の春
野祠やかげろふ上る二三尺
墓山のかげろふ中に詣でけり
真澄みなる苗田の水に鎌研げる
とぢまけて春眠の眼の疲れけり
われを視る眼の水色に今年猫

新参の眼鼻立ちよくはんべりぬ

梅園や雲ゆく月の十日ごろ

古駅吉田宿にて

裏富士や梅盛りなる御師《おし》の宿

青森埠頭

黝汐にのりて春趁ふ鷗かな

弘前公園にて

嵐ふく古城の花に津軽富士

覇王樹に卯ノ刻雨す五月かな

菖蒲ひく賤の子すでに乙女さび

子を抱いてさかゆきにほふ寝蓙かな

遊船に陽は青々と灼けにけり

深窓にそだちて愛づる花火かな

手花火のほを唫まなと思ひけり

麦穂焼炎のはやりては舞ひにけり

冷え〱と箸とる盆の酒肴かな
魂棚や草葉をひたす皿の水
うつくしく泉毒なる蛍かな
青草をいつぱいつめしほたる籠
天蚕虫《てぐすむし》瑠璃光りしてあるきけり
葛垂れて日あたる漣の水すまし
葉がくれに水蜜桃の臙脂かな
古桑の実のこぼれたる山路かな
鰯雲后《きさき》の御輦葉山出し
くろがねの秋の風鈴鳴りにけり
閑かさはあきつのくゞる樹叢かな
音のして夜風のこぼす零余子かな

秋の風竜駕かゞよひ往き給ふ
仰がるゝ鳶の破れ羽や秋の風
道中の側《そば》女《め》もはべり西鶴忌
切株において全き熟柿かな

足尾銅山　二句

機関車に雲や鴉や秋の山
草もなく岳のむら立つ狭霧かな
窈窕と吾妹はゆけり歳の市
月読の炎をわたりゐる大火かな
火事鎮むゆらめきありて鼻のさき
銀懐炉恋たんのうす奴かな

昭和九年（百七句）

凍港の斂《おさ》まる雲や初御空
初空のひかり盈ちつゝ温室のみち
船客の子が麗貌のてまりかな
山深く芽を掻く籠や春の昼
林坰に春立つ雲のしろみけり
寒ゆるむ月面顔を照らすなり
春深し寺領の樱櫚は古葉垂る
山の春神々雲を白うしぬ
駒鳥笛になごりの月を雲の端
猿橋行
さるはしに風雨の旅も弥生かな

雨土の落英ふみて御忌の路
風吹いて山地のかすむ雲雀かな
樱榈蔭も露台のひるや雲雀籠
春鹿に豊栄昇る日影かな
ある娘が仕立の帯を見るに
黒繻子に緋鹿子合はす暮春かな
大乳房たぷ〳〵垂れて蚕飼かな
貧農は弥陀にすがりて韮摘める
虎杖に樋の水はやし雨の中
さきがけて蕗咲く渓の谺かな
渓流夜振
歩み去りあゆみとゞまる夜の蟹
巌苔も湿りて芽咲く雑木かな
楤の芽に雲がゝりして鹿臥せる

椿吸ふ雌に榛の枝の鴲の雄

花咲いてすゞろに木瓜の雫かな

渓声に山吹芽ぐむ雑木原

虹たちて白桃の芽の萌えにけり

猿橋々畔の大黒屋は国定忠次の定宿とて今尚彼が武具を蔵す

懸け古りし忠次が弓や竹の秋

四月十二日、雲水宋淵の東道にて汀波、呉龍と四人連れ大菩薩登山を決行せんと微雨を衝いて神金雲峰寺に到る。庭前の桜、樹齢六百年と伝ふ

雲霧にこずゑは見えず遅ざくら

自画像に月くもりなき窓の夏

暑き日の鉱山見ゆる不浄門

肌ぬきし母の香しのぶ夜涼かな

漁舸かへる夏海黝ろむ波濤かな

榛の枝を山蛤《あまかへる》おつ泉かな

日影して孔雀いろなる盆の市

避暑の娘を大濤高う揺りにけり

白靴に朝焼けのして蘇鉄園

単衣着の襟の青磁にこゝろあり

プール参観

水光にけたゝ笑ふ裸かな

うす箋に愁ひもつゞり夏見舞

風鈴屋老の弱腰たてにけり

繭売つて骨身のゆるむ夫婦かな

富士垢離のほそぐたつる煙りかな

盆花を手折るや蜂のいとなめる

餓鬼道の青草にほふ盆会かな

風吹いて古墳の土の蜥蜴かな

山柴を外づすかも枝蛙

水替へて鉛のごとし金魚玉

深窓に孔雀色なる金魚玉

揚羽とぶ花濡れてゐる葎かな

大揚羽ゆらりと岨の花に酔ふ

鉄塔下茄子朝焼けに咲きそめぬ

浮きくさを揚げたる土の日影かな

緑蔭やうすはかげろふ漣を追ふ

青柿の花活け水をさし過ぎぬ

花罌粟に養痾の日ざしみちそめぬ

夕ぐれの卓の緑酒に初苺

尼も乗る松前船の南風かな
数珠かけて芭蕉葉をしく病尼かな
千代田城大手の蟬に竜駕出づ
大内へ皇子の帰還や星まつり
後宮に郭公刻《とき》をつげにけり
プラタヌに御輦も初夏の港かな
みくるまに初夏の皇子睡し給ふ
親王の御輦の薔薇白妙に
鳳輦は沼津へつきぬ雪解富士
　天目山　二句
弔うて墓苔にほふ盛夏かな
雲通る百姓寺の曝書かな

河童供養—澄江堂我鬼の霊に—

河童に梅天の亡龍之介
ほたる火を唫みてきたる河童子
水神に遅月いでぬ芋畠
河童の手がけてたてり大魚籃
河童祭山月これを照らしけり
河童の恋路に月の薔薇ちれる
濠の月青バスに乗る河童かな
水虎鳴く卯の花月の夜明けかな
河童子落月つるす夜の秋
河童の供養句つゞる立夏かな

＊

背負ひたつ大草籠や秋の昼

土を見て歩める秋のはじめかな

新涼の乳をふくむ児と草刈女

新涼の土のあらはに黍穂垂る

煙りなき甲斐国原の秋日かな

三日月に余り乳すてる花卉のもと

山中斃馬捨場

高西風に斃馬を落すこだまかな

あゆみ出て秋鶇つぶやく日南かな

みだれたる秋鶇の羽のしづくかな

収穫《とりいれ》の薄明りさす添水かな

赤痢搬ぶ路まだ暑気のさめずあり

疫痢の子口あんぐりと医を迎ふ

年寄りて帯どめの朱や秋袷
ばさ〳〵と秋耕の手の乾きけり
講宿のねつとり甘き新麴
貧農の足よろ〳〵と新酒かな
十字架祭洪水の空夜となりぬ
錦木も苅られし籠の山すゝき
実の熟れて柘榴たま〳〵ちる葉かな
新月の仄めく艇庫冬眠す
乳を滴りて母牛のあゆむ冬日かな
橡の実は朴におくれて初しぐれ
軍港の兵の愁ひに深雪晴れ
雪踏んで靴くろぐ〳〵と獄吏かな

山神楽冬霞みしてきこえけり
山雪の闇ふかみたる追儺かな
中谷草人星遂ひに逝く
涙顔嗚呼冷えつらん蒲団かな
ほそぐと月に上げたる橇の鞭
寒鯉の黒光りして斬られけり
影さして舟の鵜籠や蘆枯るゝ

昭和十年（九十九句）

柑園に雪ふる温泉の年始
ふるさとの年新たなる墓所の雪
餅花に宿坊の炉のけむり絶ゆ
抱へたる大緋手鞠に酔ふごとし

饗宴にくちべに濃くてさむき春
窓掛に暮山のあかね春寒し
春寒や栂の枝苔おのづから
小野の鳶雲に上りて春めきぬ
岨養る禽に雪水ながれけり
御岳昇仙峡
洞門に昼月もある遅日行
野球見の大日輪に魂酔へり
潮干舟新月は帆にほのめきぬ
筑波登山　二句
裏筑波焼け木の鳶にうす霞む
東風吹くや岩戸の神の二タはしら
淡路別春荘にて
能舞台幕料峭と夜風たつ
観潮の帆にみさごとぶ霞かな

かすみだつ漁魚の真青き帆かげかな
かすみだつ林坰の日をたゞ行けり
陽の碧くむら嶺の風に燕来ぬ
下萌や白鳥浮きて水翳す
つゆとめし青麦旭ざす地靄かな
八重雲に山つばき咲きみだれけり
鶫のゐてちるともなしに渓の梅

昭和十年二月二十八日午前十時半、溘焉として長逝し給ふ
坪内逍遥先生を悼み奉る

聖逝けり双柿舎の草青むころ
貧農の煙りのうすき花の山
靴下の淡墨にしてさくら狩り

動物園

花どきの空蒼涼と孔雀啼く

武田鶯塘氏の訃音に接す、われは雲ふかき山廬にこもりゐて

雲しろむけふこのごろの花供養

四月三日朝、墨石君の案内にて南北君と共にサンルイス丸へ遊びにゆく

鳶鷗帆も吹きかすむ港かな

洲本金天閣にて

余花の峰うす雲城に通ひけり

福良港

かもめ飛ぶ観潮の帆の遅日かな

四月十八日、鴻翔君と共に国宝展に赴き南蛮屏風其他長崎風俗の古名画を見る　三句

寺院《エケレシヤ》の実る寒竹巌に垂る

伴天連が蠑螺をのぞく頸の数珠

殉教者《マルチリ》に天国《ハライソ》さむき露のいろ

官邸の薄暑をいづる花売女

楫《ン》取に大つぶてなる初夏の雨

初夏の嶺小雨に鳶の巣ごもりぬ
初夏の卓朝焼けのして桐咲けり
わが浴むたくましき身に夏の空
海黝ろむ艙庫は暑き日を抱けり
大槐樹盆会の月のうす幽し
虹消えて夕焼けしたる蔬菜籠
虹たつや常山木に顫ふ烏蝶
深山寺雲井の月に雷過ぎぬ
滝霧の颺りて樅のこずゑまで
ながれ出て舳のふりかわる鵜舟かな
汗疹して娘は青草のにほひかな
妹に買ふうるしぐろなる日傘

蚊遣火や遊里の海は真ンの闇

興津農林省園芸試作場

白靴に場《にわ》の睡蓮夕焼けぬ

禽むるゝ大椿樹下に黐搗けり

僧の綺羅みづ〳〵しくも盆会かな

杣の子に遅れ躑躅と夏ひばり

ほたる火を曳きつぶしたる艫縄かな

ねみだれて闇むしあつしほたる籠

渓下る大揚羽蝶どこまでも

大魚籃に日雨すぎつゝ船の蠅

やまみづの珠なす蕗の葉裏かげ

娘のゐまひ銭をさげすみメロン買ふ

月見草墓前をかすめ日雨ふる

死火山の膚つめたくて草いちご

薤掘る土素草鞋にみだれけり

鎌かけて露金剛の藜かな

行き〳〵て余花くもりなき山の昼

蘆川大渓谷

鳶啼けり渓こだまして余花の昼

聖堂の燭幽かにて花圃の秋

綺《かむはた》すをとめがふめる秋の土

註。綺は神機の義、錦の薄き布を織るなり

秋しばし寂日輪をこずゑかな

新涼の花知る揚羽雲のなか

上高地行

秋口の粥鍋しづむ梓川

神葬る秋涼の灯に髫髪童どち

巌がくり歯朶枯れなやむ秋日かな

洪水の林の星斗秋に入る

大巌にまどろみさめぬ秋の山

秋猫乎地階の護謨樹に鈴鳴れる

渡り鳥山寺の娘は荏を摘める

射とめたる稲すゞめ浮く榛の水

菩提樹下籠揺るとなく虫鳴けり

桑かげのさやかに蓼の咲きにけり

嵐峡

秋蠅もとびて大堰の屋形船

雨やんで巌這ふ雲や山帰来

団栗をもろに哈める山童

貧農の歯が無い口も年の暮

手をたれて寒くもあらぬ花圃に出ぬ

山賤竜眼肉を啖ふとて　一句
死ぬばかりあまく妖しき木の実かな

黼火のころげあるきて霜夜かな

巫女の剣佩きたる雪月夜

渓巌に吹きたまりたるあられかな

炉をひらく火の冷え〳〵と燃えにけり

狩くらの雲にあらはれ寒の鳶

涙ぐむしなあえかなる雪眼かな

炉辺に把る巫女の鈴鳴りにけり

貧農の小ばなしはづむ囲炉裡かな

新月を揺る波に泣く牡蠣割女

大つぶの寒卵おく襤褸の上

窓の蔦枯れ〴〵に陽も皺みけり

寒鶯の八つ手の花にしばしゐぬ

茶の咲いて十字架祭もほど過ぎぬ

花廛《はなや》なる茶の散り花も見られけり

昭和十一年（百七十八句）

雲しきて山廬の注連井年迎ふ

花温室の年立つ雨もふりやみぬ

初富士や投錨す湾風吹かず

繭玉に燈明の炎を感じけり

青猫をめで丶聖書を読み初む

読初や錦古れども湖月抄

巫女のみごもりてより春の闇
闇ふかきみなとの春の清教徒
帆をたえて港路の雨温き春
奉教の献花たづさへ温くき春
斎の神泉の神に寒明けぬ
寒明けし船渠《ドック》の光り眼を囚ふ
冱返る夜を遊楽の頸飾

大菩薩嶺　一句

野兎ねらふ焼け木の鷹に雪解かな
春殿の風の凶鴉に日の光り
囀りに愛餐の卓はや灯る
春鹿を射て昇きいでし甌窶かな

註。甌窶は山の高処にして傾斜せる地を云ふ

草萌や寺院《エケレシヤ》の吊る鸚鵡籠
山桐の大糵に宿雪尽く
山禽に峨の糵日は満てり
鶫猛けく稚木の椿さく峰かな
椿咲く針葉樹林拓かれぬ
さゞき鳴く破風老梅の咲き満てる
春還山荘
渓声に山羊鳴き榛の花垂りぬ
夏近き禁裡の雲に啼く鴉
種痘する肌の魔幽くかゞやけり
温泉山みち凝る雲みえて躑躅咲く
葉もなくて櫟の老樹花満てり
花冷えや孔雀の紫金夜をめげず

大月、巌殿山

行く春の亭に子女よる岳一つ

白薔薇に饗応の麵麭温くからぬ

初袷流離の膝をまじへけり

花卉の春しろがねの蜘蛛顫ひゐる

侘びすみて百花あまねく悩む春

喫茶房白樺植ゑて暮春かな

嵐峡小督塚

初旅の亀山の月曇る春

生れたる蟬はなじろみ蠢きぬ

あたゝかや茶毘堂灯る桃の昼

楤の芽に日照雨してやむ梢かな

青蛾ゐて甘菜の花に南吹く

翠黛に聖燭節の雨げしき

花しどみ靄ひく土は嗜眠せり
墓畠蒜《にんにく》の花咲きいでぬ
春暑くうす雲まとふ深山かな
雲しろむ針葉樹林春の蟬
辣韮の露彩なして夏近き
ゆく春の蟹ぞろ〳〵と子をつれぬ
茶の間　一句
茶煲《ゆわかし》に花のうつむく薄暑かな
夏風邪になやめる妓を垣間見ぬ
山梔子の蛾に光陰がたゞよへる
大樹相夏曇りなき日を迎ふ
鼈《すっぽん》をくびきる夏のうす刃かな

雷雨やむ月に杣家のかけろ鳴く
鷺翔けて雷遠ざかる翠微かな
日輪のもと獣檻に夏来る
一杯の水珠なせり夏風邪
みづ山を背に蠑螈つる童女かな
草つゆや夏に遅るゝ山牛蒡
蟬鳴いて遅月光る樹海かな
妹を率て金剛力や富士登山
石楠花に茯苓を掘る童子かな
日も月も大雪渓の真夏空
山梔子に提灯燃ゆる農奴葬
貧農の汗玉なして夕餐摂る

太田公園

白鳥に娘が韈《ソツク》編む涼みかな

麵麭摂るや夏めく卓の花蔬菜

老鶯に雲ゆきのこる翠微かな

六月二日、姻戚の幼童薔薇園の池中に墜つ報あり、手当急なりしも遂ひに蘇生せず

薔薇うつる水底終ひの梅雨明り

朝雲の灼けて乳牛に桐咲けり

温室のメロンに灯す晴夜かな

紫陽花に雨きら〳〵と蠅とべり

栗咲ける岳みちの雲梅雨入かな

河口湖産屋ヶ岬

花卯木水模糊として舟ゆかず

牆の薔薇旅寝の幮に近かりき

きぬ〴〵の籬に衷甸《ばしや》まつ薄暑かな

窓曇る卓の静物薄暑かな

黎明の雷鳴りしづむ五百重山

九月十三日千甕訪問　一句

夏逝けり養痾の庭のひろやかに

厚朴蝕し苑囿の霧たちのぼる

しら雲のなごりて樺に通草垂る

新障子はりて挿したる柚の実かな

秋雲を縫ふ岩燕見えそめぬ

盂蘭盆や槐樹の月の幽きより

翠巒に杣家のあぐる施火の煙

ゆきずりの燭を感ずる地蔵盆

山廬盂蘭盆　一句

中盆や後山の雲に人行かず

送行の葛の花ふむ草鞋かな

かたつむり南風茱萸につよかりき
水あかり蝸牛巌を落ちにけり
雨祈る火のかぐろくて盛夏かな
日盛りのあごをつるして貧馬かな
けざやかに口あく魚籃の山女魚かな
秋の闇したしみ狎れて来りけり
榛の木に子鴉むれて秋の風
人肌のつめたくいとし秋の蟵
松の風古萩の花すゞろにて
門閉ぢて新月楡に魂まつり
囚獄のうす煙りして秋の天
山の童の霧がくれする秋の滝

蟬おちて鼻つく秋の地べたかな

夕空の秋雲映ゆる八重葎

蕉影にゐて睡むき鵟の眼が顫ふ

北巨摩古戦場　一句

秋涼し耳塚原の通り雨

昼餐の果《このみ》あまずゆき秋暑かな

蹴鞠す空爽かに地平暮る

廬後、鮠養殖池完成

出ついでの傘さして佇つ雨月かな

身延山、山門を過ぎて直ちに仰望される高磴数百段、磴尽くる処白雲ゆく

秋蟬に鳴かれてのぼる菩提梯

九月十三日、世田ヶ谷の里に病める小川千甕氏を訪はんと経堂駅に下車すれば、人力車一台あり懇ろに荘門に導く　一句

花卉秋暑白描いでゝ甘まゆなり

緑金の羽を牝にかけて秋の雞

雲あそぶ後山の蘭に秋の雞

秋の軍雞激するとなく貌醫る

よき娘きて軍雞流眄《ながしめ》す秋日かな

句選なかばにして偶々廬をたちいで、鬱積せる心を前庭の花卉に遊ばす　二句

萩紫苑瑠璃空遠く離れけり

秋空や子をかずつれし鳶の笛

晩秋や杣のあめ牛薔薇甜ぶる

樅に出て深山ぐもりの月の秋

巨陽いづ茶園の霧を吸ひにけり

峰の木や舌甜めあうて鶫の二羽

椋落葉黄菊すがれとなりにけり

地靄たつ青なんばんの名残り花

辣韮の花咲く土や農奴葬

杜藻君来訪、大谷山に訪づ

折りとりて君に嗅がする枯茬かな

春蘭は実の枯れ〴〵に霊芝生ふ

霊芝とる童に雲ふかき甌窶かな

くさ飼へば夜寒の老馬ゐまひけり

除夜の鐘龕の一灶睡りけり

花温室に漁具ものめきて寒の内

白樺に霜晴れの空膚を触る

寒潮の濤の水玉まろびけり

苦吟又苦吟

冬風にとびちる詩稿惜しからぬ

雪山を匐ひまはりゐる谺かな

かたぶきて陽のさす楢の宿雪かな

積雪に夕空碧み雲の颪

樺の雪幽らめて樅の巨陽いづ

凍花映ゆ鏡の罅《ひゞ》に年惜しむ

温室べなる水の凍光苣枯るゝ

月中の怪に射かけたる猟夫かな

夕湿める田廬の冬灯満ち足りぬ

聖樹灯り水のごとくに月夜かな

凍揚羽翅のちぎれては梢より

手どりたる寒の大鯉光りさす

しろたへの鞠のごとくに竃猫

荒神は瞬きたまひ竃猫

註。荒神は金神のなまり

好色の書に深窓の冬来る

冬薔薇に土の香たかくなりにけり

毛糸編む牀の愛猫ゆめうつゝ

しら雲に鷹まふ岳の年惜しむ

皸の娘のほてる手に触はられぬ

水郷仮泊

蓖麻の実の眠むるより初しぐれ

神と現実

餋り足る鵯さへづれり山椿

山びこす稲架の鴉にうす紅葉

むさゝびを狩りとる樅の深山雲

秋雞が見てゐる陶の卵かな

やまびこのゐて立ちさりし猿茸

大樹林猟夫にひくき月盈ちぬ

枝槎枒と山柿なごりしぐれけり
わたもちの鶇燻すべて山の講
山ン姥を射て来て炉辺に睡りけり
空さむく野山のにしき神聳ゆ
新藁に廏の神はいぼりたつ
なにもかも知れる冬夜の厠神

猟夫某、古代の塚をあばき、石器陽物を発掘してこれを祀る

はなじろむ上古の神や春の風
聖日の花廛《はなや》の玻璃に幽らき秋
花温室に聖日懶惰なるにもあらず
聖日の水甕秋の花浸る
掛香や聖日の子の睫毛かげ

女医の君青猫めづる冬来る
児のケープ雪白にして聖母祭
雪か丶る聖樹の窓に驢馬の鈴
闘牛の花蘭ねぶる暮秋かな
うす虹をかけて暮秋の港かな
花うつる忌の甕水も暮秋かな
夜風たつ菊人形のからにしき
無花果の馬柵にまつたく黄葉しぬ
雨そぼつ柴のほずゑの天蚕繭
羽ぐるまをもろに交はして稲すゞめ
花八つ手蜂さむ〴〵と飛べるのみ

大菩薩峠

鷹ゆけり秋霞みして岳の雪

おくがき

この句集のなかの一句に、

霊芝とる童に雲ふかき甌窶かな

というのがある。この句を集中の第一作と自信したりするが故にそこから霊芝という名をとったというようなわけではない。が、霊芝というのは、自然物において私の愛好するものの一つだからである。

霊芝は、深山幽谷に自生する一種の茸類である。けれども決して食用たり得るものではない。別に、まんねんたけとも名づけられている。全体が木質で、半円形又は円形の傘と、柱状の柄とから成ってい、傘の表面は、柄とともに漆を塗ったように赤褐色の光沢を持ち、裏面は淡黄白色を帯びている。遊学後二十余年にわたる山中生活の長い間に、二度ほどこれを深山に発見したことがある。一度は、老樹の下の清浄と乾いた山土に。一度は、青苔に蔽われた巨巌の根ほとりに。

この句集は、総句数千句を収めてあるのだが、改造社の註文で、既刊のものから半数を採り、他の半数を現在までに及んで採ってほしいとのことであったから、その通りにした。即ち、昭和六年までの作品中から五百句、其の後昭和十一年末までの作品中から五百句を選出したものである。前期のものにしてもそうであったが、殊に後期のものは種々な雑誌、新聞等に発表したもので、それを一々しるしておきたい気持も動かないではないが、列挙する煩に堪えないので省く。

昭和十二年仲春

蛇笏

山響集
こだましゅう

昭和十一年

春

水神をまつる日虧けて夏隣

夏

つりそめて水草の香の蚊帳かな

かたつむり南風茱萸につよかりき

茶毘のあと炭いつまでも藜草

聖母《マドンナ》に灯し紫陽花こゝだ挿す

空梅雨に衷甸《ばしや》みどりなる耶蘇詣で

御嶽昇仙峡

打水す娘に翠巒の雲ゆけり

秋

毬栗のはぜかゝりゐる八重葎

秋雞が搏ちまろがせる狗《こいぬ》かな

秋雷に首さしのべて塒雞

夜も撞いて江湖の鐘や鰯雲

註―江湖会

箱根賽の河原にて

曾我の子はこゝにねむりて鰯雲

艇庫閉づ秋寒き陽は波がくれ

北巨摩古戦場耳塚原　二句

巌温くむら雨はじく秋日かな

雷遠く雲照る樺に葛咲けり

信濃白骨行

温《で》泉《ゆ》ちかく霽れ間の樺に秋の蝉

冬

花《はな》金剛纂《やつで》焚火に燻《く》べて魚香あり

マスクしてしろぎぬの喪の夫人かな

青森港

ペチカ燃え牕《まど》の寒潮鷗とべり

うす日して震災堂の玉あられ

聖樹灯り水のごとくに月夜かな

昭和十二年

春

庭竈家山の雪に煙らしぬ

貘枕わりなき仲のおとろへず

粉黛の顔おぼめきて玉の春

喫茶房支那楽かけて松の内

落飾の深窓にしてはつ日記

久遠寺

身延山雲靆《ひ》く町の睦月かな

サーカスの身を賭《かく》る娘が春衣装

古墳発掘　二句

上古より日輪炎えて土の春

春仏石棺の朱に枕しぬ

花薊露珊々と葉をのべぬ

死火山の夜をさむきまで二月空

樹々芽立つさなかの猟家午過ぎぬ

百千鳥酣にして榛の栗鼠

雲ふかき厚朴一と株の芽立ちかな

雹やみて雲ゆく甌窶蘭咲けり

歯朶萌えて岩滝翔ける雉子かな

雉子啼けり火山湖の春去ぬる雨

山廬庭前

蔦の芽の風日にきざす地温かな

暮の春奥嶺の裸形たゞ藍《あを》し

赤の浦大嶽山

雹まろぶ大《おほ》山《やま》祇《つみ》の春祭

夏

山廬端午

軒菖蒲庭松花をそろへけり

楡がくり初夏の厨房朝焼けす

アカシヤに衷甸《ばしや》駆る初夏の港路

はしり出て藻を刈る雨に鳴く鵜かな

虹に啼き雲にうつろひ夏雲雀

槻の南風飛燕の十字かたむけり

朝日夙く麓家の桐花闌けぬ

はつ蟬に忌中の泉汲みにけり

縷《る》のごとく女人のこゑや蚊ふすべす

軍雞乳《つる》み蕗の絮とびて夕映えぬ

ほとびては山草を這ふ梅雨の雲

梅雨風に楡がくれゆく戎克かな

反古焼却、ひそかに生霊もろ〳〵の供養をとて　二句

茂山に反古の煙たつ供養かな

奥嶺より郭公啼きて反古供養

秋

山川は鳴り禽猛けく胡桃《くるみ》熟る

露の瀬にかゝりて螻蛄《けら》の流れけり

露さむや娘がほそ腰の力業

藷掘りの小童《こわつぱ》のせて肩畚

落穂簸《ひ》る身重の妻女齢《とし》老けぬ

野道ゆく秋の跫音したがへり

零余子おつ土の香日々にひそまりぬ

霧さぶくこずゑに禽はあらざりき

蔬菜園倭雞《ちやぼ》鳴く霧に日ざしけり

黍熟れて刈敷《かりしき》の萱穂にいでぬ

露の香にしんじつ赤き曼珠沙華

草川のそよりともせぬ曼珠沙華

初栗に山土の香もすこしほど

蘡薁《えびづる》のこゝだく踏まれ茶毘の径

帰燕とび雲ゆく大嶺秋花満つ

牧婦織り帰燕すゞろに鳴きにけり

甲府郊外朝気

菩薩嶺は獄《ごく》はるかにて帰燕ゆく

郡内吉田宿

天澄みて火祭畢へぬ秋つばめ

乳牛鳴き秋燕は迅く花卉越えぬ

卵とる人影かこつ秋の雞

秋果つむ荷船の雞もときあげぬ

雌は噎《む》せて栗はみ立てる軍雞の雄

軍雞乳むみぎりの荏の香ながれけり

芙蓉咲き風邪ひく山羊の風情かな

秋の苑花卉日月をはるかにす

鉱山のひぐらし遠くなりにけり

屍室の扉梧《きり》の蜩ひゞきけり

冬

薡《たう》麻《ごま》の実の眠るよりはつしぐれ
嶺《ね》を斜《はす》に日のどんよりと冬かすみ
八重山に遠嶺そびえて猟期来ぬ
雲を出て青鷹北に狩の場
大榾火煙らはで炎のあるきゐる
山雪に機織る筬のこだまかな
寒来り雲とゞこほる杣の墓
甕《みか》埴《はに》瓮《べ》冬かすみして掘られけり
霜枯れの荏を揺る風に耕せり
倦怠の眼に涙する囲炉裡かな

炉火愉し柴もて鍋の芋さしぬ
炉話しばし茶うけに賤がふくみごゑ
雪眼の子ねだれる銭をねぶりけり
杣の子が喰ひふくらみて歳の暮
山地蕎麦掛け干す樹々に初しぐれ
滝きほひ蘭の実枯れて時雨雲
しばらくは霰ふりやむ楢林
寒の内まくらのにほひほのかなる
峰の木に鴨とびはづむ雪颪
浅草の寒晴るゝ夜の空あはれ
鼻さきに冬演劇の灯が噎ぶ
サーカスの娘が夜食摂る脂粉かな

肩蒲団ねむる容色おとろへぬ

河竹の身に韓紅の肩蒲団

積雪に古典を愛し煖炉焚く

冬薔薇土の香たかくなりにけり

秋うつり寒去る阜の墳土かな

寒中や柴の虫繭あさみどり

藪の樹に暁月しろみ木菟の冬

「穢土寂光」版成る

さむうして水洟すゝるひとりかな

落葉なき合歓の下霜とけやらぬ

山廬寒夜句三昧

寒を盈つ月金剛のみどりかな

師走八日、川上保宇長逝

初しぐれ保宇帰寂することのよし

季節ある帝都

千代田城げに太極の冬日かな

三越食堂

餓鬼むれて食曼陀羅に鬩《せめ》ぐ冬

教会に隣接する某喫茶房　二句

茶房昼餐祈禱歌冬のこだませり

古風なる茶房の炉竈聖燭す

餓鬼尽きず夜を雅叙園のしぐれかな

或るレストランにて　二句

短日の紙幣をつまむ天邪鬼《あまのじやく》

レストラン淫翳炉火にひらめきぬ

無慚なる閨房

絹蒲団死は熟睡《うまい》よりさめがたき

かにまたの輔弼めでたき朝賀かな

曲馬小屋極北の星見えわたる

十字街墓窖《はかぐら》こゝに冬日影

北風《ならひ》吹く葬儀社の花白妙に
百貨鋪の綿繍にまで北風吹く
掏摸《すり》も出て閉づ百貨鋪に北風吹く
朝焼す震災跡の祈禱鐘
青《あを》山《やま》の落月にほふ塋の冬

上野の秋

月濡れて美術の秋は椎がくり
秋の絵師ひもじからざる羽織着ぬ
美術院石階の秋月盈ちぬ

銀座街

玻璃透いて羅《ら》紗《しや》廛《みせ》の護謨冬眠す
銀座裏雪降れる夜の鶴吊れり
青霧の葬花を濡らす銀座裏
厨帽と骨牌《かるた》と卓に地階春

浅草風景

灯海に天は昏らみて歳の市

水洟や喜劇の灯影頬をそむる

浅草は地の金泥に寒夜かな

眼患者シネマの冬灯浴び行けり

寒日和シネマの深空見て飽かず

冬飢ゑて呪詛の食品はなやぎぬ

猪啖ふ夕餐の餓鬼に湯気の冬

青服の娘に極寒の昴《すばる》みゆ

浅草や朝けに弥陀の龕灯る

公園風景

写真師の生活《たつき》ひそかに花八つ手

季節の窓

田廬和楽図

ひめむかふわらじに蚊帳の青がすみ

苑圃花卉

聖鐘に休息《やすらひ》の窓茄子咲けり

柳絮追ふ家畜に穹は夕焼けぬ

家畜倦み山風なごむ韮畠

鉄扉透く樹々黝《あをぐろ》く夏の花卉

蘭を愛で薄暑の葉巻くゆらする

草にねて山羊紙喰めり紅蜀葵

山梔子の花咲き閨の月羸《や》せぬ

凶土哀曲

夜陰より癩者《かつたい》も出て雨祈る

田子の膳社日の徳利立ちにけり

早乙女の小鈴を鳴らす財布かな

耕耘に曇るつゆ草瑠璃褪せず

蠅とびて笹葬ひの枕経

麦秋の米櫃におく仏の燈

水陸輪奐

爬虫らに嶽麓の花つゆむすぶ

船旅の灯に聖母像と濃紫陽花

水浴に緑光さしぬふくらはぎ

種痘針きめこまかなる娘をさしぬ

綾羅着て隠亡の娘が出かけけり

胡弓とる牧婦火に寄る梅雨入かな

近山に奥嶺は梅雨の月盈ちぬ

莨すふ燐寸の火おもき白蚊帳

大串に山女魚《やまめ》のしづくなほ滴るゝ

山廬立夏

三日月に清宵の鷺巣ごもりぬ

生命と風景

九月一日、医家汀庵に滞在する長男急性盲腸炎との急使来る

倥偬如鬱々如たる秋日影

地に草に秋風の吹く影法師

タクシイに同乗、途すがら野本博士を訪ひ同車して急行す

国原の日輪顫ふ秋を駛す

博士の厳診を経て即時入院、断然腹部切開の大手術を決す

秋灯下観念す吾子《あこ》たゞひとり

驚破《すは》や医が執刀す秋の灯の光り

氷山に子はひそむこの秋夜かも

秋の灯に見まじとす子の血がみゆる

手術後、第一病舎に退き絶対安静の手当をうく

秋一夜掌《て》を触れもして玉額

翌、手術を知り急遽妻来る

秋の昼泣く母に子は眼をつぶる

吾子睡り病窓秋の光《かげ》溢る

経過頗る良好

吾子に購ふ鉢鬼灯のゆれあへり

園の花卉幽らからぬ秋の日覆かな

郷《さと》がへり病舎通ひに露の秋

室内看護の間に於ける訪客

青柚活く錦繍の娘が薫衣香

内《うち》牕《まど》の紗がくれに摂るメロンかな

白樺にかな〱鳴きて大花壇

十字架祭看護婦《つきそひ》いでて秋花剪る

落月に媾曳の影さす花壇

病閑一宵、娯楽室に青年宰相の放送を聴く

快調の近衛の君に壁炉冷ゆ

絶食後はじめて攝食

匙をめで重湯甘ましと今朝の秋

起牀する窓の秋草繚乱す

女医優に吾子のしゆびんを翳《かざ》す秋

花卉の昼海老フライ喰ぶ子を讃ふ

全く快癒退院

あらがねの土踏む草履秋涼し

爐をさせば野山の錦さしそめぬ

昭和十三年

春

初機のやまびこしるき奥嶺かな

深山川連理《れんり》の鳥に年立ちぬ

春還る山川機婦に奏《かな》でけり

春浅き灯を神農にたてまつる

初竈みづほの飯《いひ》は白かりき

ねこやなぎ草籠にして畔火ふむ

富士川波木井のほとり
富士渡し姉妹の尼に浅き春
鰍沢古宿
春浅くやくざを泊むるはたごかな
国原の水たてよこに彼岸鐘
絨毯に手籠の猫子はなたれぬ
壁炉冷え猫子あくまで白妙に
花祭みづ山の塔聳えたり
彼岸会の故山邃《ふか》まるところかな
瞰にぬれて陸橋の梅咲き満ちぬ
梅ちりて蘭青みたる山路かな
宿入の身をなよ〱と会釈かな
花菜蔭蝶こぼれては地に跳ねぬ
夜嵐のしづまる雲に飛燕見ゆ

ころしも三月みそか
帰省子の擁すギターに宿雪尽く

興津園芸試作場
暮春の娘柑樹の珠に戯れぬ

春の雷白昼《まひる》の山を邃うせり

風吹いて蝶杣山を迅くすぎぬ
註―杣山は木を伐り出す山の称

山墓の濡るむら雨に樝子《しどみ》咲く

大徳坊句筵
松蟬に神山雲を遠ざけぬ

別れ霜温室花月の光りさす

春驟雨迅く芯しるき野茨かな

竜舌蘭夜は闌春の星下る

山桜嶺々の青草香をはなつ

風雨凪ぐ大巌山の名残り花

四月十七日、粕谷の蘆花旧居を訪ふ

蘆花旧廬灰しろたへに春火桶

山廬庭前

巌温く芽牡丹たわむ雨の糸

某君経営の温室に遊ぶ

土蒸してメロン花咲く小昼時

六峰氏より贈られたる観世音を祀らんとするに折柄山上曹源師来庵、開眼供養せらる

白木瓜に翳料峭と推古仏

夏

滝おもて雲おし移る立夏かな

田水満ち日出づる露に蛇苺

胡桃生《な》る滝川よどみ鮠とびぬ

アカシヤの耕馬にちりて薄暑かな

天目山勝頼夫人墳墓

山墓に薄暑の花の鬱金かな

キャベツ採る娘が帯の手の臙脂色

蒟蒻《こんにやく》の咲く薬園のきつね雨

枝蛙風にも鳴きて茱萸の花

水喧嘩墨雲月をながしけり

蛞蝓の流眄《ながしめ》してはあゆみけり

緑金の虫芍薬のたゞなかに

桑の実に顔染む女童にくからず

芋の花月夜を咲きて無尽講

嶽腹を雲移りゐる清水かな

焼肉《やきにく》にうすみどりなるパセリかな

吹き降りに瀬をながれ去る女郎蜘蛛

蟬鳴いて夜を氾濫の水殖《ふ》えぬ

つばめ野には下りず咲き伸す立葵

しげくして雲たちこむる梅雨の音

降りつぎて花卉にいと澄む梅雨湛ふ

梅雨霽れの風気短かに罌粟泣きぬ

さつこんは愛兄《いろえ》と呼びて更衣

旭影来し茄子馬にまた夕影す

月光のしたゝりかゝる鵜籠かな

篝火に雨はしる鵜の出そろへり

泊《は》つる夜は鵜舟のみよし影澄みぬ

鵜篝のおとろへて曳くけむりかな

画廊出て夾竹桃に磁榻濡る

椶櫚咲いて夕雲星をはるかにす

横浜高台の舎弟が新居を訪ねて

明け易き波間に船の仮泊かな

秋

無花果熟れ白鶺卵を地に産みぬ
無花果にゐて蛇の舌見えがたし
樹の栗鼠に蔓の鴉は通草啄《は》む
書に溺れ秋病むこゝろ驕りけり
山童《やまのこ》に秋の風吹く萱の虫
遊亀公園
水の鶩に秋逝く月のなじみけり
蘆の花水光虹を幽かにす
秋寒や瑠璃褪せがたき高嶺草
K─氏祖母の葬儀に会して
駕の僧嚏《はなひ》り露の簾を垂れぬ
地蜂焼く秋の峪土温くもりぬ

草童のちんぼこ螫せる秋の蜂
あな凄《すご》の秋蜂燃ゆる火を螫せり
秋の蜂巣を焼く土にころげけり
えんやさと唐鍬かつぐ地蜂捕
白《はく》猫《めう》の見れども高き帰燕かな
秋燕に日々高嶺雲うすれけり
蟬捕つて瞳の炫耀をみれば秋
秋暑く曇る玉蜀黍《もろこし》毛を垂れぬ
蟬とりし蜘蛛をかすめて秋の蜂
時化すぎて高萩しるく花つけぬ
鬼灯に岸草の刃もやゝ焦げぬ

冬

花温室二時日輪は虧けはじめけり

今日もはく娑婆苦の足袋の白かりき

すゝり泣く艶客足袋を白うしぬ

寒うして売僧のしたる懐ろ手

冬かすみして誕生の窓の燭

万年青の実蝸廬の年浪流れけり

こゝろもち寒卵とておもかりき

寒卵嚥《くんの》み世故を囁けり

遊亀公園

一蓮寺水べの神楽小夜更けぬ

煖炉燃え蘇鉄の青き卓に倦む

寒ゆるむ螺階は蠱《まじ》の光り盈つ

末弟結婚式後、S—園に晩餐を共にす

着粧ふ座《ざ》辺《べ》の電気炉あつすぎぬ

うす靄の日に温《む》室《ろ》の娘は働らけり

身延山

冬山に数珠売る尼が栖《すみか》かな

二子塚所見

斃馬剝ぐ大火煙らず焚かれけり

冬耕の婦がくづほれて抱く児かな

嶺々そびえ瀬音しづみて冬田打

新《にひ》墾《ばり》野照る日あまねく冬耕す

月いでて冬耕の火をかすかにす

放牧の冬木に胡弓ひく童あり

久しく病牀にありし白石実三、十二月二日午後二時五十分遂に永劫不帰の客となる

臘月の大地おほよそ寒むかりき

うそぶきて思春の乙女毛糸編む

雲間出る編隊機あはれ寒日和

凍花愛づ暖房の牕機影ゆく

白昼の湯を出て寒の臙脂甘《あま》し

曳きいでし貧馬の鬣《かみ》に雪かゝる

冬鵙のゆるやかに尾をふれるのみ

馬柵の霜火山湖蒼くなりにけり

鷗とび磯の茶漁婦に咲きいでぬ

K—院境内に存する嵐外の書「山路きて何やらゆかしすみれ草、はせを」の句碑いと碑蒸したり

茶の木咲きいしぶみ古ぶ寒露かな

寒の雞とさかゆらりともの思ふ

金剛纂《やつで》咲き女医に冷めたき心あり

苺熟る葉の焦げがちに冬かすみ
波奏《かな》で神護《まも》りもす冬いちご
いちご熟れ瑠璃空日々に深き冬
あるときは雨蕭々と冬いちご
冬いちご摘み黄牛《あめうし》を曳く娘かな
めざし行く大刑務所の雪晴れぬ
電気炉の翳悩ましくうつろへり

天地凍む

花温室の新月昏らみ年うつる
雲通る冬ほそ滝のこだまかな
大熊座地は丑満の寒さかな
強霜に峡《かひ》川《かは》ひろく湛へけり

灯をかゝげ寒機月になほ織りぬ
八つ手凍て寝起きの魔風幽らかりき
冬の蟇川にはなてば泳ぎけり
山の童の木菟捕らへたる閧あげぬ
石蕗の凍て巌の鳴禽屎をとゞむ
去年今年闇にかなづる深山川
枯山に奥嶺は藍《あを》く鳶浮けり
冬薔薇の咲きたはむるゝ一と枝かな
日たかくて鷺とぶ蓮田氷りけり
土凍てて日を経る牛蒡朽葉かな
空寒く土音のして牛蒡掘る
寒風呂を出てなりはひの襤褸を着ぬ

子地獄の吹きさらさるゝ冬至風呂
櫛ひろふ手を水寒くこぼれけり
汲み溢る寒水の杓よるべなし
雪に鳴く雌の老雞を見かけけり
冬一時黝き蘇鉄に日すわりぬ

甲斐絹の産地郡内

雪解富士戸々の賤機こだませり

汎き国土

温故的静物

収穫《とりいれ》すキャベツ白磁に蔬菜籠
枇杷大葉籠の実蔽ふうらおもて

六峯氏が贈れる推古仏を前に

松の葉と春松露もる釉陶器

北辺の白夜

夏至白夜濤たちしらむ漁港かな

白夜の帆世紀をへだつ魚油炎ゆる

ハープ弾く漁港の船の夏至白衣

この白夜馴鹿《トナカイ》の乳にねる児かな

氷下魚釣獣《けだもの》の香をはなちけり

春めく日林相雲を往かしむる

春きたる氷河の樹かげ狐舎に沁む

養狐交《た》け春の氷海鏡なす

氷海の朝焼けきびし狐舎の春

海猫群れ昆布生成の潮温るむ

シャンツェに冬眩耀の翳経《た》ちぬ

処女雪にシャンツェ小夜の帷垂る

降誕祭シャンツェ蒼き夜を刷けり

シヤンツエに遅き寒月上りけり

草童のゐる界隈

天をとび樋の水をゆく蒲の絮
泊夫藍《サフラン》は咲き山墓地霑へり
春蘭の山ふかき香に葉をゆれり
岩滝の歯朶萌えあふれ雉子乳るむ
孵《かへ》す雉子楤芽つむ童と見交はしぬ
蘭咲いて貌くれなゐに雉子孵す
雨温く蛇に巻かるゝ雉子かな
伐株にとゞまる蛇の尾を垂りぬ
草童に蛇の舌影かげろへり
蛇の血の水にしたゝり沈みけり

老雞の蟇ぶらさげて歩るくかな
山川に剝ぎたる蟇を手離せり

人寰抄

眼がみえぬ人の夜を澄む寒さかな
茶碗さむく忿《いきどほ》る歯の触れにけり
寒明けし童は青洟に飢ゑしらず
彼岸会の翠微乱山そばだちぬ
彼岸婆々阿難《をんな》の嶮を越えゆけり
註―阿難峠は嶽麓精進と古関とをむすぶ
チヤルメラに微温遍照草萌ゆる
チヤルメラに雪解の軍雞は首かしぐ
チヤルメラに鈴掛珠を揺りあへり

整へる爆音

編隊機冬の大八洲を下にせり
編隊機ゆき冬空は忘れがほ
編隊機寒の鋼空なゝめなす
編隊機冬日の国土挙げ移る
寒霽れの編隊機あはれ大嶺越ゆ
寒日和必定編隊機墜ちず
しのゝめに犇めく春の編隊機
春空の乳雲にとぶ編隊機
編隊機涌き神苑は花卉の春
編隊機春の靴音をともなはす

昭和十四年

春

飾り臼みづの青藁ほのかにも

初年のたちかへる音に荒瀬かな

旧正の羅紗鋪の玻璃に護謨映ゆる

山川を流るゝ鴛鴦に松過ぎぬ

初年の神ム鎮む嶽雪を見ず

弓初め大《おほ》山《やま》祇《つみ》は雲かゝる

楪をとる妻《め》に園はうす雪す

鏡中に剃り顎青き初湯かな

温室灯りゐて古年の闇深き

伊達の娘は韓紅の春袋《さいふ》もちにけり

漁樵絶えげに初霞む野山かな

山廬節分

こだまする後山の雪に豆を撒く

噭あまねく樹林新たに年たちぬ

ウクレレに昔の燭おく古風の炉

ウクレレ春揺籃の児の瞳はみどり

春を穢れ聖女いよ〳〵着装へり

歔《す》、《り》欷《な》くこゐ閨中に大椿樹

春祭高嶺の雪に笙鼓鳴る

大嶽祇初午の灯は雲の中

葱植うる夕影の土やゝ冷えぬ

菜は莢《さや》に蝶をとゞむる名残り花

桑萌えて地に雨霽れの風なごむ

野茨咲き気弱き耕馬尾をふれり

春蕎麦の茎真っ青に花盛り

峨梅に雪水ながれ花競ふ

幽谷蘆川の村嬢等各々炭俵を背負うて峠を越ゆるに或時迫ればところをきらはず

女神らの穢に草青む暮春かな

結婚十数日にして花婿頓死したるK—家の花嫁に逢ふ

春ふかく泪せぬ眼の光りけり

夏

風鈴の夜陰に鳴りて半夏かな

はたと合ふ眼の悩みある白日傘

あながちに肌ゆるびなきうすごろも

窶る婦の白眼にしてうすごろも

更衣爬虫のいろに蜂腰《すがるごし》
更衣地球儀青き夜を愛づる
陽炎のゆれうつりつゝ麦熟れぬ
墓濡れて桐咲くほどの地温あり
某家に老病者を訪ふ
白蚊帳に亡くなるといふ身をしづむ
夏ふかく樹々愁ふ翳あるごとし
大阪木野町さくら花壇
撒水す娘に夕影は情《こゝろ》あり
花桐に機影を惜しみ蹴鞠す
水馬《みづすまし》はね風ふく浮葉ひるがへる
山廬庭前
梅桃《ゆすら》とる童に山鵲は揺曳す
註―山鵲は三光鳥なり
草茂り藜の古色暾に濡れぬ

桃果とる籠さはやかな暾に濡れぬ

うす虹に映えて桃熟る聖地かな

法《ほつ》体《たい》のすきものめきて桃果啖《た》ぶ

脣《くち》ふれて肉ゆたかなる桃果かな

桃果あり卓白昼の翳淡く

樹々黝《くろ》み日照雨に桃果闌熟す

虹映えて税関の牕夏立ちぬ

波のたり大繋索に夏日灼く

宙に浮くかもめに船は夏来たり

白《ひ》昼《る》灯る船豪華なる驟雨かな

繋船に星ちりばめて初夏の闇

街頭瞥見

インディアン脣くれなゐに夜涼かな

晴るゝ日も嶽鬱々と厚朴咲けり

天体の幽らみをめでて夏帽子

芭蕉に「深川夜遊」と前書する唐辛子の名句あり

大夏の青果を籠に夜遊かな

夕虹に蜘蛛の曲げたる青すゝき

大阪のK—氏より贈られたる燈籠を前栽の苔蒸したる巌に据ゑて

葉がくりに陶の燈籠梅雨入り時

嶽麓河口湖

水すまし交るみたかぶる富士颪

蔬菜園土冷めたくて蚯蚓いづ

註—礼記月令に曰、孟夏の月蚯蚓出づ

挘ぐ蕃茄ぬくみて四方に雲群れぬ

菜園の暑気鬱として踏まれけり

隠棲の蟬絶えまなき雨月かな

会釈して炎天の女童《めろ》ふとあはれ

岐阜市より贈られたる提灯を夜々書窓に吊る

たまきはるいのちにともるすゞみかな

岐阜長良

梅雨のまのひととき映ゆる金華山

翠巒に何花かをる薄暑かな

滝霧にほたる火沁みてながれけり

蛍火を愉しむ童女顔寄せぬ

大阪木野町さくら花壇　二句

浪花女の夏風邪ひいて座に耐へぬ

夏衿をくつろぐるとき守宮《やもり》鳴く

紀州元の脇海岸

礁貝の潮がくり咲く薄暑かな

饗宴の夕　二句

なりふりにかまけて遅る葭戸かな

夏の灯に蠱《まじ》のくちびる臙脂濃し

御坊町N—旅館

夏館老尼も泊りながし吹く

素裸に寝溺れにける白蚊帳

秋

山廬立秋

雲移りこずゑの蜻蛉とぶにたふ

桐の葉に虫鳴き月の光《かげ》顫ふ

蔬菜園

とぶなべに影仄かなる瓜の虫

虫ひとつ鳴きおとろふるこゑちぎれ

圃土を這ふ虫かげもなくなりぬ

地をふみて秋を侘びしき鵜匠かな

珊々と草露下駄に蹴られけり

秋蟬に午後はわびしき雲明り

山居即事

秋の蟬夜も鳴く月のさしそめぬ

奥山の寒蟬月に鳴きにけり

嶺の焼《やけ》木《ぎ》鷹ゐて四方の錦かな

嶽麓山中湖

山中の帆に高西風のつばくらめ

墓参して瞳の鮮《あた》らしき童女かな

無花果熟れ地にきよらなる草生ふる

いざよひの紺地金泥雲の間に

棗洗ふ清泉草に溢れけり

草魚釣るほそ糸たるむ秋暑かな

秋暑く串の生《マ》魚しづく燃ゆ

草の穂を豕は舐め雞は食む秋暑

鴫日和屠場の花卉は咲き溢る

蕎麦咲きて機影あしたの雲に見ゆ

高翔けす樹海の蝶に秋の虹

傷兵帰還　二句

帰還兵のせし老馬に四方の秋

日は蕭と傷兵還り山河澄む

冬

藪の端に大年移る月錆びぬ

燈して祝典の姫嚏《はなひ》りぬ

遊亀公園

白鷺泛き八方の樹々冬かすむ

暾あまねし温室を出て寄る藁焚火

寒禽に寄生木の雲ゆきたえぬ

滝川の冬水迅くながれけり

湯ざめして卓の宝玉ひたに愛づ

窓掛に苑の凍光果《くわ》をたもつ

絨毯の跫音吸うて冬日影

ふところに暮冬の鍵《かぎ》のぬくもりぬ

冬もみぢ端山の草木禽啼かず

凍て強しなが蔓に揺る山鴉

たちばなに冬鶯の影よどむ昼

神農祭聖《きよ》らなる燈をかきたてぬ

凍光に放心の刻《とき》ペチカ燃ゆ

祝祭の嶺々厳しくて寒の入り

足袋白くすこしも媚態あらざりき

在家法要

燭もえて僧短日の餉に興ず

壁炉燃えこゝろ淫らなるにも非ず

絨毯にフラスコ転び寒の内

我執偏狭

容顔をゆがめて見入る冬鏡

日輪に薔薇はかなくて氷面鏡

樹氷群れ蒼天星によみがへる
枝様枒と寒禽の透く雲凝りぬ
その中に寒禽顫ふ影のあり
鷹舞うて神座《じんざ》の高嶺しぐれそむ
註―神座山はわが郷東南の天に聳ゆ
渓澄みて後山間近く時雨れけり

動物園にて　二句
榆時雨れ金鶏《きんけい》は地をあゆむのみ
山椒魚うごかず澄める夕しぐれ
煙絶えて香炉の冷むる霜夜かな

上高地と白骨

上高地篇

日は渺と奥嶺秋園人をみず

鬱々とまた爽やかに嶽の白昼《ひる》

山梨《こなし》熟れ穂高雪渓眉の上

旅人にしぐれて藍《あを》き嶽鎧ふ

霧さぶく公園ホテル樅の中

霧の暾や穂高のもとを衷甸《ばしや》発てり

焼嶽を詠む

秋風や聳えて熰《いぶ》る嶽の尖き

雲間燃え笹一色に秋の嶽

焼嶽《やけ》晴れて陽に向きがたし秋の空

噴煙に月出て旅も神無月

夜は夜の白雲靆《ひ》きて秋の嶽

大樹林逍遥

草みのり土耀《かゞよ》うて旅愁かな

蘡薁に樅の高空風だちぬ

人や来と見かへる樹林秋の昼
水をどり樺たち鎧ふ秋の昼
秋の風穂高嶺雲を往かしめず
熊笹の実にいちじるく赤とんぼ
あきつとぶ白樺高き夕こずゑ
小禽むれ霜枯る山梨《こなし》落葉せり
しぐれては秋ゆく樹々の禽舎かな
みすゞかる信濃をとめに茸問はな
高西風に吹かれて飄と岩魚釣り
田代池
藻だたみとうつろふ樺の散り黄葉
河童橋
白靴に朝虹映ゆる河童橋
こゝにして我鬼を偲べば秋蛍
註―我鬼は芥川龍之介の俳名

山梨熟れ釣り橋揺りて牛乳車

公園ホテル
秋日つよく藍青の嶺々窓蔽ふ

大樹林赤屋根さむく霧罩めぬ

夕霧にホテル厨房灯をともす

大正池
秋の風魚棲みがたく長藻揺る

嶽は燃え枯木の鷹に水澄めり

白骨篇

強霜におしだまりたる樵夫かな

手にとりて深山の秋の玉ほたる

秋蛍山勢に水ほとばしる

霧ながれ花壇の巌は不言《ものいはず》

帰燕とび湯女菜園に濯ぎ干す

秋やこの熊蝿とびてラヂオ鳴る

風あらぶ臥待月の山湯かな

谿邃く湯気たちまよひ薄もみぢ

露日夜帰路の浴客相踵ぎぬ

渓谷の露天湯

瞰ゆたかにさす木の間より露の娘ら

湯治づれ草履してふむ秋の土

湯気こめて巌の野菊を咲かしむる

露天湯に雲あかねして天《マ》翔ける

夕影や脱衣をあるく女郎蜘蛛

ふぐり垂る素裸にさす秋日かな

湯気舞うて男神女神に露の秋

吾子と共に一日登高をこゝろむ

秋寒く山窪ゆけば地《つち》音す

秋ふかき岨路を行けば雲の声

子と連るゝ奥嶺の遊《ゆ》山《さん》高西風す

橡ひろふ杣を見かけし焚火かな

懸巣翔け雲うごきなき谿間かな

秋の嶽咫尺す啄《け》木《ら》に日照雨せり

露の巌乙女の草鞋結ばせぬ

我を待つよき娘に露の閾《しきゐ》かな

一日アルプスの蒼天を飛行機過ぐ

午後三時秋雲を出し機影見ゆ

機影見え湯女らの叫《おら》び谺せり

機影ゆき秋雲の端に軽雷す

桐一葉湯女病む閨は西日満つ

橡みのり温泉の裏嶽雲垂るゝ

高原光花壇は土の鎮まれる
高原光ピンポンの球ひそむ秋
音のして花壇の零余子霜枯れぬ
露の香や暾あたる嶺草撓むさま
秋の温泉に暮雲のいざる大嶺空
温泉の花壇をとめの貌をつぶらにす
むかご生り花圃のダリヤは咲き溢る
日を厭ひ球屋のをとめダリヤ剪る
花卉あふれ秋の墓石露滴るゝ
帰路の鷺湖
秋鷺翔け繭町の湖鏡なす

高原盛夏

夏雲群るこの峡中に死ぬるかな

嶽離る夏雲みれば旅ごころ

草いきれ女童《めろ》会釈してゆきにけり

五月晴えのころ草の穂は曲る

雨蛙鳴きゐる穂麦さやぎけり

合歓咲けり蜂飄として巣を忘る

老鶯に谷冷え〲とこだましぬ

夏山の蠅懶《ものう》げに鳴きにけり

夏草は闌け高原の道通ず

暑気せめぐ土むつとして胡麻咲けり

炎天の鬱たる嶺々は巓《さき》隠る

山颪芝草わたる蟻肥えぬ

長良と紀の海

鵜飼

鵜舟並み瑞《みづ》の大嶽雲新た
南無鵜川盆花ながれかはしけり
ぞろ〳〵と浪花女伴れし鵜飼かな
鵜船ゆき翠黛の瀑みえわたる
豆も咲き鵜宿門べの蕃茄生る
朝露にひたる籠の鵜影ひそむ
玉鵜籠朝日さし又夕影す
並みつるゝこれの鵜籠に朝曇り
あまたある鵜籠の形《なり》のまどかかな
河岸沿ひに暑往寒来鵜飼宿

鵜匠ノ頭山下邸に案内され同氏の懇ろなる説明をきく

花活くる袂《たもと》くはへて鵜匠の娘

鵜をめづる婦ら猗儺《いだ》として暑に耐ふる

鵜の気魄瞳の潮色にやどりけり

貪婪《どんらん》の鵜が甘まゆるや老鵜匠

荒鵜の屎水のごとくに萩穢《けが》る

鵜籠出し彦丸猛けき瞳の真如

註―長良第一の鵜、名づけて彦丸といふ

のど瀬沿ひ鬆く夏靄に鵜籠並む

井の口丸

ゆかた着の帯は錦繡鵜飼船

鵜飼見の酒樽に凭り酌みそめぬ

星雲にこの山水の鵜船かな

しばらくは船の葭戸に遠花火

半玉の帯の鈴鳴る鵜飼船

ほのくらく酒盞を洗ふ鵜川かな

転寝《うたゝね》に鵜飼の興の夢淡し

日月の隠れてさむき鵜飼船

鵜飼見の小夜の恋路を叙しにけり

はやり鵜に金銀の翳火籠ちる

水翳を曳くはやり鵜に鮎光る

驟雨迅し鵜篝りたかく又低く

はやり鵜の篝りに映ゆる檜縄はや

篝り去る遊船の舳に夜の秋

篝火の翳疲れ鵜に瞬《またゝ》けり

金華山軽雷北に鵜飼畢ふ

舷に並むあげ鵜うつろひ水豊か
鵜は舷に小夜の北風吹く屋形船
瑞《みづ》山《やま》を大瀬繞りて河鹿鳴く
舷の鵜に屋形万燈遠ざかる
鵜飼畢ふ水幽らみつゝ翳流る
闃として人煙絶ゆる鵜川かな
金華山大瀬を闇に夜の秋
河鹿鳴く瀬を幽《かす》かにす金華山
昼中は舳をふりねむる鵜舟かな

四季の里　三句

風《ふう》騒《さう》の夜を水無月の館かな
木曾の瀬も暗らめる巘に旅疲れ

寝しづみて灯影煌たる夏館

紀伊路

和歌の浦あら南風《はえ》鳶を雲にせり
群燕に紀伊路の田居は枇杷熟るゝ
水無月の雲斂《をさま》りて和歌の浦
つばめ群れ柑園霽れて仔山羊鳴く
柑園のみち鷗翔けバス通る
御坊町中吉旅館
夏早き灯影に濡るゝ蘇鉄苑
蘇鉄かげ聖土曜日の燈がともる
旅の風呂熱くて赫つと夕日影
尼もゐて卓の苹果に夏灯
枇杷を摂る手の艶《なま》めきて尼僧かな

上布《じやうふ》着て媼肥《うばご》えしたる尼の膝
翼張る窓の蘇鉄に蚊遣香
尼涼し更闌けて去る蚊帳隠くり
元の脇海岸
高潮に遠岬初夏の雲しろむ
詠人に海女がたつきも初夏の景
白靴に岩礁はしる潮耀りぬ
濤蒼し智慧を忘れし蜑の夏
蜑さむく不漁《しけ》し炎暑の煙上ぐる
あら南風の洋白馬跳ね狆戯《ちんざ》るゝ
岩窟を栖とする蜑夫婦あり
薊咲き岩戸の暾影夏匂ふ
瀾掠む微雨かゞやきて夏薊
鮑取を見る
腰縄の刀いかつくて鮑取

潮ゆたにもぐりし蜑や油照り

岩礁の瀬にながれもす鮑取

渦潮の底礁匐へる鮑取

仏体もしづみてぞ見ゆ鮑取

夏潮を出てべん〳〵と蜑の腹

葦咲いて蜑の通ひ路ながし吹く

三伏の旅路に濤の音も愁ふ

望洋館にて

舟虫に荘の花卉照る墓ほとり

黴雨明けの夏炉ほのかなる茶の煙り

舟虫に欄の濤翳松落葉

青蘆を一茎活けし夏館

望洋館女将既に亡し

青蘆活け婀娜の死霊を偲びけり

鯒《こち》釣るや濤声四方に日は滾《たぎ》る

綸《いと》吹かれ潮かゞよひて土用東風

沖通る帆に黒南風の鷗群る

大瀾に南風雲りして蚕のみち

磯山の霖雨小歇みに蟬しぐれ

木食僧

僧こもる菩薩嶺の雪また新た

雲水に大鷲舞へる雪日和

宋淵法師白皚々たる大菩薩嶺を下り来る

雲水の跫音もなく土凍てぬ

暮雪ふむ僧長杖をさきだてぬ

厳冬の僧餉をとりて歯をみせず

木食す僧厳冬を愉しめり

雲水の寒風呂いたくたしなみぬ
僧の前籠に清浄と冬蔬菜
相携へて故紫明の忌へ参ぜんと
忌へ連れて雲水瓢と寒日和

昭和十五年

春

禱る窓かもめ瀟洒に年立ちぬ
年新た嶺々山々に神おはす
老の愛水のごとくに年新た
松過ぎし祝祭の灯にゆき会へり
獣園の日最中にして羽子の音
遣羽子にものいふ眼《まみ》を見とりけり

柴垣を罩めたる雲に機はじめ
雲こめて厳濡れにけり松の内
雲水宋淵大菩薩下山
大嶺より雲水きたる松納
奥嶺路に春たち連るゝ山乙女
港路に復活祭の馬車を駆る
クロス垂る市場《いちば》の婆々も聖週期
舷梯に耶蘇祝祭の花を提ぐ
膚に耀る聖土曜日の頸飾り
頬赤きグリルの乙女聖週期
護謨樹と宝石復活祭の飾り窓
復活祭ふところに銀《ぎん》一と袋
泊船祝日
濤に浮き昇天祭の陽は舞へり

思想ありけさ春寒のめを瞠《みは》る
れいらくの壁炉古風に聖母祭
聖燭の夜をまな妻が白鵞ペン
陶に似て窓のアルプス聖母祭
マリヤ祀る樹林聖地の暮雪かな
壁炉冷え聖母祀祭の燭幽か
脣《くち》赤きニグロ機嫌に聖母祭
ともしつぐ灯にさめがたき寝釈迦かな
常楽会東国《あづま》の旅に出て会へり
お涅槃に女童《めろ》の白指触れたりし
真っ赤なる涅槃日和の墓椿
山霞みして奥瀑のひゞきけり

さるほどに櫨子《しどみ》咲く地の蒼みけり
弥生尽山坂の靄あるごとし
堰おつる音かはりては雪解水
師を追うて春行楽の女づれ
弟子ひとり花園あるき師を思ふ
春の夢さめぐ〱と師の泣き給ふ
春寒く鬚ながく伸びにけり

天目山懐古

嶺々嶮《ここ》し春やむかしの月の金《きん》

K―社春の神事

巫女《かむなぎ》に冴返りたる燭の華
植林すこゝろに春の世は豊か

植林の暾影青雲にしみ透る

植林の娘が笠に相聞歌一つ

植林の春を小霰降りてやむ

春雲光り思ひ倦むとき植林歌

きゞす啼き娘らの植林歌春を趁ふ

植林を終ふ娘らが手をみな垂れぬ

植林の唐鍬をうつ谺はや

植林のこだまあそびて五百重山

春霜の草鞋になじむ晨《あした》かな

雞舎《とや》灯り春の行人なつかしむ

祝祭の嶺々はうす色梅の牕《まど》

岨の梅日は蕩々と禽啼かず

柴垣は濡れ白梅花うすがすむ
谷の梅栗鼠は瀟洒に尾をあげて
渓声の聾するばかり白梅花
谷梅にまとふ月光うすみどり
小昼餐《ランチ》終へ出る霽色に薔薇咲けり
やはらかに月光のさす白薔薇
薔薇咲き詩に倦みがたきしづごころ
白薔薇さきそろふ瞰のうるほへり
冷え〳〵と緑金ひかる薔薇の虫
青草の凪ぎ蒸す薔薇の花たわゝ
日輪にひゞきてとべる薔薇の虫
草濡れて薔薇培ふほとりかな

福々と鬱金薔薇の大蕾

ぬれいろに夜昼となく緋薔薇咲く

うす紅に霑ふ薔薇の末ら葉かな

鎌新た青若茎の薔薇をきる

夏

チエロを擁《だ》き夏夕月の黄をめづる

夏風邪の娘のはなやかに愁ひけり

旅愁あり浴房《バス》にたゞよふ夏日翳

風鈴に雨やむ闇の更たけぬ

窓近く立葵咲く登山宿

樹海を出て河口湖に向ふ

五湖のみちゆく〳〵余花の曇りけり

哈爾賓滞在　三句

白露の娘瞳の水色に夏きたる

楡青葉して白露の娘虹を見る

露人墓地青葉隠くりに虹消ゆる

群ら嶺立つ雲海を出て夏つばめ

雲うすく夏翳にじむお花畑

夏嶽の月に霧とぶさるをがせ

合歓咲いて嶽どんよりと川奏づ

山茱萸の風にゆれあふ実を択りぬ

蒟蒻の花ゑみわるゝ驟雨霽れ

秋

草は冷め巌なほ温く曼珠沙華

屠所の花卉冷気にみだれ渡り鳥

冬

気おごりて日輪をみる冬景色
積雪に月さしわたる年の夜
月の輪の侘びねに光る大晦日
湯ざめして聖《きよ》らの処女書に溺る
虫絶えて冬高貴なる陽の弱り

小山養鶏組合

雞《と》舎《や》灯り嶽の月さす障子かな
さるほどに猟衣耐ふべくぬくもりぬ
ウクレレをめで流眄《ながしめ》す冬果の紅
冬晴れし夢のうすいろ遠嶺空
茶の花に空のギヤマン日翳せり

清流は霜にさゝやき寒の入り
老いるより寒土恋ほしく往ひけり
風邪寠れして美しき尼の君
風邪の子の餅のごとくに頬豊か
冬の星屍室の夜空更けにけり
埠頭冬咽ぶがごとく星更けぬ
大胆に銀《ぎん》一片を社会鍋
うす闇にもともきらひな社会鍋
かる〴〵と逃げ足のびて社会鍋
社会鍋守る娘にたれも惚れざりき
伊達の娘がみて通りたる社会鍋

幽棲逍遥

年逝くや山月いでて顔照らす

鶴病みて水べに冴ゆる冬花かな

鶴は病み日あたる巌凍みにけり

昃《ひかげ》れば雪虫まひて鶴病みぬ

鶴妙《たへ》に凍ててともしき命《いのち》かな

鶴病みて片雲風にさだまらず

病む鶴に人影《ひとかげ》凍てて佇ちにけり

新鮮なる蔬菜

田壠《たぐろ》芋花さく丈けに霧しづく

蔬菜籠みる〳〵露の日翳せり

熟れすぎし胡瓜美《くは》しもあまた垂る

人ごゑにおちつぐ茄子のかぐら虫

白昼のむら雲四方に蕃茄熟る

見《み》のしゞに越瓜《しろうり》を匐ふちゝろむし

葉を擡《もた》げ茄子日々に生《な》り雲鎖す

茄子と採る蔓豆籠を垂れにけり

草の香に南蛮熟るゝ厄日明け

新榧子《しんかや》を干しひろげたる地べたかな

刈草の櫨子《しどみ》つぶらに露しめり

蔬菜籠娘が暮れぐに満てしはや

後記

わたくしの句集は、第一に雲母社発行の「山廬集」、第二に改造社発行の「霊芝」があるのでこれは第三句集となるわけである。この書名を山響集《こだましふ》としたのは、わたくしが白雲の中に生活して山響を愛するが故である。ひとり山中に佇って、われとわが声を反響によって聴くとき、いかにも自分の作品のそれに接する場合を思わせられるのである。で、こんどこの集は、河出書房主の慫慂により江湖にまみえることになったのであるが、全作品、わたくしの主宰する雑誌「雲母」はもとより、現在世に行われているあまたの雑誌及び新聞へ約五箇年にわたって掲載した多数のなかから自選したものである。左様に多数のものへ掲載したのであるから、選出したとはいうもののなお見失っているものも若干あろうかと思われる。掲載の雑誌や新聞の名を一々附記し、且つその折々の題名など書き入れることも、自分自身のみにとっては多少の興味あることのようにも思われたことではあるが、再選した結果、或は一二句にとどまるのもあれば、全部抹殺するような場合にも出逢ったりしたために、そうしたことを一排し、そのうち数篇だけをそっくりこの集にとどめるだけにした。そうして、今年晩春から一箇月あまり私は朝鮮から満州及び北支那へかけて旅行したのであるが、これを一区画としその旅行吟発表までを此の集にとどめることにした次第である。この一集を記念し、私は更に新たなる足踏みを句道難行につづけたいと考えるものである。

昭和十五年九月十一日

蛇笏

白_{はく}
嶽_{がく}

昭和十五年

春

初年の雲ゆく瀑のみゆるかな
松すぎの牝牛をつなぐ蔬菜園
初むかし高原しろき雲をとむ

山廬迎春　四句

門前の雲をふむべく年新た
年むかふ門にそびえて駒《こま》嶽の嶮
雨ふれば年たつ苑の巌目覚む
はつ霞して苑の巌またねむる
かびろくてうづの杣山年迎ふ
八重山をうづむる雪に機はじめ

郡内河口湖

はつ機の産屋《うぶや》ケ岬《さき》にひゞくなり

戦歿勇士村葬

遠嶺すみ御はふりの火に松過ぎぬ

春日山某新屋

松たて丶深山新墾の大館

すめらぎの統べ給ふ地の梅佳節

梅を活け紀元祝祭の灯を献ず

後山の蘭にあそびて梅佳節

佳節温くし新《さら》の音して侏儒の靴

僧形もまじりてみゆる野火の煙

まな妻のまなこあまえて春の風邪

まさをなる大草籠にねこやなぎ

花冷えや尼僧生活や丶派手に

蘭しげる滝口みえて春の虹

薔薇五章

恋々と夕日影ある薔薇かな

さうび咲く薬草園のきつね雨

浴房の日に鏡前の薔薇はえぬ

薔薇浸けし葉のきはやかに甕の水

富士嶽麓精進

虫たえて奥地は薔薇に陽の昇る

夏

遅月のかげを艫にひく蓮見舟

いばら咲く墻になりて麦熟れぬ

帰省子の気がやさしくて野菜とる

つぶらかな眼に人をみる蜥蜴かな

青蜥蜴岩磐すべるひゞきあり

夕虹に甍馬舁く地の映えにけり

虹たちて草あざやかに蛇いちご
湿原の茱萸あさる童に虹たちぬ
虹あかり漁撈の艫に旗垂りぬ

秋

秋涼の雲に鳶啼く大菩薩
新涼の帆に翳うごく濤間かな
新涼の燭ゆれあうて誕生日
花を摘み礫像を瞥《み》つ鰯雲
やまびこをつれてゆく尾根うろこ雲
歓楽にやつれて仰ぐうろこ雲
秋さむう肉親の愛縷のごとし
爽秋の花得て愛兄《いろえ》去にたりき

毒蔓の実の瑠璃しるく爽気かな

月にほひ秋雪を刷く嶽となる

やうやくに黍の穂曲る秋曇り

木食接待

柚もそへてすゞしろの葉は籠を溢る

つゆけくて霊祀る灯のゆれにけり

児を抱いて尼うつくしき霊祭

山岨をうつろふ雲に柿熟す

稲みのり雲遠ざかる渓の音

秋の花なまぐさからず壺溢る

皿を垂りしづくす秋の大山女魚

鏡前の花卉鮮《あら》たなる秋の昼

山墓に午後も霑ふ曼珠沙華

雨の日も茎並みそろふ曼珠沙華
山みづに竜胆涵り風雨やむ
壺にさす郁子の金葉二三片
御嶽昇仙峡
風吹いてはやき瀬翳の石たゝき
月祭る燈のともしくて深山住
昨秋一子を亡はれしといふ勝峯晋風氏そが供養の為にとて一句を乞はるゝに
秋の風こゝろづたひに吹きにけり
太田古索氏の長逝を悼む
桐一葉咫尺すおとの真暗がり
皇軍への感謝
軍をおもふ秋はふるさとの唐錦
日支事変勃発このかた我が山村民全員毎月一日払暁必ずうぶすなの社前に集合出征諸勇士の武運長久を祈願す
秋は暁ヶの鶏鳴嶽にこたへけり

爽かに祈願の灯松の風
寒蟬にひたすらしのぶ征旅かな
註―寒蟬は茅蜩、晩景に鳴くこゑ寂寥たり
大陸にわが書を贈る秋の風
耕馬嘶くも軍しのばるゝ秋の風
更けぬれば軍をおもうて星月夜
皇軍への供出慰問品等協議の帰途
軍をおもふ秋ほたる火のともる闇
機影ゆく秋闌のうろこ雲
十月二日

冬

かりくらに鳶ひるがへる焚火かな
鳶は稲架に夫は焚火に乳が溢る
新雪にやもめ炊爨ラヂオ鳴る
帰還兵炉にウクレレをよこたへぬ

地獄絵をたゝへて師走祝祭日

海港の師走風景寄席灯る

うすやみに街角月を得し師走

富士川鰍沢

霜月や大瀬にうかぶ詣船

櫨をとる童の舟泛ぶ初冬かな

ふりやみていはほになじむたまあられ

凍雪の籬に月の嵐かな

大陸羇旅句抄

朝　鮮

京城にて

春北風白《はく》嶽《がく》の陽を吹きゆがむ

鵲《かち》の巣に白嶽の嶮かすむなし

白嶽は普陀落にして春の風

昌慶苑

鵲は樹に園啓蟄の光りあり

苑内グリーンハウス

柳萌え温室の花より淡かりき

秘苑

門閉して松風かすむ秘苑かな

折柄灌仏会なり

十字路の花祭こそ王府の地

白象に稚児は金色花まつり

江西の古墳を訪ふ

春さむき身の日輪にあたゝまる

土幕の民啓蟄の幸を思へりき

安東にて

たちまちに夜は冴返る国境

満州曠野

うなだれて曠野の風に春の旅

東風の陽の吹かれゆがみて見ゆるかな

しばらくは家の背にのりて春の鵲

宙にある春の日輪たゞ聾ひぬ

夕影に絶えて嘶かざる耕馬かな

春耕の鞭に月舞ひ風吹けり

東風の月禱りの鐘も鳴らざりき

冴え冴えと春寒むければ月近き

冬尽きて曠野の月はなほ遠き

撫順炭坑

中天の春の火生きて羞ぢらへり

筑紫館

礦山町のねしづむ旅舎のおぼろかな

錦州を発ち途中一夜をあかして水龍女ひとりはるぐ\たづね来る

はるばると来て春燈に不言《ものいはず》

炭礦ホテル饗宴　二句

饗宴の卓の白花春惜しむ

饗宴の春の灯影に疲れ顔

露天掘　二句

大陸の日輪をゆる春のこゑ

陸ほろぶことをこそおもへ風光る

製油工場見学

春愁の人かげ捕らふ大油槽

哈爾賓にて

有風邸　三句

花卉の牕をりからパスハ更けにけり

おぼろの夜門守る露人口笛す

春の楽やみて夜闌の星のかず

松花江　二句

落月の翳をはゞみて流氷す

河岸のみち大帆干されて春の蠅

冴返るキタイスカヤの甃《いしだたみ》

鐘鳴りて衷甸樹隠りにパスハの夜

霾の陽に祈禱の鐘のきこゆなり

中央寺院《サボール》の天にかゝりて柳絮とぶ

解氷期クラブ《ヨットクラブ》の緑樹灯に溢る

パスハの夜広場は星斗みどりなり

露西亜人墓地　二句

凍解の墓前にともる永久の燭

供華売に日影あまねく楡の東風

忠霊塔

春の天大忠魂碑瞻《み》れば揺る

大直街

墓所を出て街ひと筋にうす霞む

楡芽ぐみ車馬織るかげに名残り霜

ハルビン郊外に志士の墓を訪ふ、説明者の言切々当時を今に見るが如し

眼も鼻もなみだにぬれて霾まみれ

奉天北陵　三句

北陵の春料峭と鳶のこゑ

石獣のほとりの草の萌えそむる
巣にひそむ春さきがけの鵲を見ぬ

錦州にて

消えがてに春の夕影馬車《マアチョ》駆る
月さして馬車の鈴の鳴りつゞく

大仏寺　二句

喇嘛塔に朝焼のして鵲舞へり
鵲むれてかすまぬ春の大古塔

大虎山のほとり

鵲の巣に夕ひとゝきの雲明り

古都北京

Yホテル

旅舎の牕遅月さしてリラの花
古都の夜は旅舎冴返り月かくる
苑囿の春日にむせぶ胡弓かな

春天のもとの饗宴鵲翔ける

啓蟄の天《テン》棚《ポン》たかく餉につきぬ

中央公園

悩しき女警にリラの花盛り

姑娘

リラのつゆ舐ぶるまなこをつぶりけり

みちのへに眼をあく甃馬楡萌ゆる

成吉思汗料理

飲《おん》食《じき》の器を土に弥生尽

春暑く旅人づれの肉を焼く

陰湿なる陋巷　二句

燭光に月かげかはす鴉片窟

春灯をみるにもあらず癮者の眼

四月十八日

万寿山仲春にしてリラの雨

マルコポーロ橋のほとり　三句

流眄す駱駝に旅の遅日光

ゆく春の駱駝は眼《まみ》の人に似し

駱駝ゐみ驢が小跳ねして暮れ遅き
鵲は巣に馬耕の墓べ草萌ゆる

楡と河港

中央寺院《サボール》へ衷甸駆る木の間パスハ祭
時計舗の犬懶惰にて楡の東風
遊楽の夜を蒸す翳に謝肉祭
鶴引きて鶸色の陽に河港あり
河港の帆昏れつゝ楡の月病めり
中央寺院に夕虹をみて衷甸を駆る
河港より春の遅月毛皮舗

露西亜人墓地

婆々が掌に銀一片を日の盛り

松花江　二句

夏雲にたちはだかりて水泳着

夏雲に昏れがたき帆の坐わりけり

平壌お牧の茶屋

妓生《キーサン》の「支那の夜」すゞし長鼓鳴る

パコダ公園

おほぎやうに牡丹嗅ぐ娘の軽羅かな

戦跡巡拝

第一戦跡一文字山

戦跡の風雨に咲きてリラ白し

萌え草に血汐あとなき風雨かな

三日月は砂丘にリラの花あかり

昆明湖

行く春の船に雨迅き万寿山

盧溝橋遅日の駱駝うち連るゝ

旅順聖地

花さむき日影はしりて港口

聖地巡拝

春暑く巡拝の靴砂にそむ

白鷗抄

韃靼は海もりあがり春の旅

白鷗に春の潮渦出ては消ゆ

あるときは春潮の鷗真一文字

かもめとぶ春の砂丘に海の紺

天津より大連に下る

土屋にも白鷗とびて春の磯

黄海航行

春鷗に水玉濤をはしりけり

帰庵

旅をへてまた雲に棲む暮春かな

昭和十六年

春

おほみ空瑠璃南無々々と年新た

死ぬばかりよきゆめをみてはつ鏡

大富士のすそ野の新墾《あらき》鍬はじめ

葉牡丹に年立つあられ降りやみぬ

繭玉の鏡にひゞく光りあり

注連かざりして谷遠き瀑の神

観潮の娘が手甲も春の旅

野火の雨切株はやく濡れにけり

磧べを焼く炎のみえて耕馬嘶く

野火煙り匐ひ消ゆる水せゝらげり

山坂の樝子にきゆる雨の糸

小野をゆく靴になじみて青き踏む

軍鶏籠にながるゝ蕗の穂綿かな

雪解風禽は古巣をかへりみず

大谷山道

落葉松に峡田のすきて目借時

禽は地をあさりて瑞技東風吹けり

阿難峠 二句

弥生照る陽は鶸いろに大嶺越え

春嶺遠き奥のけむりを侘びにけり

高原のみちゆく母子雲雀啼く

蓬生ふ壠土温くゝ踏まれけり

楢咲きて巌ぬれそぼつ名残り雨

石垣を垂れて二三花いたちはぜ

土の香のなにかたのしく翁草

風に映え泉に遅き山ざくら

たかんなや山草しげきかなたにも

うつぶせに落椿泛く山泉
水底に仰向きしづむおちつばき
花よりも水くれなゐに泇の木瓜
大黒坂昌応寺
鐘楼より蜂は大嶺へ春の空
清水港富士たかすぎて暮の春
春暮るゝ榛原婆娑と日の名残り
鷗たかく翔りて船渠暮の春
山都正ノ木稲荷祭典
植木市春ゆく風の吹きすさぶ
子をも喰ふ白猫肥えて暮の春

山嶽と季節

山祭すみたる夜半のはつ蛙
奥嶽は日々うすいろに桑咲けり

うつうつと大嶽の昼躑躅咲く
鳥啼きて湖はしろがね春の嶽
山藤の雲がゝりして咲きにけり
湿原をへだつみづやま雉子啼く
すみれ咲く風にむせびて針葉樹
蔓萌えて沢池の雨に蝌蚪澄めり
雑木山片道ぞひに麦孕む
三日月のひくめに櫻櫚の咲きにけり
高原の壠茶に春の風雨やむ
道はるか高原の桑芽ぶきそむ
風ぐもりして山墓の桑咲けり
山桑の花ひたに濡れ春驟雨

棚田ぅつ一人に塊もさゝ埃り
芝涵す水きよらかに土筆萌ゆ

夏

西山温泉　三句
温泉の神に燈をたてまつる裸かな
大嶽の闇咫尺する夏燈
深山の月夜にあへる蟬しぐれ
つれなくて鼻梁あえかに夏燈
派手ゆかた着はえて吾子が病臥かな
うきことに上布の膝のすべりけり
終焉をこゝろに蚊帳をつる身かな
蚊帳をつる手のなにがなし眼をふきぬ
暁ちかくうれひの蚊帳をつりにけり

妹が腹すこし身に触り更衣

瀑を見るゐまひらうたく白日傘

観瀑の月いやたかくなりにけり

観瀑の娘らが絶ゆれば雲通る

とかげ跳ね露草咲きて日雨せり

遊亀公園

金鶏は地に嘴をすり虹はえぬ

蠅とびて鮎をはしらす簗の水

尺蠖の濡れ桑にゐて虹明り

日光華厳

滝霧に樅の鳴禽尾を垂りぬ

向日葵に青草の香のたちにけり

草童に向日葵の顔うつろへり

高原の真夏をゆけば嶽隠る

亡き子おもふ夏を深山の遠けむり

ゆかた着のこゝろにおもふ供養かな

外房風景

白浜にて

夏至の花卉夜は汐騒の遠かりき

U―館　三句

花卉ぬるゝ磯園ゆけば夏つばめ

蘇鉄ぬれ覇王樹花をひらきけり

高浪もうつりて梅雨の掛け鏡

燈台に薄明の潮梅雨の暁

天津にて　二句

有明の梅雨げしきなる漁船着く

魚籃かつぐ天津《あまツ》の乙女梅雨げしき

小湊舟遊

梅雨の波鯛ひしめきて光りけり

西山温泉にて　二句

夏雲に日々登高をおもふのみ

己が香の湯治ゆかたにほのかなる

病院と死

詠むにたへず詠まざらんとしてもまた得ず。生涯をたゞこの詩に賭する身の、之れをわが亡子数馬の霊にさゝぐ

南風つよし子の病難に飯《いひ》を嚙む
春百花しづまれる世の薄暮光
入院す吾子をたすけて弥生尽
病院の夏雨つよく花卉にふる
病院の梅雨の貯水池あをみどろ
しなしなと吾子の手くびや夏を病む
派手ゆかた着て重態のいたましき
昏々と病者のねむる五月雨
病難の窓光りみつ皐月空

楡ちりて病舎の家畜夜も戯れる
患者はこぶ廊の明暗梅雨入かな
患者群れ苑のクローヴァ花咲けり
病院の広場の南風に郵便車
夏うれふ病院の樹々みな黝し
楡青葉窓幽うして月も病む
夏鳶に朝の窓掛をしぼりけり
病難の夏日を花卉にたかぶりぬ
隣室患者異変
夏月おち欷歔のメロディー部屋の扉に
病あつく金魚泳がす枕上
医もおそる夜半の病者の玉の汗
夏真昼死は半眼に人をみる

輸血終へ夏日瓶花にしづまれり

輸血後の薄暮の卓に錦魚澄む

なみだ涸れ吾子ねむりつぐ夏日昏る

吾子痩せて手に病汗のねばりけり

薔薇の朱ヶいとはしやまひ革まる

妻そむき哭くバルコンの夏日昏る

汗の吾子ひたすらにわが眼を追へり

病よし日がつよすぎる夏衾

夏日灼け死は鉛よりおもかりき

死期せまり夏風吹きて脳にしむ

薔薇あかし脳髄の皺すきとほる

樹々光る病舎憂鬱梅雨の日に

子は危篤さみだれひゞきふりにけり

病牀にカナリヤを飼ふ

梅雨の禽危篤なる日は啼かざりき

終焉の夏暁の冷えをわすれえず

夏月黄に昇天したる吾子の魂

ふた親のなみだに死ぬ子明け易し

白蠟の吾子の額や梅雨冷ゆる

一瞬の夏仏あな嬰児《やゝ》に似し

梅雨さむく吾子の手弥陀にゆだねけり

梅雨仏ものいはぬ眼をとぢまけぬ

ちゝはゝをまくらべにして梅雨仏

吾子の死に夏日のかたき土をふむ

見舞花尊む卯月曇りかな

泣きあゆむ靴炎天におとたてぬ
吾子の死に感情夏の地を弾じく
梅雨さむの屍になほうすき夏衾
屍を安置して夏の燭たゞともる
六月二十六日苑内通夜
梅天の霊にのぼりて香一縷
よもすがら郭公啼くや灯を絶たず
楡がくり雲もあらせず夏月落つ
明けやすく月の光りは燭に触る
月に出ては短夜の燭をかへりみる
通夜あけて楡の下道梅雨乾く
抱き納む屍はつめたくて夏暁かな
棺はこぶ男の汗も世にありがたし

花桐に霊柩車ゆきこゝろ澄む
桐ヶ谷の夏雨にぬれ吾子を焼く

茶毘

梅雨の火のひゞきて吾子のすはや燃ゆ
茶毘の火のみえがたく梅雨曇りかも
桐ヶ谷の夏をうす虹出てきゆる
吾子消えしおどろきを打つ梅雨嵐
桐ヶ谷の夏霧をふむうすごろも
梅雨颪に骨の燠翳りうごきけり
梅雨に抱く骨ほこほことぬくみあり

帰郷

夏つゆやゆめのごとくに骨を抱く
梅天や骨壺さめぬ膝の上
松蟬になみだからしてきゝすめり

おもひあらたあかつきともる梅雨の燭
骨壺をすゑて故山の梅雨明り

噫俊穎院禅医明通居士

うつしゑの香がくりなる梅雨仏
唵蘇嚕蘇嚕鉢羅蘇嚕梅雨の新仏
骨うめて故山のつゆに母の経

当七日の宵

はや吊りて夢幻のおもひ高燈籠

秋

冷え冷えと闇のさだまる初秋かな
ふるさとは雲の絶えまの墓参かな
鏡前に展墓の秋花鮮らしき
塗下駄に展墓の素足にくからぬ
閼伽桶にそふ花は瑠璃秋の昼

墓参する帯の金銀つゆしぐれ
朝曇り墓前の土のうるほひぬ
青々と盆会の虫のうす翅かな
盆の雨車前草はやく濡れにけり
送梅雨蓖麻はびこりて実をつゞる
畦豆の枯葉もみえず露菩薩
はつ露や白靴そむる道辺草
月しろのしばらく間ある露葎
門火する樵夫の妻のみえにけり
秋口の星みどりなる嶽の上
稲すゞめ大菩薩嶺はひるがすむ
爽かにこほろぎはしる巌面

辛巳ノ歳厄日既に過ぐ

神嘗の御饌《みけ》ましろにぞ炊かれけり

秋の鵜にながれてやまぬ蒲の絮

やつれ鵜に秋の水翳みだれけり

子酉川即事

田子がとる縄目のがれぬ秋鵜かな

新藁の香のこのもしく猫育つ

こほろぎを炉辺にも追うて猫育つ

嶽麓五湖探勝　二句

秋の蟬阿難《おんな》ゆくゆく雲がくる

寒蟬のなみだにむせぶごとくなり

天の川なにかわびしく砂丘越ゆ

嶺をさむみ銀河ともしく星下る

薬猟す深山は蟬のこゑ澄みぬ

蘭あをく雨蕭々とくすり掘る

奥山の月ちかぢかと新たなる

ぺかぺかと午後の日輪常山木咲く

霖《ながあめ》に芋の子みえて殖えにけり

穂すゝきにゆるゝものみえたもとほる

川瀬迅く夜を日に虫のひそまりぬ

ことごとくつゆくさ咲きて狐雨

福浦にて

初嶋はかすみて漁戸の芙蓉咲く

在京のS―君歳々朝顔の珍種を贈られる中に山姥といふ一種あり、妖色凄じく、げにそのものを髣髴する

山姥の暁ヶ霧ふかく咲きにけり

高瀬信郎氏を悼みて

白露にみたまを偲ぶこゝろあり

西山温泉

温泉客輓く老馬しきりに葛を欲る
大温泉嶽秋の日はたとおところふる
秋日たかし大滝かゝる嶺を遠く
滝川に影法師して岩魚釣
水翳に綸みゆるかも岩魚釣
露むぐらゆくゆく月の照りはゆる
秋の雲温泉に下りてはあそびけり
夕焼けて温泉空をわたる群蜻蛉

奈良田行

探勝のえびづる濡るゝ小昼時

嗚呼皇国

山中湖の禊

富士暁けて秋雪ひらく禊かな

禊ぐ秋山中湖波をひそめたり
禊ぐより開闢の暾に秋の富士
禊ぐ秋すめらぎ洲《くに》を統べ給ふ
秋富士にやまとしまねの民禊ぐ
大富士に秋の日輪禊畢ふ

日蝕と軍鶏

日蝕の大露ふみて草刈女
伏籠の軍鶏寂然と秋日虧く
蕉影の水に蝕甚午をすぐる
蝕甚の金環ほそる露の空
日蝕にいぶかしげなる秋の軍鶏
機影みえ秋蝕甚のへを往けり

木槿咲き蝕甚の日にめぐりあふ

軍鶏に霽れ秋天ぬぐふごとくなり

芋の葉の露曼陀羅に軍鶏のこゑ

冬

夕焼けて燭ともる冬の誕生日

晩禱の黒衣をひきて冬の尼

午後凪ぎて繞る山脈冬至きぬ

大山火雪をいざなひ真ンの闇

富士の野は伏屋の障子月ぞ照る

寒きたり相いましめて嶽聳ゆ

奥嶺よりみづけむりして寒の渓

さむうして鶩ペンのかるきおもひかな

舳を並めし河港の月に寒明くる
寒明る狩場のくもり月を得し
とり入るる柴の凍雪炉におちぬ
なにもゐぬ雪水ふかくうごきけり
凍雪をはたはたとうつ山颪
水芹に雪ちる山井溢れけり
深雪つむ夜のシンクロンたゞ聾ひぬ
法廷の欷歔を小みゝに雪日和
冬暖く娘がくろかみに簪耐ふ
日常の嘆きに狎れつ冬に入る
冬ひと日愁ひある身の花を提ぐ
冬日翳こゝろおびゆる日を経たり

雨降れば瀬はやく澄みて崩れ簗
すきもの丶歯のきこきこと海鼠たぶ
強霜に関了ふ矮雞の息すこし
よるべなく唧つ哀愁炭火もゆ
蓑虫の枝日々にほそみけり
年の瀬のまづしき蒲団垣に濡る
放心にひまなくもゆる除夜の炉火
もの丶けに小童ねむる除夜の炉火
裁判所飛雪はなやぎ年果つる

冬嶽の礼容

一塊の冬嶽雲にしぐれ霽れ
愛国者冬ぞらの富士をひたに愛づ

ふるさとや礼容厳と冬大嶺
冬嶽はねむるにもあらず靄に倦む
さむざむと雲ぬく嶽に月あそぶ
雪の嶺にゆめいろふかき日和空
冬の富士日星おほらかに又きびし

昭和十七年

春

新年の深雪ぬくとく愛馬飼ふ
雪あらた嶽近か近かと年迎ふ
あらたまの年の光りに万年青の実
初虹に駒装束きて騎手を乗す

雲きれて初富士の雪やゝくらし

林垌の禽かげみだれ雪解くる

雪解川鳶浮く雲にひゞきけり

雪解せる木原の径をたどりけり

屎をのこす野兎のねどころ樝子咲く

ぎんねずに朱ヶのさばしるねこやなぎ

ねこやなぎ名残りの雨に日の通る

嶽麓精進と古関とをつなぐ嶮路

阿難坂囀りの吹きゆられけり

囀りす木原の靄に杣火絶ゆ

閨の窓東風ふく月に狆ほゆる

靖国の神々に捧ぐ

花の月いさをの諸霊とこしなへ

撫石居士を弔ふ

春の露そもそも月の宵曇り

五月五日立正閣に撫石忌をいとなむ　二句
渓梅も文四郎忌の色褪せぬ
妻ひとり撫石忌日の黒衣装
春着きて流離の袖をあはせけり
浄闇にやすくに祭の御羽車
杣の童が雉子笛ならす暮春かな
ゆく水に暮春の墓の映りけり
春惜しむ湖凪ぎて富士涵る
鷹舞うて渓声春を送りけり
阿難越え春行く富士を仰ぎけり
鷺むれて東風吹きかすむこずゑかな
東風の月いろめく雲にはやみけり
雨水に杉菜涵りて夕蛙

榛の実の吹きちる池や蝌蚪泳ぐ

豌豆の手の枯れ竹に親すゞめ

麦は穂に菜種とびさき田水満つ

亡母懿徳院慈照信厚貞鑑大姉法要

木瓜紅しけふ銀盤に雪を盛り

岐阜の作者石河紫陽女の天分に期待するところありしも
忽焉として長逝す

このさむき春切々の詩にむせぶ

千代田城

天照る日げに千代田城はつがすむ

千代田城松みどりなる大旦

天さかる鄙のはつ虹年新た

白雲山廬に住ひて

すめろぎの洲《くに》の甲斐ヶ根淑気満つ

年迎ふ山滝に日のまはりけり
西空切れてはつやまびこに機はじめ
初能の灯は幽かにて月ゆがむ

皇国戦捷

二月十八日の感激

国捷ちて禁裡粛たる春がすみ
梅二月至尊白《しら》雪《ゆき》にめし給ふ
雲居より出御の皇子に梅咲けり
白梅花禁裡は雲の陽をとゞむ
戦捷の春をたみくさ地に伏しぬ
雲光る宮闕遂く春の鳥
神の世のさながら国土春日照る
御稜威に民泰く草の萌ゆるさへ

国捷ちて暖雪梅にまひにけり
奥甲斐も梅咲きみちて国捷ちぬ

山嶽陽春

嶺々こゞし花どきの雲一文字
春嶽の甌窶にあそぶ花曇り
東風の日や啼く鳶天にとゞまりて
上高地　二句
東風ふいて巣箱にひくき穂高嶽
焼嶽に月のいざよふ雪解かな

日光と花物

宿雪解くまひるの風に山つばき
椿さき山雲蒼穹に吹き消ゆる
日の光りつばさ煽りて山つばき

二三りん大八重の咲く椿植う
父祖の地の苔なめらかに椿落つ
新墾の土にうるほふ落椿
植ゑるより金蜂花に紅椿
傘新らに咲きみつ椿みて出でぬ
おちつばき風にころがりはこび雨
ひとつづゝながれてゐざるおちつばき
くちづけて連翹あまき露のたま
たもとほる兵の郷愁いたちはぜ
いたちはぜ日輪天に鋼鉄《まがね》なす
連翹花咲きたるゝ地の霑へり

煦々たる春光

梅咲いてうす靄こむる陵墓かな
たちよるや梅の下水月涵る
豌豆の咲く土ぬくゝ小雨やむ
高台の花さきみちて揺れにけり

K—病院遊歩園

患者ゐて萌草の香に刻《とき》うつる

雲 雀 賦

舞ひよどみ大ながれして雲雀啼く
日輪に消え入りて啼くひばりかな
ひくきよりはや羽顫うて雲雀啼く
颱風の麦畦に啼くひばり見ゆ
上りつめうしろさがりに雲雀啼く
雲雀なき高原のみち暖雨ふる

上るより影を鎮めてひばり啼く
ひばり啼き富士雲隠る湖畔みち
暖雨やむ樹海の空のひばりかな
霽雲の隙より見えてひばり啼く
雨けぶる林垧がくり雲雀啼く
雲雀啼き百姓は野に不言《ものいはず》
河上のひくき雲雀に野良昼餉
　嶽麓雲雀ケ丘
霽雲に富士は藍青ひばり啼く
雲に啼き西湖にうつるひばりかな

鶉と薔薇

乳牛のめをほそめては薔薇を嗅ぐ
白薔薇おもおもしくも朝ぐもり

青草を吹く風甘く薔薇咲けり
薔薇の香にねむれるはわが妻なりき
閨房
花風に枝の五六羽鶫の啼く
花あらし鶫瀟洒なる首もたげ

弥撒聖祭

聖祭に春の雪ふる蘇鉄苑
収穫れを尼僧もすなるキァベツかな
弥撒の鐘初虹うすれゆきにけり
船旅を終ふあは雪に弥撒の鐘

世紀の光

春を拝すみいづ畏き千代田城
春を捷つ天孫の裔こゝろ粛々と

戦捷のラヂオに春の雪新た

国捷ちて世紀の光り梅ひらく

奥甲斐の戸々の御旗に春の雪

折柄陰暦元日、雪ふりしきる中に天神地祇を祀る

さら雪に瓺の献花まくれなゐ

K―療養所

田鶴唳きて白衣の君に雪解かな

夏

初夏の手籠に満てし紅蕪

娘がかせぐ初夏の菜園渓向ひ

初夏のみち濡れそむ雨に桑車

青草に五月の雉子の卵かな

うすいろに奥嶺聳ゆる皐月空

箱根蘆の湖

火山湖に遠く小さき皐月富士

信濃上高地
藍々と五月の穂高雲をいづ
苗代の日雨こまやかゆすらうめ
山桜桃熟れ老農夙に畦をぬる
葉ざくらに人こそしらね月繊そる

秋

高波にかくるゝ秋のつばめかな
別れ蚊帳霧じめりして干されけり
青草もほのぼのもゆる門火かな
上野動物園
はつ嵐小猿に鷲はこずゑかな

冬

さむざむと日輪あそぶ冬至かな
霜風に稲扱き遅る桑隠り

軍国の埠頭の霜に靴鋲鳴る

霜風の枯れ茬をゆりて通りけり

やうやくに凍ての身につく夜陰かな

宙凍てゝ枯木にひゞく日の光り

山廬払暁インク氷る

売文のもろ爪凍る身そらかな

日々のこと凍ても身にそひ障子貼る

突然顔面神経麻痺を患ふ

まのあたり燈凍る翳顔を病む

日短く棺さしのぞくうからかな

日短く葬者のもろき泪かな

さむき日の淡々しくも野辺送り

母逝きて暑往寒来名草枯る

亡母懿徳院法要

凍花に二夕夜の経も七々忌

雪凪いで鶩の泛く漣のくらみけり
隊列に雪ちる軍靴おとつよむ
天あをく枯無花果に雪こぼす
嶺々遠く雪の明暗大日和
嶺の雪に野はもの寂びて天かしぐ
冬の水すこし掬む手にさかへり
解纜の波さむざむと兵映る
マスクせる兵の感涙きらびやか
聖日の兵ら艀に空つ風
薪水に風邪妻の手のさやかなる
温室とぢて天体幽に霜冴ゆる
鶴は病み寒日あゆむことはやし

雪虫はすゞろに凍てし鶴雙つ
水翳に凍鶴の羽の吹かれもす
鶴の檻雪片月をかすかにす
雪虫のなぶるにあらず鶴の凍
羽をのして鶴啼く寒の日和かな
雲もなく陽はゆきやまぬ焚火かな
好日の落葉をのせるたなごゝろ
厚朴落葉みるみる雨のなごみけり
落葉尽く岨路をゆけば沓の泥
大冬の雲なき群ら嶺ねむり入る
燈をさゝぐ暁まだくらし神楽姫

光穂忌

嶺々氷る巨摩のうす雲昌旦忌

皇天皇土

愛国のこゝろ詩文に年迎ふ
すめろぎに年たつやこの雪に富士
こゝろ幽に国土をおもひ日記始
詩にすがり花卉凍凋の日を仰ぐ
霊峰八ヶ嶽
上古より野雞棲むてふ初かすみ

国土蓬萊

おほみいづ春を渉たるうしほ鳴る
国土泰くこゝろにしみる野火の朱ヶ
すめろぎも神も纜す雪解富士
愛国の情籠に挿すはねこやなぎ
おもひあらた邯鄲の鳴く国土かも

兵馬みつすめろぎの洲《くに》年迎ふ

初みそらおほらかに国挙げて戦へり

野に山にたみくさの祈り淑気満つ

日あまねく年立つ誓ひ国土守る

銃後の田園

あぶら菜は田に霜晴れを機影ゆく

皇国聖戦

おほみことのり四海に霜は暾に溶くる

冬虹に戦捷す鹵簿も見え給ふ

国捷てり凍空の冱え弥まさる

捷報はみんなみよりす雪霏々と

戦捷の春寂として座にたふる

戦捷の春をたゝへて雪に詠む

戦捷と山童

聖戦の三寒四温童らそだつ
国捷ちて鵯にわらべに雪解くる
山の童は春のこずゐに鬨あげぬ
戦捷にすなはち咲きて山つばき
椿うつ乾風のつばさ国捷ちぬ
国を愛すわが瓸なる山つばき

新嘉坡陥落

I

世紀はいま星港陥つるかすみかな
御稜威かしこみつ地に伏して泣く
いまや陥つ星港もろき春の夢

みいくさの大東亜海東風わたる
朝焼す椰子や星港ひたに凪ぐ
コースウエー風景

II

醜を攘ちくに汎き春の山河あり
みいくさの閧こだまする雲は春
星港陥ち御《み》祖《おや》鑾す白梅花
萌えくさに聖寿万歳の頌をなす
草に祈りけふ戦捷の梅ひらく
爪哇につゞく春潮澄みてながれけり
嶺の東風も頌歌をおくるおのづから
みいくさにけふ春潮の鉦鼓鳴る

III

祝聖《しゆくしん》の春御祖をぞ寿ぎまつる
星港陥ちけふ大東亜海春還る
かゞなべて世紀のいくさ梅の春
この戦捷梅花もつとも新鮮に
神しづみけふくだかけに春鬭く
皇国捷ち梅さきがけてかけろ鳴く
白梅花洲《くに》に世紀の春盈つる

Ⅳ

くにたみのこゝろね粛と春の閧
戦捷の飛雪あらたに暖炉燃ゆ
星港陥ち春を地球儀古りに古る
街路樹の春をむかへて国捷ちぬ

国捷つと埠頭の雪をふみにけり
戦捷の春粛として燭の華

V

捷報に春の炉辺さへもの新た
炉あかりに大東亜地図鞭かゝる
炉の媼も星港陥つとて大火焚く
国捷ちて芋雑炊の煮えたぎる
捷報に熱ッ芋喉をおちゆけり
捷報の炉話に寝鶏も首のべぬ
国捷てり鉢巻をして蕎麦がきす
戦捷に炉ちかき神も嘶けり
根榾火に尉が脛照り国捷ちぬ

戦捷のはる山ノ童の喇叭鳴る

嗚呼九軍神

極月八日潮の明暗醜を攘つ
真珠湾年ゆく濤に霊とゞむ
世を覆ふ九霊花にまた月に

昭和十一年以前

自昭和七年至同十一年、拾遺

昭和七年

河口湖上祭

かげ富士は波がくれなる燈籠かな
形代のふかみの漣にゆられけり
瀾巻いて平沙のくもるとんぼかな

松江、桂山邸夜会にて

船路より大山《だいせん》秋のすがたかな

霧さぶく花屋のすだれ古りにけり

倥偬とわが寒き夜のわすれごと

昭和八年

うきにたへよむ書のにほふ暮春かな

新参の髪くろぐろと花簪

弘前公園にて

騎馬兵にさくらほころぶ大嵐

裸子に午下りなる鈴の音

ほたる火に憂色ありてうごきけり

一片の葉の真青なる柚の実かな

昭和九年

朴余子、仙風諸氏とゝもに登山
かすみだつ筑波おもての木の芽かな

S—プール参観
素裸に花環薫んずる水明り

乳をすてゝ昼月仰ぐ新樹かな

月夜雨簗を崩して鳴る瀬かな

青森駅頭
雪降りて橇の灯にたつ油煙かな

昭和十年

曲馬団
買初す臙脂白粉や旅がらす

ねびまさりあやどる足や換手鞠

上野動物園
東風吹いて山椒魚に鳶啼けり

煙柳忌
春の燈に花みだれたる煙柳忌

囀りに風たつ雲のながれそむ

掌にすこし薬餌うけたる立夏かな

山水に夏めく蕗の広葉かげ

旅倦みて夏至の谷橋わたりけり

朝すゞの数珠透く僧のころもかな

加比丹の聖火ともりて大雷雨

雷雨霽れ泥尻ひろき蓮かな

街頭邂逅

白日傘睫毛を上げて驚きぬ

増富牧場にて

山牛蒡咲きたる馬柵の霧かぐれ

巌山の葛咲きかへす残暑かな

山郷神代神楽

新涼や土器の火を袖がこひ

鎌倉にて

海も霧土牢も霧の昼深し

御嶽昇仙峡

夕霧に邯鄲のやむ山の草

痩馬のたてがみむしる年木かな

帆おもてに帆うらに雪の夕千鳥

昭和十一年

なきむしの水仕につもる夜の雪

冴返り柴嚙む駄馬の轡かな

あとがき

この句集は、山廬集（雲母社版）、霊芝（改造社版）、山響集（河出書房版）の三集に次ぐものである。山響集を上梓してこのかた歳月に於て三年が数えられるばかりであるが作品は可成り沢山の数に上った。それを起山房の藤谷氏が上梓せよと熱心にすすめられ、雲深いわが山廬まで訪ねられたので、情に感じ、すなわち自ら再選して稿をおまかせすることに決意した次第である。

昭和十五年の半期と同十七年までの三年にわたる作品に、それより四年前へもどった同十一年までの作品三十八句が加えられてある、これは昭和七年以後五ヶ年間にわたる収穫であるが、曩に霊芝を編する際、句数の都合で省いておいた可成り多数の作品のうちからやや心のこりあるものだけを拾って加えることにしたのである。

書名を白嶽とした。これは昭和十五年朝鮮、満州及北支那等を旅行した際、京城の空はるかに聳えた白嶽の特異なうつくしさが深く印象にのこっているところから、旅行を併せ記念する意味でその名を使用することにしたのである。

昭和十七年十一月三日

著者

心像
しん
しょう

小序

この句集は、曩に上梓した「白嶽」以後五個年の自作々品に、ふたたび自選を加えて編んだものである。とりもなおさずわたくしに於ける既刊四句集に次ぐ第五自選句集なのである。過去五年間に、いろいろなものへ発表した作品のすべては千有余句に達しているけれども、それを結局四百十九句とした。かくてこの集が成ったのである。

俳句精進という斯の文学的登攀において、今、気がついてみると、先覚芭蕉が死歿した年齢をばいつにか通りこしてきているのである。それをおもうにつけても、著者に於ける句道精進の如きは、かえりみて忸怩たらざるを得ない感じである。併しながらこの登高の途すがら、安易なる休息をいたずらにせない考えは、金輪際持しつづけたいものと念ってる。

これまでの句集を「山廬集」「霊芝」「山響集」及び「白嶽」などと名づけたが、新たにこの集を上梓するに就いて、書名を「心像」とした。べつにたいしたわけもないが、先覚晩年の実践にみられるような、尠くともこころのかたち乃至すがたをうつしたその意味で、同時に又俳句としての韻文精神を体した、そういうこころもちから名づけることにしたのである。

昭和二十二年正月

峡中山廬にて

著者

昭和十七年

春

雲に古る扉の花鳥彼岸寺
ぬかるみに下りたるつばめ瀟洒たり
喋りては濡れ羽をのしてつばくらめ

夏

初夏のみちぬれそむ雨に桑車
小ぶとりのいろじろにして辻が花
註　辻が花は帷子の一種
蘇鉄園軍鶏もかはれて水撒ける
打水のころがる玉をみて通る
梧桐は敷布にはえて暑気中り

やつれ鵜に夕影つよき籠の外
土用濁釣る黒鯛《ちぬ》すきてみえにけり
日輪に青栗の虫老いにけり
青栗や翠微しばらく虹の雨
夏雨や川虫淵をながれ出る
雨水のひきたるばかり甘藍畑
虻せはし肉うちふるふ洗ひ馬
洗ひ馬背をくねらせて上りけり
雨あしの広場にしぶきユッカ咲く
外房A―町にて
瀾よせて灼くる療院ユッカ咲く
桃ひたす白磁の器水はえぬ
むすびこす水引しめる西瓜かな

夕影に畑土ほてり蕃茄熟る
玉葱の沃土に揃ふ花ざかり
庭草に朝靄のこり山桜桃熟る
葉がくれにさは肥えねども初茄子
庭畑の葉がちにみえて茄子垂る
亡母、亡児すでに一年
ゆく夏の燈を高うして一週忌
古風なる瑠璃の夕空立葵

秋

秋めきて大祖祀祭の香けむり
秋口の雨にぬれたる岩魚釣
岩魚釣る岸べのよすず実をそめぬ
二三顆のあけびさげたる岩魚釣

八方に秋嶽そびえ神祭
山行きて花おびただし墓詣
手をふれてぬくとき墓に詣でけり
閼伽さげて遠まはりする山の墓
大つゆのながるる墓や朝詣
山畑の孤つ家もする墓まゐり
九月巓世を好きつりて果てにけり
うす雪を得て駒嶽のそら秋ひらく
孤つ家の桐葉がくりに盆燈籠
峡こめて月さす施火の大けむり
山の子がたべてにほはす柚の実かな
線香の火のはなやぎて露の塋

白樺の露にまつたく禽をみず
白露やお花畠に嶽の尖
鰭ふつて秋めく錦魚人をみる
寒蟬もなきて温泉山の大月夜
秋蟬のなきしづみたる雲の中
渓水に雨つゆ滴るるつるもどき
山桐の葉を真平らにつゆしぐれ
金魚玉秋雨ことにひびきけり
白樺の大露に咲く鳥兜
白樺にとまりおよぎの秋鴉
墓べにも鬼灯生えてからにしき
厨房の煙たつ椽に秋の虹

懸瀑にしら雲ありて帰燕とぶ
壺にして葉がちに秋の山あざみ

河口湖上祭

流燈に大富士かげをひたしけり
雨となる嶋がくれゆく燈籠かな
流燈に夜もたけりとぶ水馬
富士暁けて波にゆだねし燈籠かな

産屋ヶ岬

明けるより葛の葉がくり燈籠泛く

旅塵抄

洛北の風雨あとなき菊まがき

唐招提寺にて

塔のもと花のともしき秋の土

寧楽古苑

神馬《じめ》なかず宵月杉にひくかりき

万寿山

北支吟詠拾遺

長廊に花卉の秋苑雲をみず

秋日影后の閨ののぞかるる

万寿山夜雨をむかへて秋も果

昆明湖

画舫より月の小ささや昆明湖

冬

強霜や朝あかねして駒嶽の巓

冬晴れの陶器舗によき娘ありけり

猟夫らは四温の月に顔並めぬ

冬滝のきけば相つぐこだまかな

寒ゆるむ杣の感情焚火もゆ

峡中黒駒ノ郷

賤機にそびえて冬の鳶巣山

年をしむ蠟燭の香に氷雨ふる

幼児愛撫図

乳房もて顔うちなぶる炬燵かな

昭和十八年

春

祝聖の灯に靄だちて大旦

かけろ鳴く田子のおきふし三ケ日

家建てて新墾の夫婦松かざり

人日の田子の素袍や嘉儀をいふ

初富士や樹海の雲に青《もろ》鷹《かへり》

午後ぬくく酪農の娘が羽子あそび

庭竈菩薩嶺かすむけしきかな

大菩薩の宋淵を思ふ

山の雪ぬくともあらむ初子の日

きのふけふ沃土をふむや鳥曇り

富士の下嶺々むらさきに弥生かな

山棲みの垣に鶫なく弥生尽

たそがれて紅梅ことに咲ける見ゆ

手弱女の廕《いん》をしのびて梅活けぬ

註　廕は父祖の余栄

月光に花梅の紅触るるらし

木霊童子

手のくぼに二三顆春の松露かな

御ン嶽の雲に真赤な遅椿

山廬書窓

ちかくきてうかがう鶫や椿おつ

河口湖

鵜の嶋や山つばきさく雨の中

藁しきて三日月仄かいちご咲く

嶽麓吉田、船津間

いちご咲く熔岩うつ雨のつぶてかな

句集「白嶽」の上梓にあたりて

にひ月や浮草の生ひそむるより

田園新春

百姓の門をのぼる日や薺打

多羅葉に煙たつ社家のはつ竈

ましろにぞ乙女が手どる鏡餅

甲斐と信濃

織娘らの筬やむまなく雪解富士

織娘らのヨットは湖に雪解富士

上高地

茱萸さいて穂高嶺藍き雲間かな

夏

大滝の仰ぎてくらき五月雨
岩々の見えかさなるや梅雨の瀬に
雲這ふて梅雨あけの嶺遠からぬ
樹海出て青草の香や夏嵐
朝日さす簾のそとの岩清水
青栗の朝夕となくうるほへり
雲あそぶ青嶺の遠く蟬たえぬ
苔咲いて雨ふる山井澄みにけり
ゐのこ草風雨あとなく曲りけり
地蜂はひ或はとぶかげ薄暑きぬ
乳房たる母の香あまき薄暑かな

蝿のとぶ薄暑の草を刈りにけり
吹き降りの花藻ながるる水澄みぬ
藻の花に雨やむ楡のしづくかな
浴房を出てまた蕁に雨はしる
烈日に雲むらたちてホップ咲く

獄麓山中湖所見

夏至の雨娘ひとり舟をただよはす

甘藍と蛍

ほたる火や馬鈴薯の花ぬるる夜を
国葬の夜を厨房のほたるかご
観蛍の身ほそくおはし掛り人
ほたる火のくぐりこぼるる八重葎
籠濡れてこもごも舞へるほたるかな

籠浸けてほたる火しみる甕の水
甘藍の玉つきそめて郭公啼く
家路の娘玉菜を抱きて幸福に
夢々とふる沃土の雨に球菜肥ゆ

高　原

高原に螽蟖なきつづく月夜かな
高原の靄きゆる暾に吾亦紅
高原の雷おとろふる草明り

秋

涼あらた畦こす水の浮藻草
風凪いで秋日もつともたかかりき
野鳥より瀬のうろくづに初嵐

墓みちの紫蘇香ばしりて秋の虹
幸福に花壇をふむや露の音
秋の風陽を吹きはやめみゆるかな
まなじりに雨月はやみて秋の巓
九月巓おもひのこりのなく果てぬ
山かけてながるるあきつ蕎麦の空
むらさめに邯鄲の鳴く山の草
信濃奥渋天狗温泉
猿あそぶ嶽の秋雲消えゆけり
秋草に山蟻の香もなくなりぬ
秋の蟬ともしく大嶺雲がくる
大谷山道所見
秋の蟬蟹にとられて鳴きにけり

新月賦

新月の環の凛々とつゆげしき
新月の霽れいろしるく立ちにけり
新月のふくりん債をなやむ眼に
鹿苑の新月を追ひ水にそひ
三日月に草川ふかく幽みけり
新月に花をひそめし苜蓿
滝津瀬に三日月の金さしにけり

養魚図

新秋のみづ樋をおつる養魚池
夕影に稲の花水鯉そだつ
朝餌まく早稲田の葉末つゆむすぶ
つゆ空の朝あかねして養魚池

秋ついり水底に小魚のひるがへる
秋の鯉緋なるは遠く漣がくれ
鯉つづきめぐりて野山錦せり

誄　島崎藤村氏の溘焉として長逝せらるゝを悼みて　五句

秋蚊帳にねざめもやらず大逝す
新月に詩聖逝くよりつゆの音
桐一葉月光噎ぶごとくなり
おそ月のすずろに秋の仏かな
鰯雲小諸の旅をこころざす

甘藷収穫

土われてべにあか肥える藷畠
藷おもく畚におはれてになひけり

大土間や畚ぶちあけし藷のおと
畑火よりにほひほのぼの藷焼けぬ
うま藷をやればみてゐる蜥蜴かな
藷焼けて畑火の午天瑠璃ふかし

冬

日輪二時高嶺の滝の氷りけり
渓涸れて岸辺日和や雑木立
引きすてし芹泛く雪の泉かな
やまどりの跡うすす雪に山帰来
地は凍ててこころ狷介父葬る
古茶の木ちるさかりとてあらざりき
鶫罠畑の岩にも餌をすこし

林坰のはやき雪間やつぐみ罠

芭蕉頌　二百五十年祭にあたりて

芭蕉忌をこころに修す深山住

しぐれ忌の灯をそのままに枕もと

桃青忌夜を人の香のうすれけり

家厳長逝　福聚院徳海悠範義道居士の霊に

父ゆくや凍雲闇にひそむ夜を

ふた親にたちまちわかれ霜のこゑ

命尽きて薬香さむくはなれけり

つつぬけに人のこゑごゑ冬仏

寒きびし悠範義道居士天に

蒲団なほぬくくて外づす湯婆鳴る

冬灯死は容顔に遠からず

香げむり寒をうづまく北枕

納棺す深夜の凍てに縄たすき

不浄焼却のならはしに闇をついて出で型ばかり之れを行ふ
渓おとに夜嵐つのる焚火かな

火を避けて地《つち》の提灯凍るさま

太刀のせて嵩さのへりたる衾かな

焼香す冬ただなかの殯《かりもがり》

家を去る柩のはやき冬日かな

冬日影はふり火もえてけむらはず

剣なす雪嶺北に野辺おくり

窖ちかく雪虫まふやのべおくり

法要の箸とる衆僧雪起し

昭和十九年

春

はつ日出て岬のしりぞく海波かな
ひとりゆく砂丘の雪や大初日
揚げ船に雞鳴く磯家初凪す
滝の端のやぶたちばなや春の雪
手まくらにラヂオ快調蠅生る

家山開拓　瑞穂開拓団によせて

はるさむや木に替ふ紙幣ひとつまみ
春暖くく茶のけむりたつあらきかな
一望にあらきの起伏春の霜

商大学生数十名勤労奉仕
鍬ふるふ学徒は派手に春の土

夏

家人みな句ごころありて夏燈
いちはやく高嶺の草木蟬たえし
中央線鳥沢駅所見
小駅の薄暑にキャベツ玉むすぶ
耕牛に多摩の磧べ桐咲けり
多摩みちの野茨うつる鮠の水
桑の実や奥多摩日々に小神鳴
草におく山羊の乳壺罌粟の花
山梔子に傘さしいづる雨の音

ふるさとの日

野いばらの青むとみしや花つぼみ

埃りだつ野路の雨あし夏薊
籠にして百草夏のにほひかな
水車径雨の車前草踏まれけり
小降りして山風のたつ麦の秋
蕗ひたる渦瀬にかゝり鮠をつる

舟月荘

水無月の山をはるかに二階住み
夏茱萸に病やしなふ蚕屋隣り
山羊飼うて魯桑がくりに乳を搾る
座右の書に麦の秋風かよひけり
病窓に神座《じんざ》の雲や夏ふかむ

秋

秋の富士日輪の座はしづまりぬ
老いそめし己れをしりて花壇ふむ
渓べまで夕雲下りる秋の嶽
露の地に目あらな夜の格子かげ
はつ秋や嫁姑と一日旅
嶋々のみたまを夢に秋の風
秋の虹ほのくらく樹をはなれけり
黍みのる峡の雲間やなごり蟬
やまびこのひとりをさそふ栗拾ひ
苔庭に冷雨たたへてうすもみぢ
万斛の露の朝夕唐がらし
晴るる日も畑霑ひて唐辛子

豊穣の日和をくだる棚田径

白菊のあしたゆふべに古色あり

帰省中の龍太黒牛を購ひ飼ふ

水すみて柚の黄なるより牛肥えぬ

大内唐淵追悼に当りて

兆忌の秋雪嶽に月あかり

嬰児賦

昭和十九年一月十日鵬生応召す。同年六月二十六日長女公子誕生、その時鵬生はすでに遠く蒙疆にあり

児の父の遐壌をしのぶ夜寒かな

秋もはや日りんすずし乳児を抱く

乳児だいてさきはひはずむ初月夜

ねざめよき児が透く秋の枕嚊

乳児だいて邯鄲きかな花圃の中

乳児だいて養魚池を見に鰯雲

秋山図

神嘗祭の日、雲母同人数名突然山廬を訪れ茸狩に誘ふ、すなはち同行す

花蓼のつゆに小固き草鞋の緒
高西風に山桐の虫音をたえず
つゆさむやすこしかたむく高嶺草
きりさめや歯朶ふみいづる山男
折から外泊中の由基人軍服姿にて一行に参加す
竜胆におぼるる兵のをさながほ
茸の座や雲ふかく酌む酒一壺
火にちかく邯鄲なきて秋ぐもり
由基人帰営の都合にて一と時早く下山す
茸山にわかれし兵や雲がくる

冬

雪やみて山嶽すわる日の光り

兵泊めて暖雪月にまひにけり
滝尻の渦ながれつぐ深雪かな
雪くらむ滝水きほひおちにけり
炉火ぬくく骨身にとほる寝起かな
ともすれば碗手をすべり大炉もゆ
容色をふかめてねむる竈猫

山廬数羽の養雞白色レグホン

あゆみやむ大冠ゆれて寒の雞
庭万年青玉は朱金に年果つる
薪橇のとどまるひまも山颪
かりかりと凍雪をはみ橇をひく

狐川風景

渓ぞひにたかまる大嶺冬枯るる
炭馬の運命《さだめ》をしりてあるきけり

老馬の炭おろしたる影法師

一月十七日横須賀にて
ききとむる寒鷗のこゑ浪にそひ

冬霧のしみらに古瀬ながれけり

渓流狐川畔より大黒坂を望む
竹むらの遠見にしとる霧の渓

桑枯れて茶が咲く壠のつむじ風

春蘭をくしけづり掻く落葉かな

ころがりてまことに粗なる落葉かご

山廬養魚池
冬の水曾比のゆくかげはやからず

昭和二十年

春

雲うらをかすむる機影鬼やらひ

三月の雲の光りに植林歌
暁くらく春雪樹々を蔽ひけり
羽をふくむ園生の小禽水ぬるむ
火山湖のみどりにあそぶ初燕
凍解けし墓前の閼伽の水かがみ
切株にたちて暮春の山男
春暖くくいろめく桑圃山べまで
河口湖鵜の嶋
雲下りて湖の嶋山きぎす啼く

梅花を詠む

谷川の梅日々しろく山おろし
梅一樹にひばりもやや年を経ぬ
谷梅にとまりて青き山鴉

稚梅の紅こくつぼむ墓畠
はしる瀬に梅さきつづく埴生路
白梅のさかりの花片舞へるあり
神の梅寒雲は宵も仄かなる
とび梅にうすもやこめし山社
御社寮の寒梅に出て月低し
乳牛は臥て紅梅の二三りん
松風に神馬のいななき冬至梅
山川のとどろく梅を手折るかな

夏

荒れなぎて園の蜘蛛黄なる山泉
にひばりの暮るるに遅き夏雲雀

慾なしといふにもあらず初浴衣

秋

泉石にきて禽せはし秋の影

遠き瀬の音はなれては秋出水

日和よく奥嶽そびえ秋彼岸

しつけ糸ふくむ哀憐秋袷

露むぐら雨ふる淵瀬たぎちけり

長男鵬生遠く移動せりと訊く旬日にして生誕せる公子健全に育つ

新月に燈明もして山廬かな

瀬しぶきにうつろふ霧や吾亦紅

ちかよりて踏ままく止むやけむり茸

燭のもと虫飼ふ壺のひびきけり

熟れいろのにはかにしげき唐辛子
南蛮の日向すずろにふまれけり
胡麻刈るやしばらく土の朝日影
山柿の雨に雲濃くなるばかり
白葉女より厳君白嶺逝去の報到る
秋の風雲の間つよく吹きにけり
湖波の畔にたたみて蓼涵る

冬

碧落に日の座しづまり猟期きぬ
レイテ戦線の鵬生生死不明
兵の子を炉に抱く霜夜いかにせん
寒中の風鈴がなる四温かな
古雪に霊輿ぬるる塋土かな
一碗のおぼえある墓地冬かすむ

鴛鴦うくや林間の瀬のあきらかに

雪中廬

鹿苑をめぐりて水の雪日和

炉隠しに轡かかりて暮雪ふる

雪の雞牡に順ひて日向ぼこ

井戸水のつりこぼるるや雪中廬

雪ちつて芹生の涵る藪泉

昭和二十一年

春

後山の月甕のごとし初昔

薺つむかたびらゆきのふまれけり

註　帷子雪は帷子の如き薄雪を云ふ

百姓は地にすがりつく霞かな

日々樵《きこ》るのみのたつきに山かすむ

河口湖畔の宿りに御坂峠一帯の連嶺を望む

うすかすむ嶺々の全貌湖を前

野田半叟追悼句会にて

おもかげを墓前にしのぶかすみかな

春暖くく野の禽桑をのぼりけり

あまぐもはしろしろし詩文に冴返る

おくみねのたちかさなりて暮の春

夕山を越えさる機影花嵐

レイテ戦線の長男生死不明にして妻女は幼児とともに日々を過す

児を抱いて髪を小詰めに花日和

富士川所見

舟曳きのたつきに梅のしろかりき

紅梅の打ちひらきたるばかりなり

梅皓し生活これにこだはりて
山風のふきおとろふる梅月夜
夕焼けて巌をめぐる鮠の水
萱草の芽に雨しみる畛《たみち》かな
春耕の子をいたはりて妻老いぬ
楢咲くや雨ふりかかる畠附き
豌豆の花のいちいちあからさま
窓の樹や藤たかだかと濃紫
たちよればみやまぐもりに桷の花
籠にして桷の二三枝春嵐
たをりきし家山の桷を縁の端に
浅山のむら枝がくりに桷の花

くさぼけに畑火を埋めるけむりかな
枯山をほとばしる瀬のねこやなぎ
わが影す野渡昼ふかきねこやなぎ

桃と椿

花咲いて幹の斑しるき大椿樹
谿せまくさしかはす枝や椿咲く
花弁の肉やはらかに落椿
西霽れて窓の木がくれ白椿
手折る葉に花の照りそふ椿かな
風にゆれ藤をまとひて山つばき
八重椿青土ぬくくうゐられぬ
地の靄に花は疎なりき枝垂桃

花のこる桃の芽伸びし墓畔かな

花桃の蕋をあらはに真昼時

柑園をかくゆきぬけに桃咲けり

洛北暮春

四月二十一日の「大毎」講演のため下阪、寒々荘及京都油小路の宿を往来して曾遊の古蹟を訪ふ

雲遠き塔に上りて春をしむ

春ゆくや大堰の水にはやて吹く

初更を過ぎ釈玄空来訪

醍醐より夜を訪ふ僧や花の冷え

小督塚

春暮るる供花は黄なりき小督塚

夏

蒼朮たく閑にへだたる夜陰かな

窓の樹に水乞鳥や返り梅雨
註　歳々盛夏に渡来する水乞鳥は全身の羽毛火の如くにして声亦鋭し

梅雨ふかくあざみいろ濃き拓地かな
さきがけて初夏の山草花は黄に
白牡丹蕚をあらはにくづれけり
合歓咲ける森の下草刈られけり
旱天の夜ぐもりに鳴く螽蟖かな
日常見かける或農家生活
じだらくに住みて屋後に紅葵
五男夷桃兄二人に先んじて復員す
健康のもつともセルに勝ぐれけり

蛍

とらへたるひかり手をすくほたるかな
きりさめにほたる火しづむやへむぐら

かりかごのぬれくさにゐる初ほたる
谷川をながるるほたるまひにけり
青草にほたる火ともるくすり罐
てうつしにひかりつめたきほたるかな
ほたるかごまくらべにしてしんのやみ
雨気こめてよひやみの蒸すほたる川
もつれては葦間のほたるおつるあり
蛍ともる旅泊のばせをさよふけぬ

蔬　菜　園

またおちてぬれ葉にとまる茄子の花
山かけて朝虹ちかく茄子咲けり
うすもやをこめて菜園夏ふかむ

むしあつく雨びびとふる胡瓜畑
胡瓜生るしたかげふかき花のかず
くさむらの茨にものびて胡瓜咲く

秋

瞰近くて嶽ひえびえと錦せり
ただ憩ふ芝なめらかに栗おつる
数十年来の大出水にて狐川上流にある山墓地一部崩潰流失す
野ざらしも波がくれなる秋出水
秋耕のみち通じたる山泉
手古松、瑞穂開拓団新墾
秋耕の刻をたがへず茶のけむり
いくさ終ふ雲間の機影秋の風
渓魚の一串炉火に秋の風

はなやかに秋空ふかき山泉

冬

農閑の愛書ひたすら冬凪す

雪山のおもてをはしる機影かな

山水のゆたかにそそぐ雪の池

肉親の表札ふるぶ雪の門

雪山の暮るるゆとりに鳴る瀬かな

或る風流の墨客へ

さすらひて洛外を好き雪見酒

詣でたる新墓の前雪光る

雪晴るる畳に針をひろひけり

身延山除夜の鐘をきく

除夜の鐘幾谷こゆる雪の闇

泉水の雪やむ蘚に波うてり

蕗をとる二足三足衾雪

春《しゅん》蘭《らん》

昭和十一年——十四句——

つりそめて水草の香の蚊帳かな

御嶽昇仙峡

打水す娘に翠巒の雲ゆけり

かたつむり南風茱萸につよかりき

秋雞が搏ちまろがせる狗《こいぬ》かな

秋雷に首さしのべて塒雞

毬栗のはぜかかりゐる八重葎

箱根賽の河原

曾我の子はここにねむりて鰯雲

夜も撞いて江湖の鐘やいわし雲

古戦場耳塚原　二句

雷遠く雲照る樺に葛さけり

巌ぬくくむら雨はじく秋日かな

温泉ちかき霽れまの榫に秋の蟬
マスクしてしろぎぬの喪の夫人かな
うす日して震災堂の玉あられ
聖樹灯り水のごとくに月夜かな

昭和十二年——七十五句——

粉黛のかほおぼめきて玉の春
庭かまど家山の雪にけぶらしぬ
喫茶房支那楽かけて松の内
貘枕わりなきなかのおとろへず
身延山雲靆く町の睦月かな
落飾の深窓にしてはつ日記

古墳発掘　五句

上古より日輪炎えて土の春

春仏石棺の朱に枕しぬ

草木瓜にかげろふたつや埴輪より

寒去りて古墳をあばく空の下

かげろふや上古の瓮の音をきけば

花あざみ露珊々と葉をのべぬ

死火山の夜をさむきまで二月空

歯朶もえて岩滝かけるきぎすかな

雉子なけり火山湖の春いぬる雨

山廬端午

軒菖蒲庭松花をそろへけり

楡がくり初夏の厨房朝焼す

アカシヤに衷甸《ばしゃ》かかる初夏の港路

虹になき雲にうつろひ夏ひばり
槻の南風飛燕の十字かたむけり
はつ蟬に忌中の泉くみにけり
縷のごとく女人のこゑや蚊ふすべす
軍雞乳み蕗絮とびて夕映えぬ
ほとびては山草を這ふ梅雨の雲
山川は鳴り禽たけく胡桃熟る
つゆの瀬にかかりて螻蛄のながれけり
野みちゆく秋の跫音したがへり
零余子おつ土の香日々にひそまりぬ
蔬菜園倭雞鳴く霧に日ざしけり
黍熟れて刈敷の萱穂にいでぬ

露の香にしんじつ赤き曼珠沙華
草川のそよりともせぬ曼珠沙華
初栗に山土の香もすこしほど
牧婦織り帰燕すずろになきにけり
　郡内吉田宿
天すみて火祭了へぬ秋つばめ
乳牛鳴き秋燕は迅く花卉越えぬ
雌はむせて粟はみたてる軍雞の雄
軍雞乳むみぎりの荏の香ながれけり
屍室の扉梧の蜩ひびきけり
蓖麻の実のねむるよりはつしぐれ
大榾火けむらはで炎のあるきゐる
甕埴瓮冬かすみして掘られけり

炉火たのし柴もて鍋の芋さしぬ
しばらくはあられ降りやむ楢林
寒の内まくらのにほひほのかなる
峰の木に鵯とびはずむ雪おろし
肩蒲団ねむる容色おとろへぬ
寒中や柴の虫繭あさみどり
藪の木に暁月しらみ木菟の冬

山廬寒夜句三昧

寒をみつ月金剛のみどりかな
千代田城げにに太極の冬日かな
かにまたの輔弼めでたき朝賀かな
ならひ吹く葬儀社の花しろたへに

上野の秋

月ぬれて美術の秋を椎がくり

秋の絵師ひもじからざる羽織きぬ
銀座うら雪ふれる夜の鶴吊れり
青霧の葬花をぬらす銀座裏
浅草風景　三句
浅草は地の金泥に寒夜かな
水洟や喜劇の灯影頬をそむる
写真師のたつきひそかに花八つ手
柳絮おふ家禽に空は夕焼けぬ
田盧和楽図
ひめむかふ王子に蚊帳のあをがすみ
聖鐘にやすらひの窓茄子さけり
鉄扉すく樹々あをぐろく夏の花卉
くちなしの花さき閨の月羸せぬ
田子の膳社日の徳利たちにけり

早乙女の小鈴をならす財布かな
耕耘にくもるつゆくさ瑠璃あせず

船中即事

船旅の灯にマドンナと濃紫陽花

山廬立夏

三日月に清宵の鷺すごもりぬ
草にねて山羊紙はめり紅蜀葵
水浴に緑光さしぬふくらはぎ
種痘針きめこまかなる娘をさしぬ
胡弓とる牧婦火によるついりかな

盲腸手術の長男退院

廬をさせば野山のにしきさしそめぬ

昭和十三年――八十四句――

みやま川連理の鳥に年たちぬ

春かへる山川機婦にかなでけり

はつかまどみづほのいひはしろかりき

ねこやなぎ草籠にして畔火ふむ

富士渡し姉妹の尼に浅き春

古宿鰍沢

春あさくやくざを泊むるはたごかな

くにはらの水縦横に彼岸鐘

絨毯に手籠の猫子はなたれぬ

壁炉冷え猫子あくまでしろたへに

花祭みづやまの塔そびえたり

彼岸会の故山ふかまるところかな

暾にぬれて陸橋の梅さきみちぬ

梅ちりて蘭あをみたる山路かな

花菜かげ蝶こぼれては地にはねぬ
夜あらしのしづまる雲に飛燕みゆ
春の雷まひるの山を遼らせり
山墓の濡るむらさめにしどみ咲く
風雨凪ぐ大巖山のなごり花

四月十七日、粕谷の蘆花庵を訪ふ

蘆花旧廬灰しろたへに春火桶
巌ぬくく芽牡丹たわむ雨の糸
田水みち日いづる露に蛇いちご

天目山勝頼夫人墳墓

山墓に薄暑の花の鬱金かな
キャベツとる娘が帯の手の臙脂色
枝蛙風にもなきて茱萸の花
蛞蝓のながしめしてはあるきけり

緑金の虫芍薬のただなかに
芋の花月夜をさきて無尽講
嶽腹を雲うつりゐる清水かな
しげくして雲たちこむる梅雨の音
ふりつぎて花卉にいとすむ梅雨湛ふ
梅雨はれの風気短かに罌粟泣きぬ
月光のしたたりかかる鵜籠かな
鵜かがりのおとろへてひくけむりかな
画廊出て夾竹桃に磁榻ぬる
櫻櫚さいて夕雲星をはるかにす
無花果にゐて蛇の舌みえがたし
水の鵞に秋ゆく月のなじみけり

秋さむや瑠璃あせがたき高嶺草
地蜂焼く秋の岨土ぬくもりぬ
あなすごの秋蜂もゆる火を螫せり
えんやさと唐鍬かつぐ地蜂捕
秋の蜂巣をやく土にころげけり
秋燕に日々高嶺雲うすれけり
蟬とりし蜘蛛をかすめて秋の蜂
けふもはく娑婆苦の足袋のしろかりき
すすりなく艶容足袋をしろうしぬ
さむうして売僧のしたるふところ手
寒卵くんのみ世故をささやけり
煖炉もえ蘇鉄のあをき卓に倦む

身延山

冬山に数珠うる尼が栖かな

冬耕の婦がくづをれてだく児かな

二子塚所見

斃馬剝ぐ大火けむらず焚かれけり

月いでて冬耕の火を幽かにす

凍花めづ煖房の窓機影ゆく

白昼の湯を出て寒の臙脂あまし

曳きいでし貧馬の髭に雪かかる

冬鵙のゆるやかに尾をふれるのみ

金剛纂さき女医につめたきこころあり

いちご熟れ瑠璃空日々にふかき冬

あるときは雨蕭々と冬いちご

めざしゆく大刑務所の雪はれぬ

花温室の新月くらみ年うつる
強霜に峡川ひろくたたへけり
灯をかかげ寒機月になほ織りぬ
冬の蟇川にはなてば泳ぎけり
山の童の木菟とらへたる閧あげぬ
土凍てて日を経る牛蒡朽葉かな
空さむく土音のして牛蒡ほる
汲みあふる寒水の杓よるべなし
雪解富士戸々の賤機こだませり
天をとび樋の水をゆく蒲の絮
春蘭の山ふかき香に葉をゆれり
孵す雉子樬芽つむ子と見かはしぬ

蘭さいて貌くれなゐに雛子孵す
雨ぬくく蛇にまかるるきぎすかな
伐株にとどまる蛇の尾をたりぬ

北辺の白夜　四句

夏至白夜濤たちしらむ漁港かな
白夜の帆世紀をへだつ魚油もゆる
ハープひく漁港の船の夏至白夜
この白夜馴鹿の乳にねる児かな
めがみえぬ人の夜を澄むさむさかな
茶碗さむくいきどほる歯のふれにけり
チャルメラに雪解の軍雞は首かしぐ
チャルメラに鈴掛玉をゆりあへり

昭和十四年——八十四句——

山川をながるる鴛鴦に松すぎぬ
弓はじめ大山祇は雲かかる
こだまする後山の雪に豆を撒く
春をけがれ聖女いよいよ着装へり
葱うゑる夕影の土やや冷えぬ
桑萌えて地に雨ばれの風なごむ
風鈴の夜陰に鳴りて半夏かな
はたとあふ眼のなやみある白日傘
かげろふのゆれうつりつつ麦熟れぬ
墓ぬれて桐さくほどの地温あり

ゆすらとる童に山鵲は揺曳す
草しげりあかざの古色暾に濡れぬ
くちふれて肉ゆたかなる桃果かな
桃果あり卓白昼の翳あはく
虹はえて税関の窓夏たちぬ
白昼灯る船豪華なる驟雨かな
街頭瞥見
インディアン脣くれなゐに夜涼かな
晴るる日も嶽鬱々と厚朴さけり
天体のくらみをめでて夏帽子
夕虹に蜘蛛のまげたる青すすき
もぐ蕃茄ぬくみて四方に雲むれぬ
菜園の暑気鬱としてふまれけり

隠棲の蟬たえまなき雨月かな

岐阜市長より贈られたる提灯を夜々書窓に吊る

たまきはるいのちにともるすずみかな

紀州元の脇海岸

礁貝の潮がくり咲く薄暑かな

御坊町N—旅館　二句

夏館老尼も泊りながし吹く

すはだかにねおぼれにける白蚊帳

とぶなべに影ほのかなる瓜の虫

虫ひとつなきおとろふるこゑちぎれ

秋蟬に午後はわびしき雲あかり

棗あらふ清泉草にあふれけり

鵙日和屠場の花卉は咲きあふる

蕎麦さきて機影あしたの雲にみゆ

絨毯のあしおと吸うて冬日影

ふところに暮冬の鍵のぬくもりぬ

凍光に放心の刻ペチカもゆ

足袋しろくすこしも媚態あらざりき

燭もえて僧短日の餉に興ず

渓すみて後山まぢかくしぐれけり

楡しぐれ金鶏は地をあゆむのみ

煙たえて香炉の冷える霜夜かな

上高地　九句

日は渺と奥嶺秋園人をみず

鬱々とまた爽やかに嶽のひる

雲間もえ笹一色に秋の嶽

焼嶽晴れて陽にむきがたし秋の空

秋の空穂高嶺雲をゆかしめず

あきつとぶ白樺たかき夕こずゑ
高西風に吹かれて飄と岩魚釣
夕霧にホテル厨房灯をともす

大正池

秋の風魚すみがたく長藻ゆる

白骨温泉　五句

風あらぶ臥待月の山湯かな
湯気こめて巌の野菊をさかしむる
秋の嶽咫尺す啄木にそばえせり
おとのして花壇の零余子霜枯れぬ
秋の温泉に暮雲のいざる大嶺空
夏雲むるるこの峡中に死ぬるかな
老鶯に谷ひえびえとこだましぬ
夏山の蠅もののうげになきにけり

炎天の鬱たる嶺々は尖がくる
長良鵜飼　八句
豆も咲き鵜宿門べの蕃茄生る
なみつるるこれの鵜籠に朝ぐもり
ぞろぞろと浪花女つれし鵜飼かな
荒鵜の屎水のごとくに萩けがる
ゆかた着の帯は錦繍鵜飼船
鵜飼見の酒樽に凭り酌みそめぬ
しばらくは船の葭戸に遠花火
金華山軽雷北に鵜飼了ふ
紀伊路　八句
和歌の浦あら南風鳶を雲にせり
つばめむれ柑園霽れて仔山羊鳴く
尼もゐて卓の苹果に夏灯

上布きて嫗肥えしたる尼の膝
尼すずし更闌けてさる嚙がくり
瀾掠む微雨かがやきて夏薊
渦潮の底礁匐へる鮑とり
青蘆を一茎活けし夏館

木食僧　八句

僧こもる菩薩嶺の雪また新た
雲水に大鷲まへる雪日和

宋淵法師白皚々たる大菩薩嶺を下り来る

雲水のあしおともなく土凍てぬ
暮雪ふむ僧長杖をさきだてぬ
厳冬の僧餉をとりて歯をみせず
木食す僧厳冬をたのしめり
雲水の寒風呂いたくたしなみぬ

僧の前籠に清浄と冬蔬菜

鷹まうて神座のたかねしぐれそむ

註　神座山ハ我ガ郷東方ノ天ニ聳ユ

昭和十五年——八十五句——

松すぎし祝祭の灯にゆきあへり

港路に復活祭の馬車を駆る

頬あかきグリルのをとめ聖週期

思想ありけさ春さむの眼をみはる

聖燭の夜をまな妻が白鵞ペン

初年の雲ゆく瀑のみゆるかな

山廬迎春

門前の雲をふむべく年新た

雨ふれば年たつ苑の巌目ざむ

はつかすみして苑の巌またねむる

郡内河口湖

はつ機の産屋ヶ岬にひびくなり

花冷えや尼僧生活やや派手に

蘭しげる滝口みえて春の虹

いばらさく墻になりて麦ぅれぬ

湿原の茱萸あさる童に虹たちぬ

新涼の燭ゆれあぅて誕生日

常楽会あづまの旅に出てあへり

まつ赤なる涅槃日和の墓つばき

さるほどにしどみさく地のあをみけり

堰おつるおとかはりては雪解水

天目山懐古

嶺々こごし春やむかしの月の金

しば垣はぬれ白梅花ぅすがすむ
谷の梅栗鼠は瀟洒に尾をあげて
ランチ終へ出る霽色に薔薇さけり
やはらかに月光のさす白薔薇
ひえびえと緑金ひかる薔薇の虫
日輪にひびきてとべる薔薇の虫
ぬれいろに夜昼となく緋薔薇さく
層所の花卉冷気にみだれわたり鳥
気おごりて日輪をみる冬景色
月よみのわびねにひかる大みそか
ゆざめしてきよらのをとめ書におぼる
虫たえて冬高貴なる日の弱り

冬の星屍室の夜空ふけにけり

大胆に銀一片を社会鍋

うすやみにもともきらひな社会鍋

かるがるとにげあしのびて社会鍋

社会鍋守る娘にたれもほれざりき

伊達の娘がみてとほりたる社会鍋

年ゆくや山月いでて顔照らす

鶴やみて水べにさゆる冬花かな

鶴妙に凍ててともしきいのちかな

鶴やみて片雲風にさだまらず

茄子と採る蔓豆籠をたれにけり

刈草の樌子つぶらにつゆじめり

帰省子の気がやさしくて野菜とる
やまびこをつれてゆく尾根いわし雲
秋さむく肉親の愛縷のごとし
毒蔓の実の瑠璃しるく爽気かな
やうやくに黍の穂曲る秋ぐもり
児を抱いて尼うつくしき霊祭
鏡前の花卉鮮らたなる秋の昼
山墓に午後もうるほふ曼珠沙華
山水に竜胆涵り風雨やむ
壺にさす郁子の金葉二三片
新雪にやもめ炊爨ラヂオ鳴る
櫨をとる子の舟泛ぶ初冬かな

富士川鰍沢

しもつきや大瀬にうかぶ詣船

朝鮮羇旅　三句

ふりやみて巌になじむたまあられ

鵲の巣に白嶽の嶮かすむなし

門さして松風かすむ秘苑かな

たちまちに夜は冴返る国さかひ

満洲曠野　五句

夕影にたえて嘶かざる耕馬かな

春耕の鞭に月まひ風ふけり

東風の月禱りの鐘もならざりき

冴え冴えと春さむければ月近き

冬尽きて曠野の月はなほ遠き

炭礦ホテル饗宴　二句

饗宴の卓の白花春をしむ

饗宴の春の灯影につかれがほ

哈爾浜にて　七句

落月の翳をはばみて流氷す

花卉の窓をりからパスハ更けにけり

河岸のみち大帆干されて春の蠅

鐘鳴りて馬車樹がくりにパスハの夜

サボールの天にかかりて柳絮とぶ

ヨットクラブ

解氷期クラブの緑樹灯にあふる

パスハの夜広場は星斗みどりなり

奉天北陵

北陵の春料峭と鳶のこゑ

大仏寺

喇嘛塔にあさやけのして鵲まへり

古都北京

旅舎の窓遅月さしてリラの花

苑囿の春日にむせぶ胡弓かな

おんじきの器を土に弥生尽

鴉片窟春月ひくくとどまれり

成吉思汗料理

春あつく旅人づれの肉を焼く

万寿山仲春にしてリラの雨

マルコポーロ橋のほとり

ながしめす駱駝に旅の遅日光

旅終へてまた雲にすむ暮春かな

昭和十六年――五十五句――

おほみそら瑠璃南無南無と年新た

しぬばかりよきゆめをみてはつかがみ

しめかざりして谷とほき瀑の神

野火の雨切株はやくぬれにけり

軍雞籠にながるゝ蕗の穂絮かな

春嶺とほき奥のけむりをわびにけり
楢さきて巌ぬれそぼつなごり雨
土の香のなにかたのしく翁草
風に映え泉におそき山ざくら
花よりも水くれなゐに井手の木瓜
清水港富士たかすぎて暮の春
かもめたかくかけりて船渠暮の春
山祭すみたる夜半のはつ蛙
うつうつと大嶽の昼躑躅さく
山藤の雲がかりしてさきにけり
湿原をへだつみづ山きぎす啼く
山桑の花ひたにぬれ春驟雨

芝ひたす水きよらかに土筆萌ゆ

西山温泉　三句

温泉の神に燈をたてまつる裸かな

大嶽の闇咫尺する夏燈

深山の月夜にあへる蟬しぐれ

妹が腹すこし身にふり更衣

観瀑の月いやたかくなりにけり

尺蠖の濡れ桑にゐて虹あかり

金雞は地に嘴をすり虹はえぬ

ひえびえと闇のさだまる初秋かな

盆の雨車前草はやくぬれにけり

あをあをと盆会の虫のうす羽かな

月しろのしばらくまある露むぐら

門火する樵夫の妻のみえにけり

天の川なにかわびしく砂丘越ゆ

嶽麓五湖探勝

秋の蟬阿難ゆくゆくゆく雲がくる

ことごとくつゆくさ咲きて狐雨

秋の雲温泉に下りてはあそびけり

日蝕の大露ふみて草刈女

蕉影の水に蝕甚午をすぐる

蝕甚の金環ほそる露の空

日蝕にいぶかしげなる秋の軍雞

芋の葉の露曼陀羅に軍雞のこゑ

富士の野は伏屋の障子月ぞ照る

寒きたり相いましめて嶽そびゆ

奥嶺よりみづけむりして寒の渓
さむうして鵞ペンのかるきおもひかな
とり入るる柴の凍雪炉におちぬ
なにもゐぬ雪水ふかくうごきけり
凍雪をはたはたとうつ山おろし
日常のなげきに狎れつ冬に入る
冬ひと日うれひある身の花を提ぐ
雨ふれば瀬はやくすみてくづれ簗
蓑虫の枝日々にほそみけり
年の瀬のまづしき蒲団垣に濡る
放心にひまなくもゆる除夜の炉火
裁判所飛雪はなやぎ年果つる

さむざむと雲ぬく嶽に月あそぶ

雪の嶺にゆめいろふかき日和空

昭和十七年――百五句――

新年の深雪ぬくとく愛馬飼ふ

雪あらた嶽ちかぢかと年むかふ

あらたまの年のひかりに万年青の実

林坰の禽かげみだれ雪解くる

雪解せる木原のみちをたどりけり

屎をのこす野兎のねどころしどみ咲く

ぎんねずに朱ヶのさばしるねこやなぎ

杣の子が雉子笛ならす暮春かな

ゆく水に暮春の墓のうつりけり
国土泰くこころにしみる野火の朱ヶ
月光に花梅の紅触るるらし
雨水に杉菜涵りて夕蛙
豌豆の手の枯竹に親すずめ
初夏のみちぬれそむ雨に桑車
日輪に青栗の虫老いにけり
夏雨や川虫淵をながれ出る
房州白浜にて
燈台の娘は花園に土用浪
虻せはし肉うちふるふ洗ひ馬
洗ひ馬背をくねらせて上りけり
園ひろくユッカの咲きて宵祭

宿雪解くまひるの風に山つばき

二三りん大八重のさく椿植う

父祖の地の苔なめらかに椿おつ

植ゑるより金蜂花に紅椿

おちつばき風にころがりはこび雨

雨あしの広場にしぶきユッカ咲く

庭草にあさもやのこり山桜桃熟る

梧桐の敷布にはえて暑気中り

豌豆のさく土ぬくく小雨やむ

雲雀　八句

まひよどみおほながれしてひばりなく

日輪にきえいりてなくひばりかな

上りつめうしろさがりにひばりなく

ひばりなき高原のみち暖雨ふる

上るより影をしづめてひばりなく

霽雲のすきよりみえてひばりなく

雨けぶる林坰がくりひばりなく

嶽麓雲雀ヶ丘

霽雲に富士は藍青ひばりなく

白薔薇おもおもしくも朝ぐもり

青草をふく風ぬくく薔薇さけり

花風に枝の五六羽鶸のなく

花あらし鶸瀟洒なる首もたげ

苔さいて雨ふる山井澄みにけり

青草に五月の雉子のたまごかな

火山湖にとほく小さき皐月富士

信濃上高地

藍々と五月の穂高雲をいづ

苗代の日雨こまやかゆすらうめ

地蜂餇ひあるはとぶかげ薄暑きぬ

蠅のとぶ薄暑の草を刈りにけり

朝日さすすだれの外の岩清水

青栗の朝夕となくうるほへり

巌々のみえかさなるや梅雨の瀬に

雲はうて梅雨あけの嶺遠からぬ

河鹿なきおそ月滝をてらしけり

常山木の日きりさめいつかやみしより

嶽麓山中湖

夏至の雨娘ひとり舟をただよはす

国葬の夜を厨房のほたるかご

観蛍の身ほそくおはしかかり人
ほたる火や馬鈴薯の花ぬるる夜を
ほたる火のくぐりこぼるる八重むぐら
籠つけてほたる火しみる甕の水
籠濡れてこもごもまへるほたるかな
甘藍の玉つきそめて郭公啼く
家路の娘球菜をだきて幸福に
夢々とふる沃土の雨に球菜肥ゆ
ゐのこ草風雨あとなく曲りけり
白樺にとまりおよぎの秋鴉
書窓に金魚玉を吊る
鰭ふつて秋めく錦魚人をみる
高浪にかくるる秋のつばめかな

山桐の葉を真平らにつゆしぐれ
墓べにも鬼灯はえてからにしき
九月幮世を好きつりてはてにけり
おほつゆのながるる墓や朝詣
閼伽さげて遠まはりする山の墓
孤つ家の桐葉がくりに盆燈籠
洛北の風雨あとなき菊まがき
秋口の雨にぬれたる岩魚釣
岩魚つる岸べのよすず実をそめぬ
二三顆のあけびさげたる岩魚釣
八方に秋嶽そびえ神祭
山ゆきて花おびただし墓詣

手をふれてぬくとき墓に詣でけり

寒蟬もなきて温泉山の大月夜

山の子が咲べてにほはす柚の実かな

句集「白嶽」の上梓にあたりて

にひ月や浮草の生ひそむるより

登高

しらつゆやお花畠に嶽の尖

壺にして葉がちに秋の山あざみ

河口湖上祭　五句

流燈に大富士かげを涵しけり

雨となる嶋がくれゆく燈籠かな

鵜の嶋に流燈こぞる夜の雨

風ふいて流燈はやく屋形船

産屋ケ岬

暁けるより葛の葉がくれ燈籠泛く

強霜や朝あかねして駒嶽の嶮

さむざむと日輪あそぶ冬至かな
冬晴れの陶器舗によき娘ありけり
やうやくに凍ての身につく夜陰かな
枯れすすきかさへるばかり岨の雨
冬滝のきけば相つぐこだまかな
年をしむ蠟燭の香に氷雨ふる
寒ゆるむ杣の感情焚火もゆ
時雨やみわがこころばえ地を愛す
冬の水すこし掬む手にさからへり
羽をのして鶴なく寒の日和かな
鶴の檻雪片月をかすかにす
マスクせる兵の感涙きらびやか

薪水に風邪妻の手のさやかなる

昭和十八年——九十三句——

菜園の雪に雨つぐ松の内
しづはたや山べのかすむ十四日
午後ぬくく酪農の娘が羽子あそび
山祇へ田みちづたひや弓はじめ
勅題にちなみて
初日かげ積雪の牙に潮なぎぬ
織娘らの筬やむまなく雪解富士
雪解富士樹海は雲をあらしめず
河口湖
鵜の嶋のやまつばき咲く雨の中
茱萸さいて穂高嶺あをき雲間かな

梓川風波だちて残花ちる

まなじりに雨月はやみて秋の蜩

秋の蟬ともしく大嶺雲がくる

山路所見

秋の蟬蟹にとられてなきにけり

むらさめに邯鄲のなく山の草

郁子いけて白蚊帳秋となりにけり

涼あらた畦こす水の浮藻草

ひとそばえ微涼あらたに小いかづち

あきくさに山蟻の香もなくなりぬ

新月の環のりんりんとつゆげしき

新月の霽れいろしるくたちにけり

新月のふくりん債をなやむ眼に

鹿苑の新月を追ひ水にそひ
やさしきはさる娘のなげき三日の月
新月に花をひそめしうまごやし
滝津瀬に三日月の金さしにけり
夕影に稲の花水鯉そだつ
つゆそらのあさあかねして養魚池
朝餌まく早稲田の葉ずゑつゆむすぶ
秋ついり水底に小魚のひるがへる
秋の鯉緋なるはとほくなみがくれ
鯉つづきめぐりて野山錦せり

誄　島崎藤村氏の溘焉として長逝せらるゝを悼みて　五句

秋蚊帳にねざめもやらず大逝す

新月に詩聖ゆくよりつゆのおと
桐一葉月光むせぶごとくなり
おそ月のすずろに秋の仏かな
いわし雲小諸の旅をこゝろざす

甘藷収穫　五句

土われてべにあかこえる藷畠
藷おもく畚におはれてになひけり
畑火よりにほひほのぼの藷焼けぬ
うまいもをやればみてゐるとかげかな
いもやけて畑火の午天瑠璃ふかし
渓涸れて岸べ日和や雑木立
かりかりと柴の雪たぶ炉ばたかな
地は凍ててこころ狷介父葬る

やまどりの跡うす雪に山帰来
耕牛に多摩の磧べ桐さけり
多摩みちの野いばらうつる鮠の水
桑の実や奥多摩日々に小雷
おのづから罌粟紅白に蔬菜園
うち霽れてしづくする茶のつぼみかな
古茶の木ちるさかりとてあらざりき
はせを忌をこころに修す深山住
はせを忌や月雪二百五十年
しぐれ忌の燈をそのままにまくらもと
桃青忌夜は人の香のうすれけり
句修業のこころはずみて桃青忌

白樺にゐてひそかなる露の禽
猿あそぶ嶽の秋雲きえゆけり
猿むれてうすゆきけぶる樺林
つぐみ罠畑の巌にも餌をすこし
林坰のはやき雪間やつぐみ罠

家厳長逝　福聚院徳海悠範義道居士の霊に

父逝くや凍雲闇にひそむ夜を
ふた親にたちまちわかれ霜のこゑ
いのちつきて薬香さむくはなれけり
冬灯死は容顔にとほからず
寒きびし悠範義道居士天へ
香げむり寒をうづまく北枕

納棺す深夜の凍てに縄たすき
太刀のせてあはれかさへる衾かな
金屛のさかさに夜ごろ燭ともる
冬の燭わが幽情をへだてけり
不浄焼却のならはしに闇をついて出で型ばかりこれを行ふ
渓おとに夜あらしつのる焚火かな
火をさけて地の提灯凍るさま
焼香す冬ただなかのかりもがり
家をさる柩のはやき冬日かな
つるぎなす雪嶺北に野辺おくり
窖《はか》ちかく雪虫まふや野辺おくり
福聚院法要
法要の箸とる僧や雪起し
鏡なす暮春の湖をわたりけり

山廬書窓

ちかくきてうかがふ鶲や椿おつ
樋水ます雨に花さく野蒜かな
芹のびて神山颪す峡田みち
御嶽の雲に真つ赤なおそ椿
花粉まふ土筆とみれば雨がふる
渓梅にとまりて青き山鴉
稚梅の紅こくつぼむ墓畠
はしる瀬に梅さきつづく埴生路
白梅のさかりの花片まへるあり
夕昏れて紅梅ことにさけるみゆ
老顔をそめてたのしも椒酒くむ
酪農の娘にうす雪やなづな摘

霜きびし山のわらべの喇叭鳴る

葉がくりにさは肥えねども初茄子

昭和十九年――七十二句――

ましろにぞをとめがてどるかがみもち

手まくらにラヂオ快調蠅うまる

滝の端のやぶたちばなや春の雪

はつなぎにひくき日輪犬橇《ナルタ》駛す

はつ日出て岬のしりぞく海波かな

揚げ船に雞鳴く磯家初凪す

ひとりゆく砂丘の雪や大初日

家山開拓

一望にあらきの起伏春の霜

春暖く茶のけむりたつあらきかな
はるさむや地に替う紙幣ひとつまみ
卓燈に前栽の闇蚊やり香
家人みな句ごころありて夏燈
いちはやく高嶺の草木蟬たえし
くちなしに傘さしいづるあめのおと
諸英霊に
雲はやしあだかも文月七日の夜
野いばらのあをむとみしや花つぼみ
照り降りに蟻はつぶらか草いちご
水車みち車前草はやく濡れにけり
籠にして百草夏のにほひかな
埃りだつ野路の雨あし夏あざみ

小降りして山風のたつ麦の秋

蕗ひたる渦瀬にかかり鮠をつる

舟月荘　四句

みなづきの嶺をはるかに二階住

夏茱萸にやまひやしなふ蚕屋隣り

山羊飼うて魯桑がくりに乳を搾る

座右の書に麦の秋風かよひけり

秋の富士日輪の座はしづまりぬ

老いそめし己れをしりて花壇ふむ

渓べまで夕雲下りる嶽の秋

秋の虹ほのくらく樹をはなれけり

はつ秋や嫁姑と一と日旅

万斛のつゆの朝夕唐からし

大内唐淵追悼
兆忌の秋雪嶽に月明り

水すみて柚の黄なるより牛肥えぬ

山廬書窓
苔庭に冷雨たたへてうすもみぢ

白菊のあしたゆふべに古色あり

新月に諸神をしのぶ几

嬰児賦

昭和十九年一月十日鵬生応召す、同年六月二十六日初児公子誕生、その時鵬生はすでに遠く蒙疆に在り　六句

児の父の征旅をしのぶ夜寒かな

秋もはや日輪すずし嬰児を抱く

嬰児だいてさきはひはずむ初月夜

ねざめよき児が透く秋の枕蚊帳

児をだいて養魚池をみにいわし雲

嬰児だいて邯鄲きかな花圃の中
つゆの地に目荒らな夜の格子かげ

秋山図

神嘗祭の日、雲母同人数名突然山廬を訪れ、茸狩に誘ふ、即ち同行す　七句

花蓼のつゆに小固き草鞋の緒
高西風に山桐の虫ねをたえず
つゆさむやすこしかたむく高嶺草
きりさめや歯朶ふみいづる山男
折から外泊中の由基人、一行の後を追うて来り山中に会す
竜胆におぼるる兵のをさな顔
蕈の座や雲ふかく酌む酒一壺
火にちかく邯鄲の鳴く秋ぐもり
炉火ぬくく骨身にとほる寝起かな

ともすれば碗手をすべり大炉もゆ
ともし火に寄す顔うときき湯ざめかな
容色をふかめてねむるかまど猫
庭万年青玉は朱金に年果つる
冬霧のしみらに古瀬ながれけり
初雪に馴鹿の乳をしぼりけり
雪やみて山嶽すわる日のひかり
雪くらむ滝水きほひおちにけり
竹むらの遠見にしとる霧の渓
桑枯れて茶がさく壠のつむじ風
春蘭をくしけづり掻く落葉かな
ころがりてまことに粗なる落葉籠

山盧養魚池

冬の水曾比のゆくかげはやからず

山の娘が椿がくれに橇を曳く

薪橇のとどまるひまも嶽おろし

かりかりと凍雪をはみ橇をひく

渓ぞひにたかまる大嶺冬枯るる

炭馬の運命をしりてあるきけり

老馬の炭おろしたる影法師

一月十七日横須賀にて

ききとむる寒鷗のこゑ浪にそひ

昭和二十年―八十四句―

後山の月甕のごとし初昔

雲に古る扉の花鳥彼岸寺

羽をふくむ園生の小禽水ぬるむ
火山湖のみどりにあそぶ初つばめ
狷介の顔を窓辺に花ふぶき
くれおそく滄溟の月照りそむる
梅の靄水田をこめて夕づきぬ
桃咲いて風の日輪たかかりき
をさめ髪堂扉をおちて櫨子さく
はなびらのぬるるしどみに風吹けり
焼け塚に木瓜さく土のなだれけり
さきさかるつばきの紅のややくらき
北冥く漁港彎りてつばき咲く
柴を樵る日々のくらしに山霞む

雲うらをかすむる機影鬼やらひ
いてとけし墓前の閼伽の水かがみ
とび梅にうすもやこめし山社
神の梅寒雲は夜もほのかなる
御社寮の寒梅月を得てひくし
松風に神馬のいななき冬至梅
山川のとどろく梅を手折るかな
梅一樹にひばりもやや年を経ぬ
谷川の梅日々しろく山おろし
禽かけて田の水あさく梅さけり
春暖くいろめく桑圃山べまで
切株にたちて暮春の山男

雑木原白梅ぬれて鶫の啼く

鷭は泛きてすごもる鶴や梅うるむ

暁くらく春雪樹々をおほひけり

春さむく雲鬣きそびゆ鳶巣山

三月の雲のひかりに植林歌

河口湖鵜の嶋

雲下りて湖の嶋山きぎす啼く

火山湖のたかねおろしに初つばめ

荒れなぎて園の蜘蛛黄なる山泉

ひよりよく奥嶽そびえ秋彼岸

新月に燈明もして山廬かな

新月に野狐のつく雞舎をさす

三日月にとりわすれたる卵かな

ちかよりて踏まくやむやけむり蕈
登高や秋虹たちて草木濡れ
峰の火のけむらずもゆる爽気かな
瀬しぶきにうつろふ霧や吾亦紅
つゆむぐら雨ふる淵瀬たぎちけり
しつけ糸ふくむ哀憐秋袷
燭のもと虫飼ふ壺のひびきけり
遠き瀬の音はなれては秋出水
熟れいろのにはかにしげき唐辛子
南蛮の日向すずろにふまれけり
胡麻刈るやしばらく土の朝日影

白葉女よりその父白嶺の訃報到る

秋の風雲の間つよくふきにけり

山柿の雨に雲濃くなるばかり

終戦の秋をかなしき小夜の曲

湖波の畔にたゝみて蓼涵る

泉石にきて禽せはし秋の影

終戦後赤痢猖獗

茶毘ついで濃くなるばかり秋の闇

蓖麻かれず耕地あらたに靄のたつ

肥積みに山吹もみぢちりそめぬ

露晴るるほすすきの金ただにゆれ

菜園の夜露あきらか山日待

蜜柑園日中の海を昏うせり

秋風の吹く渓流をわたりけり

渓魚の一串炉火に秋の風

いくさ終ふ雲間の機影あきのかぜ
柑園の家禽に霜のふかまりぬ
寒中の風鈴が鳴る四温かな
一碗のおぼえある墓地冬かすむ
古雪に霊輿ぬるる塋土かな
碧落に日の座しづまり猟期きぬ
レイテ戦線の鵬生、生死不明
兵の児を炉にだく霜夜いかにせん
炉隠しに轡かかりて暮雪ふる
雪の雞雄にしたがひて日向ぼこ
鹿苑をめぐりて水の雪日和
雪をゆく二押し三押し猫車
註 猫車ハ木材運搬用ノ二輪車
井戸水のつりこぼるるや雪中廬

農の閑愛書ひたすら冬凪す

禽なかず岨路午ちかく霜くづれ

雪虫のいそげばつきてただよへり

木々ぬれて大樋水迅く暮雪やむ

雪のこゑ老来ひしと四方より

書庫さむうふみ通うより茶梅咲く

山都灰燼

雪片のはげしく焦土夜に入る

詣でたる新墓の前雪光る

雪晴るゝ畳に針をひろひけり

隠棲の藪木の啄木にゆきぐもり

昭和二十一年——百三十五句——

萱草の芽に雨しみる田径かな
楢さくや雨ふりかかる畑附き
窓の樹や藤たかだかと濃むらさき
春暖く野の禽桑を上りけり
豌豆の花のいちいちあからさま
焼嶽の月東風ふく雲にながれけり
花種をまきて庭畑靄だちぬ
はなうめのくれなゐに童が鉄蓋
水みてし沃土の田廬梅さきぬ
甘藍の玉むすばるや蝶くるひ

かすむ日の畦土麦へそそぎけり

風鐸のかすむとみゆる塔庇

京都油小路のやどり

醍醐より夜をとふ僧や花の冷え

嵐峡　二句

春くる供花は黄なりき小督塚

春ゆくや大堰の水にはやて吹く

地の靄に花は疎なりき枝垂れ桃

花桃の蕋をあらはに真昼時

八重椿蒼土ぬくくうゐられぬ

花びらの肉やはらかに落椿

谿せまくさしかはす枝や椿さく

西霽れて窓の木がくれ白椿

花さいて幹の斑しるき大椿樹

手折る葉に花の照りそふ椿かな
たちよれば深山ぐもりに椈の花
たをりきし家山の椈を縁の端に
籠にして椈の二三枝春嵐
浅山のむら枝隠りに椈の花
くさぼけに畑火を埋めるけむりかな

終戦昨今

あまぐもはしろし詩文に冴返る
百姓は地にすがりつく霞かな

野田半叟追悼会にて

おもかげを墓前にしのぶかすみかな

河口湖畔より御坂連嶺を望む

うすかすむ嶺々の全貌湖を前
夕山をこえさる機影花嵐
児を抱いて髪を小詰めに花日和

奥峰のたちかさなりて暮の春
紅梅のうちひらきたるばかりなり
梅白し生活これにこだはりて
山風の吹きおとろふる梅月夜
わがかげに野渡ひるふかきねこやなぎ
春耕の子をいたはりて妻老いぬ
春耕の鍬かたぐ柄に手をたれて
雲なくて聳ゆうすいろ春の山
柑園をかくゆきぬけに桃咲けり
雲遠き塔に上りて春惜しむ
料峭と鶺ひそかなる渓の梅
薺つむ帷子雪のふまれけり
註　帷子雪ハ帷子ノ如キ薄雪ヲ云フ

枯山をほとばしる瀬のねこやなぎ
鶲ないてこずゑの風にかすみけり
花のこる桃の芽のびし墓畔かな
山かけて朝虹ちかく茄子咲けり
昏らみたる泉にひたすほたるかご
滝霧にまひながれゐるほたるかな
あるときは滝壺ひくくほたる舞ふ
とらへたるひかり手をすくほたるかな
きりさめにほたる火しづむやへむぐら
谷川をながるるほたる舞ひにけり
かりかごのぬれ草にゐる初ほたる
てうつしにひかりつめたきほたるかな

ほたるかごまくらべにあるしんのやみ
雨気こめて宵闇の蒸すほたる川
もつれては葦間のほたるおつるあり
蛍ともる旅泊のはせをさよふけぬ
熟桃の古風なる香をめづるかな
うす靄をこめて菜園夏ふかむ
ここだとる盆花ぬれてにぎやかに
谷橋に盆花わかつ童女見ゆ
供花をきる盛夏のこころ澄みにけり
苔庭の夜あさき雨に金魚玉
うす雲の雷さへぎりて舞ひにけり
空梅雨に人かげしづむ拓地かな

うゐをへし拓地の諸に返り梅雨
あをあをと墓草濡るる梅雨入りかな
八重むぐら瀬をさへぎりて梅雨湿り
雨あしの立夏をあらき拓地かな
拓地より山靄ふかく雉子のこゑ
さきがけて初夏の山草花は黄に
白牡丹蕚をあらはにくづれけり
五男桃夷ひとり復員
健康のもつともセルに勝れけり
蒼朮たく閑にへだたる夜陰かな
旱天の夜ぐもりに鳴く螽蟖かな
合歓さける森の下草刈られけり
梅雨ふかくあざみいろ濃き拓地かな

窓の樹に水乞鳥や返り梅雨

註　歳々盛夏ニ渡来スル水乞鳥ハ、全身ノ羽毛火ノ如ク紅クシテ声亦鋭シ

書を負うて梅雨の山路をたどりけり

冬昏るる梅雨の聖母に見惚れけり

しばぐりのいろづくほどにいがの数

ただ憩ふ芝なめらかに栗おつる

秋燕妖しき朱ヶを頰にせり

とぶつばめはるけき秋や雲の隙

日もなかの雨あしあらき花壇かな

渓沿ひにつゆくさのさく黍畑

廬後大谷山道

木の実だく栗鼠木がくれに秋しぐれ

国やぶれ天子は御所にいわし雲

山行きて終戦の情秋に似し

鰭さきの朱ヶほのかなる秋の鮎

冷やかに人住める地の起伏あり

苗柿の葉ももみぢして実の一つ

かぼそくて地に伏す桔梗あきらかに

芭蕉林波紋をかもす魚鼈あり

ひき水の野路よこぎりて稲みのる

霜がるる萩のうら花とどまれり

玉虫に秋惜しむ情たなごころ

罠のへにたちどまりたる鶫かな

　　或る女流画家よりの心尽し

煉香のねざめに匂ふ秋の闇

　　晩秋落し水をきく

ひややかにみづおといともひくかりき

渓ぞひの樹になく蟬もいつか秋
山椒の雨あきらかに実のそみぬ
秋あつく地をあらはにも山おもて
月さして槻にあまたの今年木菟
山畑のひとつ家もする墓まゐり
壺にさす水引草つかねあまりけり
冷やかに病院草履地をふめば
秋耕のみち通じたる山泉
枝ひくく橿鳥とまる泉かな
草泉鳴く虫ありてながれけり
泉くむ人の婆娑たる秋の影
秋耕の遠くよりきて泉掬む

はなやかに秋空うつる山泉
山泉つるくさはやく黄葉せり
臙脂つきしバイブルにして秋の黴
朝日さす秋の泉に蹋みけり
とりいでし錦繡バッグ墓詣
温泉山路のおほつゆたる、鬼薊
とくはしる水蜘蛛ありて秋の虹
山郷S―院境内
うつりすぐ善女善男鴛鴦の水
菜園の秋暑にたへて世故のひま
雨月にも魚紋あきらか山の池
雪山のおもてをはしる機影かな
山水のゆたかにそそぐ雪の池

肉親の表札古ぶ雪の門
雪山の昏るるゆとりに鳴る瀬かな
蕗をとる二足三足衾雪
雪晴れて大瀬波うつスキー行
外濠の雪やむ波に霊柩車
身延山除夜
除夜の鐘幾谷こゆる雪の闇

昭和二十二年――七十一句――

旧山河こだまをかへし初鼓
雪山のふもとの伏家初かまど
繭玉を炉辺にもすこし十四日
新年のゆめなき夜をかさねけり

雪山のむらたつ故園日のはじめ
ゆづり葉に暁雪うすき山家かな
なやらふやこの国破るをみなこゑ
わがこゑのこれる耳や福は内
ちかぢかと雪の名山年古りぬ
正月のふしづけ澄みてゐたりけり
ひと燃やし初山けむりいちはやく
ゆく年の雪に手燭の油煙たつ

所懐

ひそかにも服喪のこころ年暮れぬ
春めきて仄月宮は高浪に
ぬれぞめき来て廻転扉春の雪
風だちし弓張月を春の炉に

寒明けし月ややひずむ旧山河
春の炉の灰かさむともみえざりき
病牛がサフランねぶる春の影
起居なれし疎開夫人に春の月
啓蟄の夜気を感ずる小提灯
麦あをむ棚田の地靄ありにけり
襤褸をきて日和たのしも麦青む
青麦の顫ふ風かげ午に入る
裏富士のすそ野ぐもりに別れ霜
初ひばり農地は昼もうるほひて
日の御座ひばり鳴くねをちぢむなり
凍てゆるむ麦生畑の早桃はも

日下部一蘆居夜会

春さむや燈下に一つ硯筥

竹むらにさき満つ桜ちりそむる

さきそめし雲間のさくらやや遅き

夜すずみに白桃の香を愛すかな

夏萩に水ゆたかなる山の池

兜虫ふみつぶされてうごきけり

じだらくに住みて屋後に紅葵

新月に槻のおもてもまたくらき

秋をこの日かげを惜しみ草木揺る

桶にして花はたかめに閼伽の水

いわし雲大いなる瀬をさかのぼる

児をだいて日々のうれひにいわし雲

よす瀾につる鰒なくやあきのかぜ
山墓の枝につられし盆燈籠
はなれ温泉の四窓にせまる霜の闇
つる枯るる埴崕くづれ霜柱
ちかよりて老婦親しく日向ぼこ
冬に入る空のけんらん日々ふかく
凍畑やもの芽に灰をすこしづつ
雪山の夕かげふみて猟の幸
みそさざいふりしく暮雪紊るなし
棲家とづ閑の冬川あきらかに
洗面す冬暖の空ほのかに碧し
雪霏々と橇の龕燈すすけむり

新雪に出て橇犬のふる尾かな
林間の瀬に吹きよりて浮寝鳥
水づく枝を鴛鴦のすぎつつ底明り
書簡うくことのためらひ日向ぼこ
林間に昏るる橇人前屈み
あをみたる古潭の蕗に衾雪
雪つむ山中の籠居より上野なる雲母新年大会へ打電す
凍雪の夕かげふみてあるきけり
積雪の牙にうつ浪や犬橇《ナルタ》駛す
潰えゆく藁火にひしと寒の闇
極月や桝目のからき小売塩
夜のいとま水盤さむく万年青活く
昼月に垂り枝のゆれて冬桜

短日の護送囚人餉につけり
金屏に袈裟ちかぢかと燭もゆる
渓空に夕焼けてつづく川ちどり
さる俳人の墓をたづねて
冷やかに草ふかく香けむりけり
二十二年元旦星詩逝く
泉忌の仇し野ふかきはつかすみ
星詩なきあとの郡や寒返る
温泉里よりおくやま藍き遅日かな

おくがき

曩に上梓した自家句集の一つ「霊芝」(改造社版)は、その後の「山響集」(河出書房版)、「白嶽」(起山房版)及び「心像」(靖文社版)外三四種の句集にさきだつものであるから、もちろんそれらが有する作品とはすべて異なる。ただ第一句集たる「山廬集」(雲母社版)からはそれより前なるがゆえにその半数が採択されてある。それは当時改造社の希望によるところであった。今度、ふたたび同社から句集出版を慫慂されるにあたり、「霊芝」以後、今日にいたるまでの作品全部から採択することにしたのであるが、「霊芝」は、昭和十一年までにかぎられているので、その年の残部を加えることにはじまり、昭和二十二年四月に至るまで、すなわち過去十二年間の全作品が、まずしいながら、ほぼ全貌をしめすことになるのである。採択にあたり、なるべく上記の各句集に盛れるもの以外に眼をつけたつもりであるが、なお併し若干同一作品の採択が余儀なくせられた。云うまでもないことであるが、全然商品にあらざるかぎり、芸術的良心の支配如何ともすべからざるところである。

この書名を「春蘭」とした。

わが山廬を一歩出ずれば、即ち後山、林間に繁茂するあまたの春蘭をみるのである。この植物は、山中生活のわたくしにとってこよなき伴侶であり、まずしい詩ごころの孚育に力あるものであった。

春蘭の花とりすつる雲の中
梅ちりて蘭あをみたる山路かな

これらは「霊芝」におさめられた旧作として記憶に残存するものであるが、その後の作品としても、いくつかそれを詠んだなかに、

春蘭の山ふかき香に葉をゆれり
春蘭をくしけづり掻くおちばかな

というようなのが存するこころおぼえである。句は拙しといえども、春蘭そのものが、わたくしの詩生活にとって、せめてその中の一集の書名として記念づけられるくらいには値すべきだとひそかに思うのである。

昭和二十二年晩春

蛇笏

著者略年譜

本名　武治。

明治十八年四月二十六日、山梨県東八代郡境川村に生る。中学を経て早稲田大学文科に学び大正四年五月より雑誌「雲母」を主宰し今日に至る。

著書。句集「山廬集」、「霊芝」、「山響集」、「白嶽」、「心像」、等外三四種。その他評論集「俳句道をゆく」、「俳句文芸の楽園」、「俳句文学の秋」。随筆集「穢土寂光」、「美と田園」、「土の饗宴」、「田園の霧」、その他「俳句文学全集、飯田蛇笏篇」、俳句鑑賞、紀行文集、初学者指導書の類三十余種あり。

雪《せつ》峡《きょう》

昭和二十二年――五三句――

春

一扇の軸を上座に契沖忌

春の霜身が褰る詩を念へども

山廬迎春

雲しきてとほめく雪嶺年新た

年たつ嶽開闢の日にいまもなほ

渓声に鷹ひるがへる睦月かな

春めきし雨に瀬ばしる磧《いしかはら》

嶽麓都市富士吉田

機街の一と筋さきに雪解富士

鷗かけて砂丘の古墳春暮るる

南照院黙南忌

鳥がなく暮春のこころ黙南忌

ぱつぱつと紅梅老樹花咲けり

夏

燈籠に夏さだまりて里山の墓

おほばこを涵せる雨や盆三日

ころもより僧の布施透く盆会かな

人かげにうりばへさとく夏の露

高台の夏露しづむ夜陰かな

青柳支社富士川吟行

麦秋の小雨にぬるる渡舟銭

椋鳥むれてすれずれにとぶ青田原

とほめきて雲の端に啼く夏ひばり

簾の垂りてはないろ淡き桔梗さく

夏よもぎ急雨香だちて降りにけり

秋

高台の月光けぶる蔬菜園
新籾の山になだるる小童
打鎮む山を央に秋耕す
荏の枯れて菜園ことに初月夜
やまざとの瀬にそふ旅路秋の雨
たぎつ瀬にえびづるのつゆしたたれり
明治より前の日淡く菊の靄
日比谷公園にて　三句
幸福に人のくつおと秋の苑
ゆふかげのみにしむ花卉のほとりかな
秋光の花卉を遠見に憩ひけり
夜を覚めてこころしんじつ秋の闇

葬送の山路がかりにいわし雲

鵬生抄　金剛院文聡瑞雲鵬生居士の霊に

昭和十九年一月十日、鵬生応召、同年六月北支派遣となり、河南作戦に参加、蒙疆の厚和に集合し、戦塵を洗ふいとまもなく、泉部隊（独立第十三聯隊第十一中隊）の名に於て、ヒリッピン派遣となる。

これよりさき郷里の家庭へ宛て、

　たたかひのこころさだまる高嶺星　　鵬生

の一句をそへ、その決意を簡明に一片の葉書に托した。而うして釜山、下関を経て、台湾に寄港し、ひとたび呂宋嶋へ上陸の上、レイテ嶋に向ひ、軍第二回の上陸を決行した。即ちヴラウエン飛行場に逆上陸して、時、昭和十九年十二月二十二日壮烈極まる死闘に散華した。

戦死報秋の日くれてきたりけり

盆の月子は戦場のつゆときゆ

妻女鵬生に託されたる一握の遺髪を公報に接しはじめて示す

なまなまと白紙の遺髪秋の風

身にしむや白手套をみるにつけ

おもかげを児にみる露の日夜かな

遺児の手のかくもやはらか秋の風

霊まつる燭にまちかくひとり寝る

東京支社主催の鵬生忌に列して

秋の像ともがきをみつ父をみる

子のたまをむかへて山河秋の風

花供せば霊ちかくゐて秋の昼

葬も了へてなほ靴音をまつ秋夜

秋草をとりてひややか菩提心

昭和二十二年八月十六日鵬生戦死の公報到る、既に十九年十二月二十二日レイテ嶋に於て散華せしものなり

秋の雲歳月はやくながれけり

ゆめみたる三十余年秋の風

冬

遺児と寝て一と間森ンたる冬座敷

ふるさとの闇こそしづめ大晦日

天闢くごとく寒雲きえゆけり

こたへなき雪山宙に労働歌

獣屋を午前十時とす冬日輪

冬ぬくく夜霧舞曲を黄ならしむ

冬暖く雲海の鳶なきにけり

昭和二十三年——一三五句——

春

初樵す火に開闢の空みゆる

酪農の娘が恋しりて初日記

田子の浦

しろがねの潮たる初日濤をいづ

立春の雨やむ群ら嶺雲を座に

ゆきずりに鉄門の注連寿くべしや

凍てゆるぶ山畑の土うごくかも

地靄してこずゑにとほく春鶫

暖かく掃きし墓前を去りがたし

雪のこる新墓のまへ燭は炎に

遺児愛す情おのづから花ぐもり
新暖のとげとげしくて山椒籬
雨あしのさだかにゆるよもぎかな
桃林はみづえをそろへ麦青む
乾沢地杉叢がくり梅咲けり
泪眼をほそめて花の梟かな
ことのほかはなかぜつよしひよのこゑ
月に鳴く山家のかけろ別れ霜
翁草日あたりながら春驟雨

錦風院七々忌

霊前に供華沈丁の夜のかをり
小降りして鷗に春ゆく清見潟

富士宮にて

富士かくる雨に桃さく田畔かな

印旛沼の幾重の雲にかへる雁

春雁をとどむるとしも五湖の雨

突如として菊池寛氏の長逝伝はる

雁名残り文人菊池逝けるよし

やまのはの樅に瀬音やはるかすみ

春炬燵伏したる酔ひをとがめんや

二月十三日、三男麗三亦外蒙アモグロンに於て戦病死せる公報到る

春雪に子の死あひつぐ朝の燭

僧とあふ坂の好日梅の花

山のあなたの空とほく、幸すむと人のいふ――カアル、ブッセ

さきはひのもとも身近く春耕土

南照院に於ける物故十俳人の合同慰霊祭に参じて

もろもろの霊に有情のはなぐもり

夏

梅雨の雲幾嶽々のうらおもて
蔬菜園傘してゆけば梅雨のおと
菜園の雨にきこゆる夏ひばり
雨鬼鳴きてくもる菜園柘榴さく
菜園にかがみて炎暑また愉し
向日葵の葉にとぶ蠅やみなみかぜ
渓ぞひの残花をいたみ雨つづみ
夏露や蔓豆の手に啼く鴉
扱麦のやまなす嵩に蠅ちれる
暑き窓客饒舌をつつしみて
朝かげす蕗の葉にはねみづすまし

もろこしのあさつゆ滴りて機影みゆ

宵盆や天目山べ田野わたり

註　武田家終幕の古跡田野に古刹景徳院がある

土の香に地をうつ飛蝗まひるどき

茨に鳴く螽蟖をみれば熟したり

つゆくさの金いちじるくまたほのか

はたをりのとぶとみるよりなほあがる

あさにじのたちて菜園はないちご

梅雨の鳥ひとに似て啼く青嶺かも

観瀑のうちつれだちてをんなごゑ

秋

秋めくと日影ふまるる八重山路

新涼の土にとどまる蚯蚓の屎

秋冷の径穴ありてみづのおと
養魚池の水月を吹く山おろし
虹きえて諸嶺にとほき釈迦ヶ嶽
大富士のはるか下雲涼新た
四方の秋ちかやまはまだかすみをり
新月のさすより岩魚つり惜しむ
戦死せる子二人の新盆を迎へるにあたりて
にぎやかに盆花濡るる嶽のもと
雲韃きて秋の大嶽蟬たえき
林帯をかける橿鳥秋の嶽
神戸諏訪山にて
港都の美鵙のとどまるところあり
花さかる茎のうすいろ曼珠沙華
菜園やつぶさにしげきちちろ虫

京都今熊野
燈をさげて観音寺みち秋の夜

滞京数日
秋は喫茶白手套ぬぐ愉しき世

秋の昼街あるく手がわすられし

ネオン秋街の晩貌泣くばかり

高原の秋惜しむ火や土蜂焼く

この秋や素盞鳴の裔土蜂焼く

蜂をやく崕土にほふ秋風裡

巣は焦げて秋蜂無慚天蒼く

静物
林檎美し古名画をたれか愛せざる

冬

鉄橋に水ゆたかなる冬日和

日が詰る花街生活海を背に

日がつまる港都の宿に陶器めづ
日短くつくづくいやなふかなさけ
銭拾ふ眼に日がつまる風吹けり
愛情のほのぼのとある銀懐炉
朝雲ちり冬空とほく光りあり
街凍ててこころおごらず靴の音
海に向く絶壁の凍て明けしらむ
岬の濤のけぞる宙の凍てにけり
果樹園に人を送りて霜日和
月光とともにただよふ午夜の雪
暦日の朝はあらたに万年青の実
光陰をほづえにわする冬の鵙

寒景をうかがふ鷹に夕あかね

外濠にとぶ鴨遠きおもひ出を

鵬生追悼会のため出京

子に香をたきては寒の句三昧

路鋲ふむ靴のあらたに空つ風

うたひめにネオンかはたれはつしぐれ

起居狎れて蒲団もつとも身にそへり

今は亡き某女流歌人

情こはきうたは妖艶木の葉髪

つかのまのきづなをたちてひなたぼこ

河岸をゆく羽織たらりと霜日和

障子貼故国の情を身ひとつに

雪しろのたぎつ巌ノ上鶺鴒啼く

羇旅風物抄

神戸にて

海たかく街見通しに冬かもめ

短日の埠頭がとどむ黒き荷《か》車《しゃ》

港路の鰒屋のれん霜日和

日が詰る港山街あからさま

漁舸をなみ大港都の美冬かすむ

郊外五色荘

恋めきて絨毯をふむ湯ざめかな

鴛鴦の寝に窓掛おもく垂れにけり

泊まりたる邸の夜嵐破れ芭蕉

五色荘老夫妻

サロンより須磨の浦浪冬日照る

まらうどに礼をつくして白し

神戸銀座元町

夕ばえてはやきネオンに地が凍てぬ

凍てきびし屋上ネオン雲に映え

神戸港より淡路へ渡る
毛糸編む船客時を愉しみぬ

大汐の冬めく嶺々を涵しけり

高貴なる冬空を得て天女丸

大阪心斎橋筋
大丸の窓の凍光貴金属

眼をほそめ頸をすくめてショールきる

街の日は霜にさやけく黒手套

大丸百貨店
ネオン眼を射て高価なる冬百貨

聖樹とも大丸の窓冬ぐもる

郊外風景
空たれて炭地区の径蓖麻枯るる

南河内大和川のほとりを行き、山腹なる修徳学院「見返の塔」を訪ふ
凍空の鳴らざる鐘を仰ぎけり

姫路網干にて

鰮網に冬ふかみつつ空つ風

蓮枯れて晴れのむら雲姫路城

紀伊路

冬ぬくく紀北やまなみ雲をみず

尼つれて紀北の霜にあひにけり

旅ゆけば暮れはやく過去かへりこず

霊場粉河寺

とくゆるく雪虫まひて蘇鉄寺

三宅邸に泊り窓外龍門山の遠望を恣にす

高台の学園を前蜜柑熟る

田井ノ瀬附近

白牛を率て冬耕の詩ありき

冬昼の田井ノ瀬月を雲の端に

鷲峰山興福寺

普化僧の修法の尺八秋風裡

由良港

蟻嶋をひたせる汐の片しぐれ

空風や湾口に泛く荷物船

午夜の京都駅
機鑵車の蒸気が凍てる月明り

十一月二十七日帰宅、家庭に遺児嬉々として健在なり
かへりきて冬めくわが家童女あり

文学の旅をかさねて霜日和

昭和二十四年――一四九句――

春

恍として高濤の月はつ昔

古る年の夜月がはなつ四温光

お隣りや銀座うら舗鶴を吊る

古風なる燭の月光弾はじめ

餅ぬくくてどりちぎりてたまたすき

春めきて眼に直なるは麦の畝

春の漁密かに四五尾銀の鮎

酪舎より海の弓月春の霜

大阪の寒々、青灯、鏡女等の諸君に案内され、文楽の楽屋に一夕紋十郎と歓談を交す

はつはるの紋十郎にをんなの香

文楽の春とはいへど灯影冴え

手をふれて肩のぬくとみ春羽織

渡辺志豊君逝去

寒かへる風吹く天とおぼえたり

春暖くく濠へだつ御所音を絶え

宋淵法師がこもりし大菩薩嶺遠望

嶺をとほくかすめども雪又新た

曲江のにごらぬ雨や山ざくら

月斗逝き志豊逝き楚江亦逝く

寝食のほかはもろとも春しぐれ

律儀なるものの俯伏す春炬燵

春雪のきそへる天に強心

地に鳴るは三月尽の夜のあられ

体おもくねぬくもりたる春衾

春の汗胸肌は秘すこころおき

木食宋淵渡米するにあたり、しばらくの訣れとて来訪

酒《ささ》すこしたうべし僧に春蔬菜

春暖の燭餉をてらすかしまたち

乞ふがまゝに宋淵所持の短尺へ

わらべらに天かがやきて花祭

神宮外苑にて

ドーム古りあかねす暮雲春惜しむ

月さして鶩の啼く池畔春の果

産院の沈丁ことに朝曇り

引鴨に昼月きえず風吹く天

落ちかかる月をめぐりて帰る雁

石をもつてうてどひるまぬ羽蟻かな
蝶かけて水瀬はげしくながれけり
子をよびて尾をひろげたる春の鴟
餌を嘴にとつぷり昏るる春の鴟
海ぬれて沙丘の風に桃咲けり

夏

渓の樹の膚ながむれば夏きたる
照る雲に喬木は胡桃夏めく瀬
ながめたつ立夏の雲の小神鳴
代どきの貯水池渺と雨の中
鋤き代にうす虹はえてはこび雨
夏山のぬるるはあした温泉を発つ

アカシヤに夕焼雲のいなびかり
照る雲に葡萄山畑五月来ぬ
夏の露やうやく豆の青実垂る
山梔子にいりあひの宙闌くなり
夾竹桃廈の石造貧に耐へ
老いし巌夏渓草の梳くごとし
咲きみちて茨一片もちるはなし
昏れがたく濡るる野茨傘に触る
甕に音をしづめて牡丹ちりはてぬ

秋

雲海を上れる月の翳仄か
月光をふるはす桐の虫一つ

山国の風の満月のすばかり

山盧養魚池

水月の望の光りに嶽おろし

四方の嶺にひくき菩薩嶺後の月

月ひくく光る外苑花卉も末

墓草をとるしづこころ秋に入る

ゆく路に夕かげの浮く盆会かな

渓川のしのつく雨に盆送り

秋は日向に気づきて草履うらかへす

句に疲る秋のまくらべ旭の光り

莨愉し秋は火光をひざのはに

秋暑く葛の葉がくり荒瀬澄む

金魚玉秋はたましひしづかにも

花淡く茎のかがよふ雨の蓼

秋の風獄囚は手になにもなし

秋寒う日常の餉につきにけり

婀娜をつれ軍靴をはきて夜寒かな

秋寒や愛ゆゑ妹が顔をうつ

秋愉し知らぬ夫人も白手套

愛宕山県病院

秋暑あり試験管ふる医を窓に

唾したる高欄や暑気なほのこる

秋惜しむ窓の夕虹卓の果に

雲は暮秋河岸の高層工すすむ

露の日の畑火幽かな収穫期

梨圃のきよき流れの集果船

荏を刈れば秋虹はやくきえゆけり
火を埋めて秋の日輪また遠し
早稲の香や老樹の柘榴垣に垂り
野扱了ふ桐の月光虫名残り
とんぼかへす断崖秋の斜陽さし
濯ぐ瀬の疾くゆたかにて秋の蟬

秋一日偶々来訪の木俣、志摩、石原の諸氏とともに山地高台を逍遥す

高丘にゆびさす雲の秋つばめ
甕にさす実柘榴すこしうちたわみ

甲斐山嶽

谿ひろくこだまもなくて嶽の秋
瑞牆の崎嶇たるあかね露の日に

秋雪をえて巓ひろき国師嶽

林帯にすわる瑞牆秋の蟬

大谷山即事

山柿のひと葉もとめず雲の中

雁仰ぐなみだごころをたれかしる

冬

悔ゆる身を忘ぜんとする冬日かな

極月の白昼艶たるは海の藍

老顔の倦むをしらざるひなたぼこ

雪山の冠りみだるる風の星

夜半さめて白魔を詠めばゆきのこゑ

雪山のみな木かげして音絶えき

降る雪や玉のごとくにランプ拭く

日象と雪山ふかく水かがみ

河口湖にて

雪山のそびえ幽らみて夜の天

M—邸にて

豪華古るラッキーシップ深雪晴れ

雪晴れの蒼天は智に鏡なす

嶽は午の渓をへだつる雪の面ン

顔そむる飾窓ネオン夜の凍て

T—邸に宿りて

凍てまさる玻瑠の月光停電す

燭陸離ピアノ音をたえ夜の凍て

果舗の灯の凍光風に更けにけり

凍る夜の悲劇映画を遠ながめ

ノックしてまがある鉄扉夜の凍て

凍てつぎて四温たまたま石蕗の濡れ

姿見にむけば白頭昼の凍て
ああをあと裏質鋪の空の凍て
谷橋のたかきをふみて月しぐれ
健康に霜がひらめく路鋲ふむ
霜がるる丘の石廊旭がはげし
天派手に霜日和なる小市民
霜きびし高層街の天せまく
青春の日に比しがたき霜の天
霜枯るる都の高台人遅々と
卓の果に明治のランプ冬座敷
たちいでて年浪流る夜の天
年惜しむ高層街の夜の雨

うす霧に苑の朝凪ぎ年惜しむ
冬の墓人遠ざくるごとくにも
ひたに吼え弱るサイレン冬とあり
のれん出て婦の艶たるは十二月
新雪を染めざる浦の溢れ潮
冬潮に河口は澄みてみやこ鳥
外濠の鴨を窓辺に年用意
白雲山廬
ゆく年や故園の瀬音ひるも夜も
渓の樹のぬれざるはなくしぐれやむ
寒夜句三昧稿選了
句をえらみてはちかむ死か銀懐炉
地にいどむ田子の日常日が詰る
凍蝶の翅のうごめきにこころとむ

水月に雨がきらりと枯れ蓮

狩くらに啼くははるけき金の鵄

吾子征きしままの冬海深藍《インヂゴオ》

日の下に枯荏かをりて軍鶏のこゑ

石工あり玄翁宙に風冴ゆる

ビルの霜雲とびちりて光り盈つ

藪風に書窓明暗さざき啼く

山廬後丘の遠望

甲斐駒にくれいろひくく宙の凍て

浅川橋払暁

日出の凍雲もなく釈迦ヶ嶽

検察庁

満目の霜をふみ罰おもるるか

法廷の窓雪霏々と世は紊る

判事寒ムゑみをふくめば冷徹に
ひしひしとさむき法廷時計なし
被告悴け判官網をうつごとし
さばき凍て判事が首をまげる情
薔薇を嗅ぐわかき廷丁冬の景
世は粛すか検察庁の窓の凍て

昭和二十五年——九七句——

春

雪山を宙にひくめて年新た

京都叡山の西麓、四時添水鳴る詩仙堂にて

あまゆるは風の水光注連飾り
春は夜の処女の秘密に月にほふ

カルタの灯乳霧窓になごむ夜を
人獣となくうすかすむ聖母祭
霧華きゆ聖燭節の夕げしき
春の悲曲窓をくらめて雪降れり
朝寝して妻子忘るるすべもなく
健康に青きをふみて地に謝する
あめふれど霧《む》消《しよう》す丘べ桃の花
犂牛に畛《たみち》桃さく富士おもて

信濃鵞湖畔春宮
下の諏訪祝祭の雨氷解く

或る日に
ゆゑしらず我鬼をおもほゆ花ぐもり

北方羇旅の諷詠　一

青森港
高潮をむかへて漁港春さむし

藤崎泉月邸
はるさむく医家の炉による奥の旅

北海道
蝦夷富士は春しぐれする蝶の冷え

あかあかと白樺を透く雪解川

小樽公園
樺嵐嶺々をつらねて養花天

噴火湾かすむ大潮おとをたえ

岩内棕梠風邸
後志の春さむけれど夜の燭

留萌より層雲峡へ向ふ車中、「漁夫帰る」群にあふ
泣く漁夫も苦笑す漁婦も花の春

オホーツク海
沖たかく行く春の海船をみず

屈斜路湖
火口湖の高浪をきく余寒かな

新内駅
雪ふりて又新暖の花すもも

阿寒圏アトサヌプリ
けむりふく嶺も月夜やお花畑

夏

地をふみて朝焼の地の貌に触る

助産婦が野路をたどれり朝焼す

飯あつきにほひにむせぶたままつり

炎昼のふくらみすぎし旅鞄

郷愁の朝冷えにゐるうすごろも

逃亡のいのちもて吸ふソーダ水

飽食のからす高枝に夏木立

北方羇旅の諷詠　二

小樽公園高台

夏雲をきざす晴天海黝む

小樽より札幌へ向ふ

夏兆す雲むらがりて雄冬岬

札幌郊外

初夏をなみポプラ彎りて北海道

定山渓

石狩の雨おほつぶに水芭蕉

夏月に古潭の窓は童らの燈

鶺が翔ける大石狩の夕焼空

層雲峡

夕焼けて天柱宝の夏嵐

層雲閣

夜の秋の雲をへだつる障子かな

会津磐梯山の麓をよぎりて

旅名残り雲のしかかる立夏かな

秋

望は翌夜空にたたむ雲の冷え

幽心に地のうるほへる秋日影

月の面にいぶく青炎秋に入る

秋に入る天体の環あるごとく

高西風に雲光りては溶くるのみ

峡中山廬

秋雪にちかくて日の座澄みにけり

秋嶺を覗くは丹雲昏れゆとる

扇おくこころに百事新たなり

郷土日々水澄むに思慮ふかめつつ

ひややかに秋は関取児をつれて

晩年の澄江堂、その軒端に傾ける樹に攀ぢのぼりて振り向くところを撮影せしめた彼のすがたを、秋ともなれば思ひ出して

樹に攀ぢし病我鬼おもふ露の秋

厚朴の実に雨やむ霧か朝雲か

サフランに土の爽涼あさゆふべ

杉浦棕梠風の訃報到る

みにしみてつめたきまくらかへしけり

花を了ふ常山木いよいよ崕に満つ

日りんのしだいにさむる桐広葉

水盤の菊大輪に新たな世

風をいとふ中年婦人菊の燭
唐黍をつかみてゆるる大鴉
狐川渓谷
秋さやかはなみづひきは荒瀬沿ひ
寂として畔の夕かげ稲稔る
犬蓼もはなだちそろふ芋畠
K―未亡人
白芙蓉秋は夫人の愁ふ瞳に

冬

冬に入る真夜中あらき月の雨
朝夕に座右の冬光古畳
冬に入る農婦いんぎん禍福なく
朝光をあび人に狎れ霜の道
跫音もたてず悪友霜を来し

霜日和野心金輪際すてず
霜晴れの天に準依をわきまへて
霜とけつ罠をこころに措くところ
くづれては瀬をさやかにもしもはしら
坂邸楽はずませて雪降れり
囚徒ゆき雪片は地にくだけけり
紅爪の五指をそろへて雪見舞
つらなりて雪嶽宙をゆめみしむ
雪の香や街角に出し花売女
老猿の檻にちる雪誰もゐず
一瞬の暮雲うごかす凍茜
凍てをふみ気安く墓地をただ通る

朝焼けのしみて鉄塔に冬瀬鳴る
冬ぬくく友愛をわがこころの灯
代々住みて隣保親しき餅の音
この日鵬生戦死の思ひ出
日のみくら機影のわたる冬至かな
終夜食む獣屋の神寒の闇
地表出る凍月おとを喪へり
毛皮して瞳の黒耀は凍てがたし
たまきはるいのちをうたにふゆごもり
密談に気温めぐみて花八つ手
冬枯れの天を感ずる峡磧
邂逅にポプラ彎りて冬の天
獣園即事
黒豹の牝にうす日してやむ雪か

夜のなやみあしたにうすれ落葉焚く

北海道　三句

北辺の大冬尽くる海を越ゆ

雲は鳴かず大オホックの冬尽くる

北辺の聖夜にあへる樹氷かな

昭和二十六年――一〇五句――

春

年たつや駒嶽にはるけき釈迦の嶮

句道精進

老いがたくこころにしみるはつみそら

ハム切れば月さす障子松の内

春の燭石卓の花全貌を

一生を賭けし俳諧春の燭

春燈やはなのごとくに嬰のなみだ
風冴えて高嶺紺青雪のこる
雲きれて春料峭と嶽のいろ
百姓のみな燈をひくく春祭
芙蓉峰うち仰ぎもす汐干狩
人親しわきて家路の凍てゆるぶ
川波の手がひらひらと寒明くる
くろかねの灯皿や雪の契沖忌
嬰児愛撫図
だく乳児の手をもにぎりて春炬燵
濁流に花の雨やむ日の像
西方へ歿る日は古風花堤
紅梅のさきしづまりてみゆるかな

風冴えて宙にまぎるる白梅花
紅梅になほななめなる日の光り
南ア連峰と大谿谷を隔つる小淵沢
梅に棲み恒雪のぞむ谿むかひ
麦あをみ雨中の雪嶺雲むるる
山中湖
富士ひくし湖そひゆけばしどみ咲く
富士をこえみづうみをうつはつ燕
麦青し端山もぬるるよべの雨
百姓ら天主を信じ凍てゆるぶ
凍てとけをゆくゆく懺悔おのづから
異端者に凍てゆるびみゆ天主の燭
郷土山嶽
春月にふところひろき名所山
やまなみに宿雪かびろく白根嶽

御嶽首夏

松みどりむらだつ山も奥まりぬ

浪速と洛と中京

四月十五日雲母四百号記念関西大会へ参加

西方の旅を念ひに春の暁

街衢雑鬧

路鋲ふみ轢かるるおそれ春の雨

三津寺物故俳人法要

冴えかへるたましひにしむ香けむり

弥陀の掌に霊のもろもろ春の燭

春恨といふべき誦経燭の華

人の死や春ゆく水に月のかげ

曾遊の今熊野観音寺宿泊

鳶四方に遅花しろむ観音寺

樹々邃く鳶啼くこだまはるかすむ

蟻いでて庭苔ふかし白つばき

春陰や陵墓のつゝじ遅れ咲く

琵琶湖畔

滋賀の雨花菜つづきに竹の秋

山幾重芽木にしろきは何花ぞ

五百重山雲みだれては春驟雨

石山寺麓茶屋

瀬田の雨葭簀をすきて五月かな

瀬田川の屋形をこめて春驟雨

雨中翠微にうちかすむ幻住庵趾を訪ふ

葎の水真澄みに杉菜涵りけり

なきひとのおもかげにたつ麦青し

苔咲きて幻住庵趾椎の雨

御所拝観

芽牡丹やみつのごとくに御所の雨

余花ちるや流觴の水いまもなほ

名古屋郊外一粒荘

夜の雲に一粒荘は目借時

暾にぬれて芽木の山うらももちどり

樹々すきて旭さす獣園山つばき

荘後高丘風景

あひ曳に閑雲うきて落つばき

屑鉄にカラタチの咲く春驟雨

孫女見学の初旅

児とともに海の料亭春の旅

夏

森鬱とゆくてにちかむ炎暑かな

黴あをし財吝しむもの愛をさへ

盲ひ子の座右に白猫ながし吹く

こころは窓煙火たらりと夜の天

炎昼の雲きそひたつ青胡桃

暁けしらむ青蚊帳に婦のねしづみぬ

草ざしに渓魚二三尾夏休暇

近江の旅

驟雨やむ屋形にはやき琵琶の浪
傘さして梅雨にしたしき芭蕉塚
溺死見に月更けわたり螽蟖のこゑ
高原の夜に入る天の夏ひばり
暁空のあまげにたかき夏ひばり

公子のため海港見学

黒奴あり児に夏めきし車窓

秋

罌粟まくや鉄塔の虹いつまでも
秋きざすまひるの渓をわたりけり
墓の樹の夜雨にぬるる盆燈籠
蛸かかし濤はしづかになりにけり

中川宋淵龍沢寺住職に就任、三月二十八日晋山式挙行

くもまより満月のぞむごとくなり

信濃浅間

鳴神の去る噴煙に三日の月

近江観光の旅

石山の驟雨にあへる九月かな

はつ雁に墓煙を上ぐる瀬田の茶屋

大阪歌舞伎見物

法要につぐ観劇のもみぢ狩

六月四日早暁角田竹雨急逝す

うなづきて露にめつむる仏かな

冬

雪香に隣保親しく住ひけり

雪山をはるけく来つる炭売女

雪凍てぬ月光の片めのまへに

アルプスのつらなる雪や追儺の夜

雪光に炎ばしる猟の大焚火

K—動物園

愛をしる牝獣の前雪降れり

雪やみて鮮魚ここだく河岸通り

山荘夜情

汝がとる燭芯たちて雪降れり

雪の香に炉辺の嬰児を抱きて出ぬ

獄の扉のゆくてをはばむ寒日和

魂しづむ冬日の墓地を通るかな

鴉ゐて官衙の楡のしぐれけり

樹がくりに浅草世帯霜日和

凍てし土大釜磨き干されけり

あめつちの凍て全身に旭さしいづ

遠めきて尖々の澄む八ッ嶽の冬

凍地にわが銭拾ふわれを視し

父祖の地に闇のしづまる大晦日

風みえて吹きすむ径の冬旭影

郷の寂凍てにたかきは白根のみ

凍道の転石も愚な彼とする

天昏れず風雲光る山襖

蘆川峠

峠路の句碑をうづむる霜柱

湯村常盤ホテル懇談会

髪が枯れ俳句三昧壁炉愛づ

うたよみて老いざる悲願霜の天

大阪河豚ほてい屋

なには女にみのつまさる鰒の宿

あとがき

この作品集は、昭和二十二年から同二十六年にいたる五個年間の自作に、再選を加えてあらたに上梓するものである。すなわち「山廬集」「霊芝」「山響集」「白嶽」「春蘭」「心像」に次ぐ家集であることを念のために記しておく。作品集の名に於て、他に「蛇笏俳句選集」外三、四種があるけれども、それらは出版側の註文等から、作品の重複が余儀なくせられたものが多く見られるので、正しくは上記の通りにあるべきである。

書名を「雪峡」とした。四時白雲が去来するわが生活環境は、文字通りの山峡なのであるが、この山峡が白皚々たる雪にうずもれたときは、いまのわたくしのこころに一段とぴったりするものがあるところから、然う名づけたのである。

この作品集の上梓は、創元社の秋山孝男、鎌田秀男両氏の好意によるものである。爰に附記して謝意を表する。

千九百五十一年晩秋

峡中山廬に於て

著　者

家《か》郷《きよう》の霧《きり》

昭和二十七年

春

時のかなた昇天すもの日のはじめ

冴ゆる灯に新年夜情雪のこゑ

地汎くて鉄工場の春燈

山嶮し無縁仏に解くる雪

しんかんと春の暖房禍福なく

鳶ともに雲遠ざかる春北風

青《あ》馬《を》牽けば驚《す》破《は》競馬場春の闌

日りんの灼くる青炎春競馬

詩になづみ世と容れねども春の燭

夜は青し神話に春の炉火もゆる
老鶴の天を忘れて水温む
石卓の花の全貌春の燈に
月盈ちて春俄かなる釈迦の嶮
奥嶽も啓蟄となる宙の澄み
風致区の宙かゞよひて麦黝む
かげろうて金輪際や雪解富士
鷹翔ける影ほのかにて雪解富士
春袷人中に眼をぬすみ視る
橿《かし》鳥《どり》に峡の逆光根雪解く
彼岸雨詣でし墓を傘の内
伯父訪ふも海員気質春の霜

たち入れば木原霑ふ芽吹時

やまかひに雲をたゝみて弥生尽

蔵の香に狎れしなりはひ桃の花

甲府愛宕山

外科療舎出て茶毘のみち緋桃咲く

百千鳥藪透く後山暾《ひ》ざしそむ

墓を建て栖する地の落椿

あながちにはかなからざるおちつばき

河口湖

あら浪に鴨翔けもして春の雪

常陸に旅して横瀬夜雨を偲ぶ

春さむく筑波の詩人すでになし

二月三日嶽麓文化人連盟の大会へ招かれ積雪の御坂峠を越す

白樺に宿雪あまねく嶽澄めり

袋田観光　三句

四度瀑の天にすわる日桃の花

寒明けの日光溶くる温泉の澄み

春の月雲洗はれしほとりとも

鍛冶由緒に曰く「之を以て世に伝ふる五十一代、年を経る七百五十余年、宗之の考案にて祖先伝来の鍛錬法を応用し製作せるものにして、其の一端を糸にて垂下し、両辺相触るゝときは音響恰も鈴虫の声韻に異らざる特趣あり」と

吊れば鳴る明珍火箸余寒なほ

第一の孫女公子

バンビ見に孫女をつれて浅き春

第二の孫女純子

抱く乳児の手をもにぎりて春炬燵

袋田の滝　三句

裸木に春めきたちし渓こだま

人去つて雉子鳴くこだま滝の前

春蘭のふかみどりなる雲の冷え

夏

山ふかむほどに日鮮か夏来る

高台に高嶺のはだへ夏迎ふ
夏来れば夏をちからにホ句の鬼
夏に入る喬樹の太枝見えにけり
水郷の暑を寺妻に見送らる
懐紙もてバイブルの黴ぬぐふとは
身もて蔽ふ咳く幼児に梅雨嵐
夏風邪に臥せば亡児のゆめまくら
涼台にくらやみは艶蚊遣香
むつましく絽蚊帳の出入りおともなく
ねざめたるはだへひやゝか蚊帳の闇
花桐に近山ひろく渓向ひ
好日の梅おちまろぶ苑の苔

家愉し脣をしたゝる桃の漿
青林檎むくや慈悲心なき手もて
胡桃生る樹下の誰彼闘士の葬
胡桃樹下早瀬のほたるよどみては
みのりそむ茄子のひろ葉のこむらさき
屋前後の土蔵二棟をこぼつ
古蔵の香を忘れ去る日の盛り
夏尽くる渓の喬樹に天の凪ぎ
あを馬頌　三句
新緑に乗らんと牽けば青馬の肥え
青馬牽けば蹄音場にさきだちて
女菩薩の猩々緋服青馬の騎手

秋

黄落のまひるかそけき鳶の舞ひ

秋晩く雲に紅さす巽空

樵夫らの負ふ子牽く子に地蔵盆

詣でたる墓前の妻の草がくり

地に生きて人を忘るゝ露の秋

遠澄みに露雲を敷く駒嶽の嶮

人行かず秋は日南に渓の音

田園のくらし素直に水澄めり

田園深秋

みえわたる耕土西より秋日のみ

白雲山廬

市街の灯見るは雲の間夜の秋

九月二十一日富士の初雪を見る

雪を被て富士は迴かにいわし雲

山々の近むとみしや露しぐれ

日々に見て菜のとくしげる露しぐれ

夜を寒み座にねむりては句を選む

十一月九日宮光園に招かれて

西日さす天皇の碑に葡萄熟る

「青栗」一周年を祝するにあたり、なにゆゑともなしに
曾遊の叡山西麓なる詩仙堂がおもひ出されて

新月のはやき光りに添水《そうづ》鳴る

鳳蝶の喬樹をくだる露しぐれ

巌ともにわが影寂ととんぼ見る

虫絶えぬ渓声風にたかみては

頬を掌におきてしんじつ虫の夜

秋暑なほ黍日かげるに螽蜥鳴く

ことごとく虫絶ゆ山野霑へり

曼珠沙華咲きそめし紅ほのかにて

山泉常山木の揚羽しばらくは

喚声をあげては隠れ秋の渓

林間逍遥

なにがしの粋夫人、自園の菊花をとりためて菊枕といふものをしつらへ、はる〴〵贈りきたる。すなはちその情を感じ菊枕の句を作る

恋ごころより情こもる菊枕
夜々むすぶ夢の哀艶きくまくら
文学の使徒がねむれる菊枕
詩にやつるこゝろの古風菊枕
菊の香にやすんずるまもなきまくら
老いぬれば泪にしたふきくまくら
仏心をこむるばかりの菊枕
偲ぶより香のしづまらず菊枕
地と水と人をわかちて秋日澄む
花を了ふ常山木いよいよ崕に満つ

あさがほの大地になじむ花の瑠璃

残暑なほ胡桃鬱たる杢の家

淡々と夕影しみる稲の出穂

十月二十七日大森にて
旅客機をふり仰ぐ地の菊車

北辺小樽港
海澄む夜北港あげて流燈会

冬

凪ぎわたる地はうす眼して冬に入る

嶽のねむりしみらに鷹の翔りけり

凍る世の眼のみえねども文の陣

誼にこゝろして暖房をおとづれぬ

こゝろなごみゆく地の起伏冬日和

鞘払ふ刃に短日のひゞくさま

財賭けし獣屋のふゆ日かげ満ち

金鉱を獲んと僧ゆく冬日かな

鉄塔は野にうすかすみキャベツ植う

鉄皿に葉巻のけむり梟の夜

北風あれて機音ゆく雲光るのみ

嬰児愛撫図

寒燈に詩のごとき眼のための泪

神は地上におはし給はず冬の虹

時の羽風冬日輪のゆるるさま

魂沈む冬日の墓地を通るかな

枯山にはるか一つの葬を見る

遠めきて尖々の澄む八嶽の冬

聖愛を羨もしくゆけば冬の風

金輪際影曳くめしひ冬日向

某夜十時突然なにがし訪れ来る

短日の獄はなたれし僧を泊む

ひとり踏む山墓の径芝の霜

あしおともたてず悪友霜を来ぬ

霜つよし忿りをかへす天の壁

一月八日沢林所見

倒したる大樹をわたる霜の杣

霜を来し懺悔の前の燭二つ

霜をふみ悲願を抱きて歩きけり

農山村の生活状況も近来漸く旧態に復さんとするものの如し

婢が活くる葉蘭こゝばく寒の内

生涯を感謝すこゝろ落葉降る

雪つむや亡き児の形見歳古りて

奥嶽の雪を新たに雲を絶え
雪林の遅月に逢ふ猟夫父子
寒埃りして老農が藁草履
雪山の肌をはなれて雲移る
雲みだれ瑠璃のぞきては雪後の天
わが失意石油にほひて雪の暮
雪幽くつのりて軍靴湧くごとし
峡の栖寝ても雪光金屏風
電気炉の烈しき雪の香だちけり
晴雪に枯れ葉のしげき丘林
日りんに耐ふる雪嶺雲を絶え
岬山の墓を見かけて雪の肌

野兎追うて雪嶺それし鷹一つ

遺児公子七歳の春を迎ふ

雪山にこもりて孫を愛す情

山は午の渓をへだつる雪の面

雪の香に鄰保親しくすまひけり

帰りきて雪峡の廬に友ゐる灯

雪光に炎ばしる猟の大焚火

やむ雪に鷹をはなちて釈迦の嶮

雪峡に累代の墓うるほひて

K—動物園

愛を知る牝獣の前雪降れり

袋田温泉行

やまびこをこす一行に瀑の凍て

滝尻の渦しづかにて雪の中

雪嶺をわたる陽こゝに四度の滝

たち去るや又凍滝をふり仰ぐ
山たかく湯滝は雪の新しく
ゆあむ娘ら温泉の雪光を四方にして

昭和二十八年

春

春めきてものの果てなる空の色
雪山をめぐらす国土日のはじめ
女人の香亦めでたしや老の春
初年の山河渺たる日のみくら
五指の爪玉の如くに女正月
山棲みの畳青しも寝正月

八方の嶽しづまりて薺打

八ヶ嶽開拓村

高嶺並む広袤《くわうぼう》に住み鍬はじめ

初富士に歳月つもる雪中廬

こだまして初年ぬくき山の瀑

高原の年を新たに嶽を前

鉄塔も日も寒明の野の力

雪解する無間の谷に駒嶽の壁

雪解けぬ跫音どこへ出向くにも

芽木を透く谷川煽ち流れけり

荊ふかき河岸の老柳絮舞へる

春光の中に地の愛みなぎりて

春ふかむ大嶺孤つに雲の鳶

嶽麓山中湖

燕むれ湖は春ゆくヨットの帆

したゝるとおもへばきゆる春の露

春の露巌貌恍とありにけり

日の下に春の遅々たる地のねむり

後庭小花壇

冬眠をさめし地にたつ種袋

蜂とぶや鶴のごとくに脚をたれ

花咲ける豌豆の葉に露の玉

とまるより妖しき光りつばくらめ

風光る海の二階のかもめどり

山ふかくあふるゝ泉桜ちる

河口湖をへだてて富士に対する峠頂上に太宰治の碑建つ

湖を瞰ていこへばこゝに暮の春

四月二十四日参議院議員選挙の投票を了へて上京、翌日東京駅より一路西下す

春の日は無限抱擁月をさへ

岐阜長良

金華山囀りもなく塔かすむ

まなじりに比良の雪光暮の春

岡山市外渓翠苑へ向ふ

春の鳶岡山平野麦穂立つ

四月二十七日長島へ着す

長島の春趁《お》ふこゝろ鷗啼く

日りんのかすむ光りを浪にのみ

拝堂の鐘かすみたる記念祭

島々の花をなごりに瀬戸の潮

津山「有茂登」荘

藤褪せし灯ともし頃の夕嵐

春尽くる山べの茶屋へ泊りがけ

白鷺城
城内のなにか明るく暮の春

五月二日神戸観光ホテル一泊
老鶯に樹隠るみなと灯りそむ

洛北寂光院
旅こゝに寂光院は春の寂び

叡山の昼月に野の春を趁ふ

月てらす日の没るなべに比叡の春

三千院
翠黛をながむる犬に遅桜

難波の通人無声洞のあないにて「ほてい」屋の一夕
鰒啖ぶなにはのやどの春火桶

大阪にて
地の沈下浪にしたがふ友千鳥

夏

喬槻に渓のとゞろき夏来る

月色に夜にみれんある夏山路

藪を抽く幹の霑ふ梅雨嵐

まのあたり嶽しづもりて梅雨の雲
くれがたく蛍光燈に梅雨の映え
メロン摂る夜のにほひに人を容る
閨房に卓をかまへぬメロンの香
時化了る立夏のしづく槻を滴る
こくげんをたがへず夜々の青葉木菟
菜はちりぬ熟れそむ麦穂あきらかに
瀬戸内海の思ひ出
みじか夜の夢をまだ追ふ浪まくら
山塊を愛する初夏の情そゞろ
スリッパに初夏の情感素足なる
炎天のねむげな墓地を去らんとす
清流を乱射す斜陽青胡桃

槻たかく鳳蝶上る土用明け

濁流の木深き雨に川鴉

註。川鴉は燕雀類、全身茶色にして嘴長く先端彎曲して魚を捕ふるに適す。とぶこと迅速羽ばたき多く、山間の渓流に棲む。

俳友一泊

客親しひとり清水に嗽ぐ

汀波終焉　九月十二日

たまぬけし容顔ちかく梅雨の燭

梅雨靂し娘ら哭するもとめがたき

たれをもみず莞爾と梅雨の亡汀波

一瞬の亡びに永久の梅雨仏

白浴衣身の嵩うすくなりにけり

昇天すまことに梅雨の燭二つ

梅雨の供花命やうやく遠ざかる

短夜の一身棺にをさまりて
雲の間の嶽は渺たり夏尽くる

秋

秋の雪北嶽たかくなりにけり
山吹の落葉し尽す露の川
月光は槻に黄なりき木菟の群れ
露の富士夜のことばもて愛さんか
露ふかく山ふところの火葬場
身延山山坊に人を訪ふ
久遠寺の奥の霜晴れ常山木照る
高原の雲は冷やか機影ゆく
憎つれて女艶たる墓まゐり
露晴れの爆発したる如き瑠璃

露をだく地の迴けさに朝焼す

渓声に屋をはなれて露の燈

白雲山廬の湯

冷やかに山嶽挙げてわびごころ

林間をさし上る月迅かりき

秋山に野路のとゞまる墳どころ

秋嶺のそばだつは些の雲を曳き

秋山に呼ぶは童子か老い鴉

お舎利みゆこだまをかへす秋の嶽

註。お舎利は老樹枯れ朽ち、雨露風雪にさらされたる残存体

高原の虫夜を絶えき天に富士

霧たえて嶺に北面す遭難碑

鳴く虫の咫尺にありて昼の翳

稲すゞめ帰るつばめは雲の間に
暮れ空に溜井の光り秋燕
地に墜つも草にすがりて秋の蟬
七月七日はじめて後山に寒蟬をきく
ひぐらしに無明の星をむかへけり
虫絶えぬ渓声こだま競ひたち
鵙の雌が子にひらく羽の黄昏るる
卓の灯に月さす林檎紅鮮た
サルビヤに湯を出し裸斜陽さす

冬

冬といふもの流れつぐ深山川
冬ぬくく嶽に昼月ありとのみ
暾あたりて初冬の凪ぐ槻の膚

冬渓をこゆる兎に山の月
白樺に凍てのとゞまる斜陽光
ゆくほどに冬晴れの峡道通る
月明をおどろくねざめ年暮るる
年暮るる野に忘られしもの満てり
われ泣くもいとしむことも寒の闇
野水迅く耕土冬日を逝かしむる
寒の月白炎曳いて山をいづ
逝くものは逝き冬空のます鏡
日強くて渓瀬の澄みに冬嵐
寒の晴れ爆音空を吹かれ去る
寒の内光るかまちに家の責

ゆく年の水月をみるふところ手

冬水に鴉溺れず岸にあり

田子の老冬日はげしく股を貫く

更闌けてかゞり瞬く除夜の炉火

身延山山坊

うつくしき僧の娘二人除夜の炉に

夕鳶の翔けかたむきて玉あられ

小禽屋の前のかたらひ雪日和

雪嶺にこゝろひかれて陽の歩み

山棲の鄰保親しく雪つもる

嶺々の雪四方にかゞやく葬見舞

閨中の灯をおもふべし夜半の雪

風雪の光りみだるる冬木原

槻の枝に笹雪の添ふ二三日
鴨もろく飛雪に遠く撃たれけり
雪山に無韻の流れ一と筋に
四方の嶺々雪すこし被て文化の日
霜柱掌に日りんが小さくなる
人責むるおもひ一途に霜夜かな
霜日和渓かたらへば丘応ふ
おく霜を照る日しづかに忘れけり
空林の霜に人生縷の如し
神の座も獣の場も霜日和
桑落葉冬草しげくなりにけり
わが童女似る彼は亡く落葉降る

冬草を耘《き》りていこへば天聾す
邯鄲をとめたる草も枯れはてぬ
冬の嶽古り鎮まりてあきらけく
蹲めば魂すゝり泣く冬泉
茶の木咲きみそらはじめてみるごとし
橇馬の臀毛少なに老いにけり
橇馬に陽はかゞやくも雪の涯
橇馬の鞭音地に徹りけり
鞭が毛をむしる老馬橇の冬
橇の馬泪をためて牽かれけり
橇馬の屍に海おもく曇りけり

魚山と長島

光明園及び愛生園

この島におなじ日りん花菜時

島山の鐘しづまりて名残り花

ゆきずりに春の処女寮こゑひそむ

癩園の花壇にふるふ大揚羽

園内講演

花の春十字を負うて病者に見ゆ

島訪ふも余命いくばく春北風

花嵐亡ぶるものは地に哭す

花の春袖口紅き病婦たち

ちる花に病者有情の朝夕

花曇りして児もなくて女夫寮

園内の俳人数十名

春愁の詩に世の常のわびごころ

処女寮

鏡立つ窓の乙女に花無慚

島内一泊

花の月全島死するごとくなり

花の窓めざむるものに夜の海

海凪ぎて朝の島山春の蟬

山つゝじ海をかなたに午後の凪ぎ

春暮るる海の濃藍島を発つ

天は瑠璃祈りを秘めて春の航

寂光院及び三千院

寧楽の春娘らとわかれて魚山行

暾あたりて露のキャベツに山蛤

青踏むや鞍馬をさして雲の脚

くもりなき魚山のあそび松の花

尼僧院とうて魚山の春を趁ふ

寂光院　落来る水の音さへ故び由ある所なり、緑蘿の垣、翠黛の山、絵に書共筆も及びがたし――（平家物語）

翠黛に雲もあらせず遅ざくら

おもひきやみやまのおくにすまひして雲井の月をよそにみんとは　建礼門院

いまの代も山草闌けて青飢飯

寒食や草生の院の寂光土

数珠の手に花種を蒔く尼ぜかな

ひとりねて尼僧のむすぶ春の夢

寂光院本堂

廊わたる尼袖あはせ若楓

眼ほそめて春日仰ぐも尼の君

幽情をこゝに草生の女院像

阿波内侍張子像

春暖く仏にあらぬ龕の比丘

遅日光ほとけいぢりの尼ならば

老鶯も過ぎし女院の膝の前

鏡見ゆ尼の閨窓白つばき

新尼のまなざし澄みて目借時

三千院

石楠花に聚碧園の樟落葉

樟落葉間遠にちりて歩々の苔

石楠花に三千院の筧水

門限を出て翠黛の春ふかむ

夕焼けて空の三日月鞍馬路

昭和二十九年

春

正月の身をいとほしむ情切に

正月のこゝろわかきはわれのみか
あらがねの地を力とす日のはじめ
月夜にて常のサロンの年新た
雞旦の月夜とおぼし峡も奥
渓流に雲こそあそべ年新た
アルプスに、雪をむかへて初鼓
大嶺よりやまびこかへす薺打
雪峡にしづもる家族薺粥
年新た龕に灯す雪の屋
雪やみて官衙に強き初御空
渓沿ひに女礼の登る深山寺
夜を朝に還す歓声春の渓

山村人工孵化場

養雞の春きざしたる燈にほひ

春兆す月の出汎く地を蔽ふ

春めきて夜明くる風を非情とも

春は夜風四段五段と吹きにけり

春の雷地の執着に誰となく

心くらくテレビに佇てば春の雷

春の高台北の浮雲夕凪す

凍てゆるぶあたりの歓語獄の径

春暖の思索瑣細に山ずまひ

麦青し近嶺遠嶺のたゝずまひ

炉火親しむつきの故山雲ふかく

春の風邪うつうつと書く懺悔録

徽恙、一九四〇年の大陸旅行を回想す

リラ咲きて旅懐しく春の風邪

墓の上に嘴太鴉雪解急

雪解山奥めくくもの雲のたゝずまひ

春ふかく旅ゆく人に山聾す

やまなみのくらき雪光春祭

嶽は嶽の高さきそへり霜燻べ

霜燻べ河港はひたにしづまりて

死火山の陽は青々と鴨引けり

雁ゆきてべつとりあをき春の嶺

芸術の階を眼さきに花の闇

こゝろざし今日にあり落花ふむ

植林のかすみて遠き雉子かな

世を恋うて花菜の嵐吹く中に

嶽麓河口湖

花ふゞきして日みなぎる湖の波

春尽くる有情にとかく小夜嵐

雙燕をしのぶ信濃の浴泉記

風きつてあした峡間の初つばめ

蝶とぶ風心の岸を洗ひけり

春霜をふみ行状をかへりみる

寒明くる渓のとゞろきくもれども

寒明の濡るる棚田に渓の音

春嵐郷に執するわびごころ

遠ければ鶯遠きだけ澄む深山

花過ぎの夜色なづみて遠蛙

桃芽立のこれる花の二三弁

一瑣事のこゝろを苛むる暮春かな

芦川幽谷の村嬢ら日々の払暁、炭を負うて峠を越え来る

女神らは穢を萌草に雲の中

奥嶽に瀑の聾ひたる暮春かな

日に親し春ゆく山の巌に凭る

法廷を出て春徂くかし灯しごろ

夏

藪の樹の夏めき昏れぬ青葉木菟

T—の終焉に参じて

とゞめたる男のなみだ夏燈

裁判所にて

審判の婦の泣く汗に夏来る

歳古く山川暑気に耐へにけり

婦がとりて鎌鋭利なる夏来る

顔蒼き破片身近に夏燈
暑にめげず百姓稼ぐ山の際
野にむるる九時の百姓いきれそむ
炎天の蝶鄭重に靴のさき
炎天を槍のごとくに涼気すぐ
炎天の山に対へば山幽らし
鉄橋のかくれもなくて夏雲群る
雲の峰高過ぎ炎暑あしたより
夏かすむ日ざしに疲れ螽蜥鳴く
月暁くる杜にあまたの夜鷹啼く
中年の家わすれねど海水着
殼蝸牛人生おもひ測らるる

麦は穂に野坂のしめる狐雨

郭公啼くかなたに知己のあるごとし

童心のふるさとありて郭公啼く

夏むかふ嶽の雲間につばくらめ

金魚玉たましひに触れ忘らるる

夕映えて八っ手がくりに紅カンナ

山颪しする隠棲の白葵

世に古るは一峡一寺蟬のこゑ

ひなげしのにこ毛の蕾花に添ひ

白昼の畝間くらみて穂だつ麦

秋

百姓の愚をさげすみて秋新た

日も月も遠き山系秋の雪

深山の風にうつろふ既望かな

秋山に老いさらぼひて一好句

山深く生きながらふる月の秋

気管支炎にて東京滞在旬日

秋冷や咳きつかれたる夜の汗

秋風やおのれに近き月の貌

高原の月に夜雲の真っ平

由比ヶ浜古濤声に雁わたる

高潮の雁行月にしづみけり

高原の幾秋霜や婦の家路

野にむれて聾ひたる農夫鰯雲

生涯にいちどの旅程秋の霜

秋冷のまなじりにあるみだれ髪
冷やかに大富士形をたもつのみ

山中渓畔の一廬

夜を擁きて爽気かぐろく鳴る瀬かな
渓流に雲の白みて胡桃熟る
無花果に日輪青き児の戯び
流燈をしたひて沖の船にあり
流燈の消えんと火影うるほひて
菊の奸邪悪もつとも美しく

北海道羈旅修道院の思ひ出

衣にまとふ秋のかげろふ尼の耕
秋耕す尼に寂光噴火湾
秋耕の尼に追はるる思ひにて
仇敵を見舞ふみさだめ燈籠もゆ

萃果摂るむつましさ見よ婦の二身
またがりて野に追ふ牛に帰燕かな
秋燕の雲間をかけてのこるあり
秋の蟬絶えんと嶽の猛々し
蟬いざるほとりの塘の虫なごり
虹たちて草山赫っと颱風過
原爆忌人は孤ならず地に祈る
深山の日のたはむるる秋の空

冬

命終ふものに詩もなく冬来る
年送るこゝろにおもふ母の愛
鐘が鳴る除夜の後悔なにもなし

冬の葬いちいち地をふみゆけり
現実の相を真冬の水かゞみ
墓の前月日ながれて寒詣
田を截つて大地真冬の鮮らしさ
寒きはみ訂す術なき山容
中年の軽悔にたふる冬鏡
強き冬陸にあらがふ海の面
郊外の家居に冬めく山野あり
山に棲む六十余年冬の燭
たわたわと月光出湯に冬の嘆き
やまぐにの河に鳶舞ふ冬日和
冬日しむ地の蕭條をふみゆけり

日ひと日と命になづむ冬日かな
寒波きぬ信濃へつゞく山河澄み
世に古るは冬日くまなき嶽のみか
冬大地汎くうるほひ人ら棲む
冬水の意にしたがひて行人ら
山中の巌うるほひて初しぐれ
息白し愛語こゝろにこもりゐて
聖雄と黌《くわう》の木椅子に冬日向
冬ぬくく富士に鳶啼く山中湖
なにか獲て裏富士めざす青鷹《もろがへり》
冬の閑ボタン一つのおつるにも
月光のしみる家郷の冬の霧

白樺を透く夕光に冬の嶽

深空より耕女をのぞく冬の鳶

霜晴れて嶺の蟇石に渓こだま

雪山を蔽ふまひるの黝き海

漆黒の夜を湧きたちて飛雪舞ふ

雪積みて夜の風月にはしりけり

雪山の夕日の斜面近くゆく

廬後の渓流狐川

山くだる瀬のさ霧にもみゆきにも

雪に辞す人に手燭をこゝろより

雪ふるや渓こだまする雑木原

上京偶々深夜に入る

銀座裏まひたつ湯気に夜の雪

雪晴れて雷の一線機影ゆく

雪の上人心およそ頼りがたし
墓参する篤きおもひに寒ゆるぶ
冬の風人生誤算なからんや
南ア白根ヶ嶽
雲のまに新雪きそふ巓三つ
雪邸の凍美をきざす朝あかね
銀壺の花くれなゐに雪降る日
雪山の幾襞遠く曇りなし
雪林の猟夫を近み月上る
身延山
久遠寺の夜をさしまねく雪の鐘
雪山に照る日はなれて往きにけり
雪の果征旅の二児は記憶のみ
天の嶺地表と別に雪のこる

郷の水雪後の虹の淡々し

雪原の夜気をしりへに橇の燈

人生は素直に墓所の雪をふむ

年古く棲む冬山の厳も知己

冬の嶽地の人文の歳月に

夜のゆめを忘れはてたる冬の嶽

山塊の日あたりながら霜気満つ

初霜や人馬に消ゆる谷の径

朝々の礼拝

亡き母に子に極寒の香けむり

山くだる瀬岩に禽や寒ゆるぶ

昭和三十年

春

高台林梢遠み年新た
初年の夜情あらたに几《おしまづき》
初湯出し色香を忘じ得ざりけり
月夜にてわが影仄か飾りの扉
山中の雪の玉屋かざみ餅
歳々や湯気になごみて竈飾り
善鄰の意にかゝはらず手鞠唄
冴返る深山住ひの四方の色
桟道の蘭に斜陽や雪のこる

春の虹世紀のゆめのかなたにて

春ぬくく旋風うつろふ桑畑

砲音の樹海をわたる雪解富士

山川の傍の春耕日もすがら

夜の野路人とまぎらふ春嵐

雲ふみて高原の杣春を趁ふ

春の日にやまびこす嶺を低く瞰る

空を牽てすゑひろがりに春の川

深山の春めくいろに月の雲

姫路城

春の城街に浮浪はゆるされず

春驟雨広場のユッカ鈴あをむ

明暗の田子のくらしや春の霜

焼野石熱人をさるごとく冷ゆ
春の霜日りんにみるおもてうら
春あつく地も吹く風に麦の花
風光る喬樹のそよぎ一枝づつ
一つ温泉に四方の白雲山ざくら
聖鐘にカラタチ夜情花ほのか
花咲きて照り葉のかすむ紅椿
時化の中もつとも鮮らた落椿
奥身延癩院の見ゆ山つばき
鶫の啼くこゑの呪詛かもおちつばき
山寺をちかみの藪の紅つばき
大黒坂所見
竹山に花ざかりなる紅椿

濤ごゑも鷗も河口の春暮るる
銀行の娘を二三愛で老の春

夏

万緑に滲みがたくしてわかかへで
鉄門にこの世の怡楽若かへで
桐落花主婦の喫煙九時過ぐる
山水のはしる母郷の夏来る
蠅を噛《動物園》む豹に檻狭き夏来る
林間に宙の眼をみる青葉時
槻たかく夏めく葉かげ幹にゆる
野の夏日世俗を嗤ひがたくゆく
雲四方に夏大いなる甲斐に棲む

滴りて地の表情明けいそぐ
軒菖蒲うす目の月の行方あり
山塊を雲の間にして夏つばめ
炎天や地に立命のわれと影
街炎夏地階の映画世心に
戦後感懐
夏かすみ野に十年の道通ず
夏帽子海浜を眼に真っ平
月光の夜半をさだむる青葉木菟
遅月の邸樹にさして青葉木菟
金魚玉全一日の不安なし
炎暑去る沃土を愛す百姓ら
壺抱きて杜出る美婦や夏を趁ふ

花栗にたちまさりたる夜の霧

聖杯にたゞよへる血と白牡丹

郷土笛吹川堤上にて

雲四方に曾根丘陵の麦の秋

秋

秋に入る白きベッドに老の萎え

山聖し地は遍照の秋日影

青春の去る秋情に夜の花卉

夜々のめざめにノートをそなふ

秋の燭強し死おもふ枕上

高原の爽気身にしむ登山隊

炎昼のうつろふ峡の秋を見ぬ

潮騒の墓原を匐ふごとき秋

秋光や聾者しばらく座にみゆる

薬局の午後の一瞥秋暑盈つ
人しれず峡の濁流秋の午後
雀躍りに秋の百姓肥になふ
植物のたをやかさ去り秋日澄む
船を寄す湖畔の樹相霧がかる
万緑の秋暑の翳をまのあたり
秋暑し人を海辺に葬ひて
月夜霧咽ぶばかりに郷土愛
秋冷の虹鱒とよぶ影仄か
秋冷の畔うるほひて渓こだま
山行きて秋を幽かなはたゝ神
花火見る袖のうるほふ園の闇

爽かに日の漲りて花卉の空
高西風に高原九月衷甸《ばしや》を駆る
露の月子の命日の地をふむ
日を遠く旅情はなれて秋の滝
地に人の就く日勁くて秋の霜
痩せし身の眼の生きるのみ秋の霜
奥山の湯治帰りの月にあふ
田子葬る日の秋風に馬蹄音
風烈し日を全貌に秋の嶽
秋峰のはなれて猛き南北
恒雪を擁くといへども秋の嶽
庭前即興
秋園に頑たる稚児のほゝゑまし

濁流に秋はほたるの箭《や》より迅し
暁の虫文業とともに寂かなる
うす影をまとうておつる秋の蟬
ひぐらしのこゑのつまづく午後三時
秋蟬のこゑ尻しみる山郷土
惨として飛翔かたむく蟷螂かな
虫しぐれ時世のながれ停るなし
夕日照雨簗瀬にそうて虫の鳴く
鶺ゐて日の没る風にうめもどき
洞然と白昼の庭うめもどき
秋蟬のかたよりそめし鳴瀬かな
滝つぼの霧がくりとぶ秋燕

つゆくさに善行を抒す郷ごころ

放埒にしらつゆあそぶ青すゝき

秋田より新潟への車中　二句

象潟の昼うすくらき秋の雨

一色の紙のごとくに秋の濤

露明き小野の饗宴曼珠沙華

伶人に香をまとひたる夜の菊

爽かにたちどまりたる山泉

京の詩仙堂にて　二句

緑蔭のふかき雨気に添水鳴る

添水鳴る京かすむ日の詩仙堂

高原の霧にしづみて炉火の紅

富士八合目

死火山の影泛く雲にいなびかり

冬

冬来る地の福音にこゝろ満ち
日常の医局玻璃戸に見ゆる冬
肉を購ふをり婦を厭ふ心冬
歓楽の灯を地にしきて冬星座
冬の摂理空のビードロ瑕瑾なし
鉄塔に暖冬汎き麦の畝
厳寒の日のはるかにて摩崖仏
寒燈に身を遠ざかる女人の香
冬燈脱衣一瞬光り鋭く
峡川の橋にかゝりて冬の音
世の不安冬ふむ音のマンホール

天日の徹る冬日の山泉
劫初より冬日うつろふ宙のみち
金輪際牛の笑はぬ冬日かな
凍ての中山雲のわが灯の一つ
短日の奢侈をさげすみ吝嗇も
泊船に冬日とゞまる術《すべ》のなし
歳月をたのしまざりき冬の山
嶺を遠み光りみだるる冬嵐
寒の闇句ふばかりに更けにけり
心徹り気の昂りたる冬ごもり
凍風にひらめく路銀ふみわたる
凍てし土婢の減り下駄にこゝろとむ

楽聖の凍つ夜情知るよしもなし

日の光りつきさゝる野路霜ながれ

羽田空港に在米五十年の老を迎ふ

肉親をまつ空港の霜日和

こがらしの波止人埋むところなし

寒星や地に物故せし聖者の数

愁ふるとなくたのしまず枯すゝき

冬の空こゝろのとげをかくし得ず

風つよく野の明るさは寒の罰

銃音に湖空めぐる夜明け鴨

空山に斜陽のふかく雪のこる

雪嶺に日常のわが書の新た

たのもしき人を薄暮の雪に訪ふ

風雪を老ゆるこゝろに卓の燭
むさゝびに降りやむ雪のなほ散れる
ふみわたる墓畔の雪の白極み
雪渓の水とゞまらず総落葉
夜雪やむ閴たる天に年移る
雪の降る幹の林立ゆくかぎり
深山の屋に馬飼ふ雪日和
月の出を夜嵐となる雪の原
降りやみて雪山鎮む月あかり
S―卒然として逝去
雪を被て服喪のこゝろ聖山河
獣屋に冬日束の間爪かけて
生涯をかけて色足袋すくはれず

寒日の西空あかり思惟ふかく

木原の日くらげのごとく凍の空

山泉冬日くまなくさしにけり

北風高し尼僧の穿きて木靴鳴る

寝しづみて老が火を吹く寒の闇

一つの幻想

冬水のなめらかにして火に抗す

冬川に出て何を見る人の妻

炉をあけて深山住ひの午下り

あしたより風少しある炉のけむり

手弱女の高臀にして十二月

秋田より日本海沿ひに新潟への車中

象潟の弓張月や曇れども

象潟の冬百姓の顔が好き

渓の樹に凍み透る日の昇るなり

後記

創元社で「雪峡」を出したのが昭和二十六年末であるから、その時から最早五ヶ年の月日が経過している。「山廬集」をはじめとして「霊芝」「山響集」「白嶽」「春蘭」「心像」に次いで「雪峡」と、第七句集をかぞえてこの「家郷の霧」となるわけであるが、この他に「蛇笏俳句選集」とか「現代俳句新選」とかいうようなものが三四種あるけれども、それらは上記の句集に盛られた作品と重複するものが散見せられるので正しくは「雪峡」に次ぐ第八句集とせらるべきである。

書名「家郷の霧」はわが愛着によるところのものである。

千九百五十六年早春

峡中山廬に於て

著　者

椿《ちん》花《か》集《しゅう》

昭和三十一年

地に近く咲きて椿の花おちず
春暁のうすむらさきに枝の禽
雨後暑く樹々に風たち桃李咲く
象潟に見たる椿と百姓ら
樺の咲く山なみ低くどこまでも
津軽よりうす霧曳きて林檎園
風の吹く弓張月に春祭
冬の果蒲団にしづむ夜の疲れ
芽木林月の緑光ただよへり
霧の夜は門に山嶽ねしづみて

雲曳きて峰越しの桜ちるはなし
淡路忌の春灯せば女人の香
いとどしく星河うすれて淡路女忌
秋たつときけばきかるる山の音
みちばたの墓に落花す風のまま
雙燕のもつれたかみて槻の風
明けのこる霧に羽うちて川鴉
たちよれるものの朝影山泉
霧だちて金色しづむ樺の蝶
夏風に切疵痛む青畳
万緑になじむ風鈴昼も夜も
羽蟻地にむれて影曳く薄暑かな

梅檀の花うすいろに郷薄暑

雙燕の啼き交ふあふち花ざかり

新緑の風にゆらるるおもひにて

白葵藪の幽邃瞰を得たり

老鶯の啼くねに鎮む山泉

郭公啼く青一色の深山晴れ

医局より夜を出て夜の秋の顔

山口県松巌院新鋳の梵鐘銘

雲ふかくゆく春を鳴る山の鐘

薔薇園一夫多妻の場をおもふ

河童忌あまたの食器石に干す

山を出る瀬の蕩揺と蟬しぐれ

乱鶯のこゑ谷に満つ雨の日も

没日影葵をそめて竹落葉
熟れ桃に西日の貌の淫らなる
蛞蝓のはかなき西日青胡桃
夏深く暑気さし交はす山の嵩
大仰に夜汽車のけむり月の冷え
濁流に日影かするる青すすき
子をつれてうるほふこころ春の旅
閑古鳥瀬の潺湲と山に沿ふ
中年の保養に倦みし藍浴衣
墓地ゆきて眼くらむ炎暑螽蟖をきく
夏蝶のやさしからざる眸の光り
炎天の地に救ひなき死馬の体

山がかる人の住家に暑気透る

風鈴を吊る軒ふかく梅雨ぐもり

烏兎匆々

かりそめの山住みなる四十年

山塊にゆく雲しろむ秋思かな

秋蟬に墨痕著るき掛色紙

露雲の野にうかぶより鷺わたる

夏山の意になじみたる雲のいろ

庭樹の間ことなく鎮み秋のたつ

地をあるく飛蝗に秋暑極まれり

無花果の樹蔭の童女秋暑の日

無花果を手籠に湖をわたりけり

情あつく老婦寄り添ふ秋暑かな

花ちりて秋暑に耐へぬ山の百合
秋の日に露命を影す道辺草
秋昼のすこし幽みて花常山木
秋冷のさすがにしぼむ乳房かも
黄落のつづくかぎりの街景色
雨あしのつぼらに見えて曼珠沙華
秋の風死して世を視る細眼なほ
たそがれて高原の雁しづみ去る
幼子の死に雲ふかし落葉降る
秋尽日童の定命を如何にせん
文業をかさねて山の雪に酌む
爪かけて木原の斜陽冬ふかむ

冬ぬくく地の意にかなひ水移る

十一月二日羽田より大阪へ

航く空の雲とびとびに秋の風

宝塚の宿「三記」

武庫川の宿の午に入る川千鳥

遠空の露の茜や宝塚

御堂筋

たたずみて秋雨しげき花屋跡

秋雨に泪さしぐむ花屋跡

詩仙堂

白昼を京のかすみて添水鳴る

茶梅ちる雨降る日ざし詩仙堂

大原のうす霜をふむ魚山行

昼月のたかくて秋の鞍馬路

窈窕と人の露ふむ真葛原

初月に京女をつれて真葛原

京修学院離宮にて

雪を被し秋や修学院の嶺々

羽田空港

秋爽の地におりたちし身のひとつ

秋冷や人をむかへて慇懃に

立冬の日影あまねき五百重山

日の聾ひて冬たつ日光地に敷けり

昭和三十二年

雪山の織翳もなく日のはじめ

猟の音雪にきこえて山泉

こくげんをわきまふ寒の嶽颪

人寰の真冬をわたる筬の音

霜溶やこころにかなふ山の形

樹々透きて峠の雪に昏れゆく間

山深き瀬に沿ふ道の寒旱

かりがねを湖北の雲に冬の風

こだまして昼夜をわかつ寒の渓

夜叉神に女人の土工霜溶くる

夜叉神峠

春分を迎ふ花園の終夜燈

屋を出て積雪の暾にあくび出づ

果樹園をぬけて産院四温光

冬嵐高地の部落凍に澄む

産院を繞る雪山四温光

冬ふかく風吹く大地霑へり

草城忌

みぞれ声こころにきしるこよひかも

春星のあたりの夜気の鮮しき
風吹きて夜月ひそかに雲がくる
春の天全身情をみなぎらす
春浅く深山がかりに飛行音
嗷をむかふユッカと萌ゆる若楓
犇々と八重大輪のつばき咲く
風すこし夜雲ひそかに月やどす
狩くらの凍てに大火の炎立ちけり
春霧に天の紺碧ただならぬ

廬後渓流架橋完成す　二句

後山の山梨《こなし》と見ゆれ咲き盛る
後山に春趁ふこころたたずみて

山脈に富士のかくるる暮春かな
樹海空機影五月の雲をいづ
霧濃ゆく湿原を罩め郭公鳴く
人呼びて夏深むこゑ山鴉
旅了る身に夏深む山河かな
むらさきのこゑを山辺に夏燕
奥山の天をうつろふ夏雲雀
閑古啼き麦穂をわたる雲を見る
後山の梅雨月夜なる青葉木菟
合歓咲きて瞰の何がなし愁はしく
ほととぎす鳴きて遠めく山の滝
夏越えの雨ふりけぶる道の遠ち

五月山月出て鴉啼きしづむ
向日葵や炎夏死おもふいさぎよし
日輪の午に入るあそび五月山
時は無縁白き敷布の肌ざはり
炎天の山河を蔽ふ宙の濤
サルビヤに情熱の些も曇るなし
秋炎の四方のあながち親しめず
空蟬の温泉窓に遠く午下り
炎天の高みの黝む緑樹帯
野にいでて春ゆく眺め雁をみる
秋蛍夕ひと刻のものあはれ
北海渡道を案じ小沢・細田二氏共に来り懇ろに診察す
秋風やいのちうつろふ心電図

蓑を着てみのむしうごく空明り
秋山の午天をのぼる蝶雙つ
妙齢の秋暑をいとふ師弟愛
露秋の書に老婦泣くおしまづき
山泉橿鳥蔓の実を啄めり
収果期の鴉老獪山に啼く
雪山に水ほとばしる寒の入り
露の秋いのちもろきは老のみか
高原の秋日に主婦の馴染顔
報恩講後山西日の影流れ
深山路に雲ふむ尼僧盂蘭盆会

昭和三十三年

正月の油を惜しむ宮の巫女
いちじるく冬翳を身に花売女
岩膚の玉あられやみ霑へり
冬水の韻きにそひて墓畔ゆく
幻燈の別に映る灯夜の凍て
園の霜白鳥はるか水に泛く
なにがしの君より枕布団を送られて
霜夜ぬくく君をいだきて寝るごとし
雪山をゆく日とどまるすべもなし
冬日影人の生死にかかはらず
大凍てに鼓笛の韻き地にしみる

人生のただ静かにて墓畔行

厳寒の多少のゆるび夜の膏雨

山滝に日射すとみゆれ懸巣翔ぶ

魚山行

大原のとある農家の羽子日和

寒雁のつぶらかな声地におちず

寒雁に騒立つ湖の場を展く

冬の雁並みゆく翳のひくまりし

夜嵐に寒雁鳴くも薄月夜

北嶽の鎮まる雲に鳶の舞ひ

嶺の畑に僧の春耕雲雀鳴く

凍月のとどまるとなく薄光す

遠湖の凪ぎに牽かれて拓地ゆく

後山の夕焼刻を落葉鳴る
冬暖く日のめをみざる尼の寄り
地の深雪宙の二階の白根澄む
春北風機影の韻きあしたより
ふんべつをこころに春の夜宴行
おしなべて懈怠の山河燕来る
天一物も与ふなきこの冬日影
雪中に時を惜しみて繁華街
寒肥をひく冬空の泣くばかり
書庫の塵冬日親しくなりにけり
菜園に初夏の昼情淡々し
「檜山節考」の著者深沢七郎氏来訪
炉語りや五月八日の夜の情

文机にねむきうたたね春嵐
光陰と土に鎮まる蟻地獄
郷の花火心のぬるるおもひにて
夏空に地の量感あらがへり
郷の地を一途にふみて春暑き
塔高く空の不安に夏去ぬる
つゆぐさに夜発ちをいとひ朝機嫌
青萱の石にみだるる炎天下
山景色荒涼として虹の下
山つばめ鳴きて野にそふ山閑か
菱採りのはなるるひとり雨の中

山廬秋を迎ふ

渓声に馴れて日々よむ古文詩書

露雲に富士鎮まるを如何せん
訪客に秋暑を紅き花卉の丈
梅干して秋暑にたへぬ老尼かな
雨ふれば雨に葛咲く山泉
ほたるとぶ光りいろめく宵の口
音をたえて寒流のゆく雪げしき
幽谷にさす日はぐくむ梅雨の巖
梅雨いとふ尼色白の夜情かな

昭和三十四年

深山空寒日輪のゆるるさま
人よむに如かず正月諷詠詩

積む雪に湯気たつ餌もて愛馬飼ふ
霊山を仰ぐ夜の果て雪の降る
手古松寺平部落
拓村のなりはひむつむ睦月かな
春もやや光りのよどむ宙のさま
雲表にみゆる山巓初昔
後山に柴樵りあそぶ冬の童等
後山へ霜降月の橋をふむ
後山道ゆく手明くて雪見月
石井翠女惜しくも長逝す
冬嵐日輪むせびわたるなり
大寒の嶽負ふ戸々の鎮まれる
霜ふみて深慮を秘するふところ手
春寒く梅にやどかる尾長鳥

鍼按のさげすむとなきこころいき
咲きさかり落ちざる椿花荒し
中盆の人真似て啼く山鴉
後山に蟬滅る霧の罩むるのみ
大旱血を曳く蛭のしづみをり
夏山の樵たのもしく思はずや
鈴蘭の樹深く咲きて噉に鮮た
咲きしづむ躑躅に翔ける岩燕
山を出てひたすら歩む冬墓畔
後山に葛引きあそぶ五月晴
柚の花につきてぞ上る烏蝶
夏山の意志木深くて朝光す.

はかなきは女人剃髪蛍の夜
ほたる狩帰路の遅月さしにけり
きくとなく山端の風の春の蟬
帰る雁行くゆく海波高みけり
ものの音沈めて深き寒の闇
庭松にしげる青萱梅雨過ぐる
梅雨の風庭松花を揺りにけり
夏山辺あかつきかけて夜鷹啼く
ゆかた着のとけたる帯を持ちしまま
後山の池に二つ葉黄睡蓮
身延山宿坊渓谷
霊山の峡の常山木に正午の日
蟬しぐれもろ手を揚げて措きどなし

咲く常山木宙をすぎ去る風みゆる

麦の秋山端の風に星光る

朝日より夕日親しく秋の蟬

積年の宿望、後山中腹に山口素堂の句碑を建設せんとす

ここにしてあしたも秋日仄ぬくし

うるほへる色仄かにて花すすき

盆の時化ただよふ靄のあるごとし

高原光己れ意図なく騎馬少女

山深き飛瀑をのぼる大揚羽

楼の秋風騒夜々に星近む

素堂碑に韻く秋水昼も夜も

迎春の恩愛を身に老の坂

碑を建つる悲願果たして山の春

うす靄の日ざす疎林に秋の嶽

山茶花に入日を惜しむ時津風

稿しぶる寒のきびしく慈悲もなし

昭和三十五年

凜々と落月虫にとどまれり

露ふんで四顧をたのしむ山の中

山凪ぎにこころ聾する秋日影

土膚の秋親しくも山の崖

合歓を巻く蛇を見かけぬ茸狩

後山の素堂碑

渓橋に落葉しそめし碑のみゆる

素堂碑に霰ふりやむ山の径

霰して月夜もみゆる碑のほとり
ふるさとの夜半降る雪に親しめり
藪の端を染むる冬日の仄かにも
後山の雲を高みに虹消ゆる
松過ぎの後山に淀む炭煙り
渓橋に傘して佇つや五月雨
山に住み時をはかなむ春北風
寒明けの風吹きわたる深山空
後山の忘られ鴉霜消空
爪もろく剪るに甲斐なし冬籠
春北風山国棲みをはかなみて
空高く白梅の咲く風景色

園わたる隣の煙や秋日和
月色の夜にみれんある夏山路
春深む大嶺ひとつに雲の鳶
濁流の木深き雨に川鴉
友情をこころに午後の花野径
花葛のあかるむ後山驟雨すぐ
春さむく路に漁樵の語りあふ
比良よぎる旅をつづけて盆の東風
獄門に息せき近む日の盛り
露とめて青萱の地を離れけり
啄木鳥に日和さだまる滝の上
盲導犬雨降り出せば敏かりき

夏深く奥嶺に入れば音もなし
大揚羽娑婆天国を翔けめぐる
及ばざる天の光りに蟻地獄
苺畑季過ぐる雨に沓を入る
日照雨して檜山の蟬の声ごもる
夏の風午は獄門のひたと閉づ
夏風に夜の閃光掛け鏡
秋の潮寄せてかすめる籬の花卉
秋の霜懺悔こころに郷土ふむ
禽罠に残雪を見る温泉の丘
温泉の丘の頰白とまる桑の先
たけたかく芒はらりと天の澄み

降りたけて深山の雨いさぎよし
繊々と縦雲を曳く十六夜
小富士訪ふ閉山季の法印と
秋了る湖上水禽見るかぎり
雨降れば渓音はやみ後山道
青麦に日日沈む地の憂ひ
鼓笛隊山田をすぎつ稲の出来
楢林に見えて渓流透くばかり
遠足児よどむに乳牛尾をふりて
濤近き北辺の暮秋の草
深山にわが影ふみて秋日和
秋の風富士の全貌宙にあり

地蔵盆負ふ児曳く児に蛍籠
渓流の畔の起伏に五月晴
よるべなく童女のこゑの日々寒し

昭和三十六年

野に在れば聖地の花を炉辺に挿す
書に溺れ極寒の些事かへりみず
地に冬の兆す予感に友の情
筆匠の死後も名だいに雪降れり
深山に炭焼き暮るるひとりかな
炭焼きて孤りが年を惜しまざる
深山空満月いでてやはらかき

寒雁に仄めく月の上りけり
掃き了へて落葉をとむる箒かな
神がくれせる童を拾ふ恵方嶺
火山湖に雪やみ機影ゆくを見る
後山素堂碑のほとり
落葉松の高き巣箱に初しぐれ
蒼天の一刷の雲冬嵐
雪景にいふことなくて朝の刻
扉閉づ鉄門露にひたりけり
霜ふみてしづまる心宙を見る
こころ措く仏事二三日霜をふむ
世事繁し茶釜のたぎり茶を絶えず
後山の虹をはるかに母の佇つ

鷹舞うて音なき後山ただ聳ゆ
木蓮に日強くて風さだまらず
深山空片雲もなく初雲雀
紅楓好き日の風の吹きすさむ
洞門のゆらめく水に鴨下りぬ
高原の雨やむ湿気翁草
高原光地蜂焼く火のおとろへず
富士の凪ぎ天鳶啼くをさまたげず
とりすてて鈴蘭の香の地に浮く
鈴蘭の香強く牀に置きがたし
渓流に雲のただよふ今朝の秋
渓流に音やあらざる竹落葉

閑談の時を忘れて喪の如し
ひぐらしの土にしみ入る沼明り
霜の鐘打つて去就を決する間
密談に参ずるとなく書に疲る
盆の昼人に背見せて閑談す
刀匠の昼寝長くて風わたる
カンナの黄雁来紅の緋を越えつ
寒の凪ぎ歩行のもつれ如何せん
凍て街路ちらばる命拾ひあふ
背負はれて七十余年一瞬時
凍てに寝て笑む淋しさを誰か知る
靖国神社に句を乞はれて
御魂祭折から月の上るなり

暑中ただもろ乳垂りて母老いし
渓流の行くのみにただ秋の情
青萱を植ゑて園圃暑気広し
青萱に女童ひとしほ園の梅雨
不図友に山路の雲雀語りかけ
炎暑日の眠れるに似て脱ぎ草履
山中の蛍を呼びて知己となす
暑気激し風吹く牀をとるひまも
雪中のわけてもしるき万年青の実
山南に荒瀬のしぶき日を遠く
屋の間奥山見えて夕立かな
青萱の出穂のしづかに盆の空

病中

ねむる間に葉月過ぎるか盆の月

三四本花さく萱の伏しにけり

見えわたる小野の墓群や秋の空

昼雨に玉蜀黍畑のきりぎりす

ありあはす山を身近かに今日の月

池に落ち老肌寒く夜に入りし

桃咲いて畦畑の麦そろひたる

葉雫に昼俄かなる天気あひ

春めきて濃くなるばかり嶺の雲

家を出て眼近く低き藪の月

秋澄める暁雲といふものの紅

芋畑に橋の霧つぐ藪表

雪の中をどりて海の日を見しや
宵浅く柚子そこはかと匂ふなる
天馬秋を行きて帰らぬ雲つづき
霧去るや雲路鈴ゆく神の森

昭和三十七年

新年の井に塩盛りて年行事
山果ての畑の霜のかく強き
日当りて黙する山の墓を見る
冬山に枯木を折りて音を聞く
山賤の仕事日和の雑木空
葉むらより逃げ去るばかり熟蜜柑

深山の書院に住みてやもめ僧

川浪の霰光りに川千鳥

滝のぼる蝶を見かけし富士道者

荒れ藪の鉄線花咲く欅の木

学園の昼を賑はすひと時雨

山郷の夜長をしるく欅鳴る

霜踏みて碑の寂光をたんのうす

冬煙り身をのけ反りて近火見る

提灯の水に泛べる蛍狩

風音に山裾遠く秋早む

盆過ぎて蟬鳴く天の雲明り

霜強く帯ひき結ぶ仮着かな

涸れ滝へ人を誘ふ極寒裡

禽桑におく霜の溶けまさりけり

山裾のありなしの日や吾亦紅

荒潮におつる群星なまぐさし

高台をゆき次ぐを見る雪曇り

ただひとり落葉を踏みて楤つみに

鳴き移る土堤なき渓の川鴉

庭におく深雪の石にみそさざい

糸を張る杣に寒の日強まれり

鳶翔けて霞に高む山の形《なり》

地を歩く猿に喬木の鳶啼けり

寒流に朝焼けの蘭川鴉

晴天の何か優れる凍深空
牛歩む土にひびきて古風鈴
芭蕉碑をなでてぬかづく極寒裡
一瞬時地上に芋の茎かわく
川へだて山遠く人薪を伐る
星合の後山を払ふ巽風
寒流の奥嶽を去る水けむり
処女峰といふべき登攀霧をふむ
山風の温微にゆるる鉄線花
夕晴れて凍空に川外明り
渓に樹つ朴一樹野に夏きざす
夕山の焚火を蔽ふ杣二人

金扇の雲浮かしたる冬の翳

山川に喬木の雨の落ちしきる

秋渓子句集「日輪」の序に

南方の空のむら雲鶏頭花

寒天に大晴れしたる花柊

夕影や老衰したる庭歩き

泥鰌とる鷺のむらがる初時雨

月前や四月八日の白つつじ

雉子飼ふ黄咲万朶の薔薇がくり

風報に人こそにくめ月夜雨

花活にむらさき褪せしあやめかな

極寒の天晴れて咲く柊かな

帰廬の雨語りもならず炉火による

青栗の月の褪せたる枝低き
いち早く日暮るる蟬の鳴きにけり
夕山の水をへだてて素直なる
飼ふ雉子の鳴く音しづみて昼の虫
秋立つと守護する渓の水の彩
塩漬の梅実いよいよ青かりき
畑耕すにはあらねども菜を間引く
露滋き喬樹に沿ひて蝶上る
六月の人居ぬ山の大平ら
杣父子山に火を焚く小昼時
梢のみゆるる風日の雉子鳴く
ばら活けて器の満水に心足る

大ぎやうに一と穂をさげて恭し
ロンヂンに大根なます詩昨今
百合の露揚羽のねむる真昼時
竹落葉午後の日幽らみそめにけり
水神に笹生の時雨小降りがち
夜遅く寝るべき布団敷きはやむ
夜の蝶人ををかさず水に落つ
藪畜木鴉がとびて山に月
ゆく水に紅葉をいそぐ山祠
誰彼もあらず一天自尊の秋

あとがき

昭和三十七年十月三日の夜半、飯田蛇笏は、七十七年と数か月の生涯を静かに終えたが、この句集は、昭和三十一年十一月刊行の句集『家郷の霧』（角川書店）に続く七年間の、文字通り最晩年の作品集である。総句数計四六二句を収めた。

句集名は、生前特に愛好し、歿年の夏、牀中にあって、家人と談笑裡にみずから選んだ法名の二字によった。故人の意に、おおむね添い得るものではなかったかと思っている。

椿は、すでに青壮年期から、著者の心惹く花のひとつであったようであるが、中年までは、主として簡素な単弁の山椿を愛し、晩年に及んでは、むしろ、緋色大輪の濃艶な八重椿を好んだようだ。みずから庭前に植えたその一樹は、いま、鮮やかに咲き盛っている。

この集の前半に当るころは、一度害《そこな》った健康を快復し、比較的平穏な日常であった。しかし、高血圧症のため、昭和三十六年以後は、家居してもっぱら静養につとめた。翌三十七年からはほとんど牀中の身となったが、俳句作品の発表のみは絶えることなく、九月二十七日早暁、突然昏睡に陥るまで続いた。最後まで口述を許さず、作品はすべてみずから牀頭に置いた句帳に記していたため、家人がこれを読んで作者の意を確めつつ、改めて原稿紙に清記するならわしであった。病状の悪化にともなって、その字は次第に乱れを加えたが、年余に亙る慣習はいつか読了をたすけて、清記に格別の困難はおぼえなかったように記憶している。

前句集以後、雑誌その他に発表した作品は、ここに収録したものよりははるかに数多いものであった。しかし、作者存命の場合は、おそらく一集に収めることを好まなかったであろうと推察される句は敢て除くことにした。この点、私は、編者としての不遜の誇りをおそれるよりも、故人の存念に虚心のおもいを至したつもりである。

しかし、蛇笏の身辺にあって、あきらかに死期の遠からぬことを悟ったと思われる昭和三十六年晩秋のころから、三十七年にかけての作品については、作者存念の如何にかかわりなく、特別の場合を除いて、ことごとく収録することにした。

なおこの一集が、多くの希望に接しながら、殁後四年を経て、はじめて刊行を見るに至ったことは、もっぱら私の怠慢によるものであった。この点、故人に対してはもとより、著者の文業に、いまなお深い親情を寄せられる方達に対して、まことに申訳ないことと思っているが、さいわい故人生前からの交誼にもとづき、角川書店からきわめて迅速に刊行されることとなった。角川源義氏の変らぬ厚情に謝すると共に、句稿の整理校正等については、特に西島麦南、福田甲子雄、依田由基人の諸氏に格別のお手数を煩わした。ここに記して、深く謝意を表する次第である。

昭和四十一年陽春　　飯田　龍太

解説

井上康明

はじめに　—第一句集『山廬集』へ—

本書は、飯田《いいだ》蛇笏《だこつ》が刊行した全九冊の句集、そのすべてを収録する。

飯田蛇笏は、山国甲斐《かい》に生まれた。早稲田大学に学んだ頃の約六年を除いて生涯を生まれ故郷で過ごし、その山国の風土を愛し、自然と人の姿を俳句に詠んだ俳人である。青年時代の蛇笏は、俳句と並んで小説を書き、詩を作った。特に小説は、後年まで執筆にこだわり、随筆に移行していったが、生涯、散文に関心を抱きつづけた。蛇笏の俳句は、幅広い文学の裾野のなかから生まれていることがわかる。

第一句集『山廬《さんろ》集』は、昭和七年、蛇笏四十七歳の時刊行された。千七百七十五句を収録する大冊のこの句集は、九歳の頃から約四十年間の作品が収められている。そのなかに蛇笏を代表する次の二句がある。

芋の露連山影を正うす　（大正三年）
折りとりてはらりとおもき芒かな　（昭和四年）

「芋の露」の句は、「ホトトギス」大正三年十一月号、高浜虚子《たかはまきよし》選の雑詠欄において、その月の最優秀である巻頭を占めた作品である。山国の秋の朝、眼前に広がる里芋畑、その葉の上に清冽な露が結ばれている。目を上げると遥か彼方に、峨々《がが》たる山々が連なり、秋気のなかで一瞬その姿を正したのである。「芋の露」と上五を置いたあとに、はっきりと切れがある。それにつづく中七、下五は、芋の露の近景に対して遠景の連山を表す。その雄勁、荘重な響きに、作者の心象が浮かび上がる。これは帰郷して数年、高浜虚子選の「ホトトギス」に旺盛に投稿した蛇笏の俳句への情熱を想像させる。芋と露というローカルな植物と雅な季節の景物の取り合せ、心象を思わせる山々の連なりの姿と、通常では一句には入りきらないほどの多くの素材を、切れと雄勁な韻律によって一句にまとめている。自解によると、最も健康がすぐれなかった時、隣村の医者へ通う道すがら南アルプス連峰がきびしく礼容をととのえているのを見て作句したという。最も体調をくずした時、最も格調高い句が生まれたというのも興味深い。この句は、戦後、山本健吉《やまもとけんきち》によって著書『現代俳句』のなかで現代のタテ句として格調の高さ、正しさにおいて右に出るものがないと評された。蛇笏没後一年を経て、代表句として句碑に刻まれ、この碑は蛇笏唯一の文学碑となった。

「折りとりて」の句は、昭和四年十月二十六日、大阪の大蓮寺《だいれんじ》で詠まれた句である。「芋の露」とは対照的に、やわらかく流れるようなリズムが一句を支える。この日、蛇笏は関西旅行の途次、風雨をついて神戸《こうべ》から大阪に向かった。夕方、大阪の大蓮寺において飯田蛇笏歓迎句会が開かれた。雨天にも関わらず、大蓮寺の本堂には、関西一円の俳人二百人が蛇笏を迎え、堂内は一糸乱れぬ静けさに満たされ句会は始まったという。その席題に「すすき」が出された。一句は、秋の山野にあって、すすきをかりそめに手にした一瞬を描く。はかないすすきが「はらりとおもき」という手のなかの重さへ変化してゆく瞬間を表現する。この時蛇笏は四十四歳。句作修行を始めて二十有余年、自然に分け入り自然と一体となっての句作の日々が、句会という場において一句に結晶した瞬間でもあった。この自在な句が句会という場から生まれたことは、俳句という文芸の一面の特徴を表している。

この句は昭和五年一月号の「雲母」掲載の紀行文「素描旅日記」で「折りとりてはらりとおもき芒かな」と表記、昭和七年刊の『山廬集』においても表記はそのままであったが、昭和十二年刊の第二句集『霊芝』では「芒」がかなに直された。さらに昭和十六年刊の紀行文集『旅ゆく諷詠』では「をりとりてはらりとおもきすゝきかな」とひらがなのみの表記になっている。昭和四年に作られた句がその後十余年を経てひらがなに推敲されていく過程をたどることに、表現の平明への意志、彫心鏤骨《るこつ》の蛇笏の姿勢をうかがうことができる。

このようにある時は荘重に、ある時はしなやかに、飯田蛇笏の俳句はその韻律のうちに蛇笏がとらえた瞬時の自然の表情を表す。その表現は、蛇笏の自尊心と自在な精神によって支えられていると言っても良いだろう。『飯田蛇笏全句集』の解説にあたってまずは第一句集『山廬集』まで、その歩みを俳句とともにたどることにする。

生い立ち

飯田蛇笏は本名飯田武治、明治十八年四月二十六日、山梨県東八代郡五成村小黒坂《ごせいこぐろさか》に父宇作《うさく》、母まきじの長男として出生した。父宇作は、圭林村の清水家から養子入縁して母まきじと婚姻している。飯田家は、代々名字帯刀を許された地主であった。蛇笏は清澄尋常小学校に入学する。五成村は、明治三十六年、合併によって境川村《さかいがわ》となり、平成十六年まで続く。現在は境川町と改められている。

甲斐は、江戸時代から俳諧が盛んであった。江戸時代末、文化文政期の甲州を代表する俳人に、越前《えちぜん》出身の辻嵐外《つじらんがい》がいた。嵐外には、嵐外十哲と呼ばれる十人の門弟がいて、その一人に境川藤岱《ふじぬた》の北野道等《みちら》がいた。蛇笏の住む小黒坂から南の隣村へ越える黒坂峠には道等の句碑があり、「腰かけて入日もしらじ山桜」「名月や有合せたる山と山」と刻まれている。蛇笏の父宇作の生家、清水家の門長屋では、折々月並《つきなみ》俳人たちの句会が開かれ、小学生の蛇笏も参加することがあった。少年蛇笏が、「もつ花におつる涙や墓まゐり」と詠むと、そこに居た俳諧宗匠大須賀一山は、「もつ花に涙も落ちて墓まゐり」と添削し蛇笏に示したという。のち蛇笏は、句集『山廬集』には原句のとおり収録した。一山の添削は、世俗の味わいを強調する。少年蛇笏の句は、常識的な墓参の情景を「や」の切れによって一人の人間の悲しみの表現に近づけている。蛇笏の出発には、江戸時代からの俳諧の流れが関わっていた。第一句集『山廬集』は蛇笏の小学生時代のこの句から始まっている。

小学校を卒業した蛇笏は、山梨県尋常中学校に入学、寄宿舎に入る。森鷗外《もりおうがい》の『即興詩人』や松尾芭蕉《まつおばしょう》に傾倒、文学を好む中学生時代であった。やがて寮の舎監排斥運動に関わり、中途退学するに至る。この年、上京。やがて、明治三十七年、東京の京北中学五年に編入する。この京北中学時代、蛇笏は文学に熱心で、「飯田蛇骨」の名で校友会雑誌に俳句や随筆を投稿、同級生の詩人の森川葵村《きそん》、下級生の日夏耿之介《ひなつこうのすけ》と文学を通じて親交を深めた。

たかどのに源氏の君が蚊遣かな　（明治三十六年以前）
鈴の音のかすかにひゞく日傘かな　（明治三十七年以前）
白菊のしづくつめたし花鋏　（明治三十七年以前）

「源氏の君」など古典に題材を求めながら、俳句の格高い調子に乗せて「鈴の音」「白菊のしづく」と感覚を一句のなかではたらかせている。十代の蛇笏の俳句に対する情熱が彷彿《ほうふつ》とする。

明治三十八年、二十歳の蛇笏は、早稲田大学に入学する。この年蛇笏は、早稲田吟社に参加して高浜虚子を知る。最初の号は、「玄骨」やがて「蛇骨」。「蛇笏」に落ち着いたのは明治四十年以降である。早稲田吟社は淡路島出身の高田蝶衣《ちょうい》が中心だったが、蝶衣が肺結核のため帰郷すると、蛇笏がその中心メンバーとなった。当時の早稲田大学には同級に有本芳水《ほうすい》、白石実三《じつぞう》、長田幹彦《ながたみきひこ》がいて、一学年上に北原白秋《きたはらはくしゅう》、若山牧水《わかやまぼくすい》、三木露風《みきろふう》、土岐《とき》哀果《あいか》がいた。蛇笏は、この早稲田大学時代、下宿霞北館に同宿した若山牧水等と交流、明治三十九年以降、「文庫」、「新声」といった投稿雑誌に、新体詩や小説を投稿、幅広い文学活動を展開する。同時に「ホトトギス」に俳句を投じ、やがて明治四十年からは、高浜虚子選の国民新聞俳句欄へも俳句を投ずるようになる。

この学生時代に、俳句、小説、新体詩を並行して創作していることは興味深い。この頃の飯田蛇笏の新体詩は、薄田泣菫《すすきだきゅうきん》、蒲原有明《かんばらありあけ》など象徴詩と呼ばれる詩人の影響を受けた新体詩であった。小説は、大正年代の後半まで折々執筆、蛇笏の小説への執着がうかがえる。小説は、「文庫」「新声」に投稿、さらに「ホトトギス」や「雲母」にも発表した。硯友社の広津柳浪、泉鏡花《いずみきょうか》、樋口一葉《ひぐちいちよう》、殊に国木田独歩《くにきだどっぽ》など、自然主義文学へと続く文学の影響が思われる。「文庫」明治四〇年六月号に投じた小説「林坰《りんけい》」は、国木田独歩の「武蔵野」の影響を思わせる。「ホトトギス」大正四年九月号の小説「二十日前後」、「雲母」大正十三年三月、十周年記念号の小説「高桑家の一家」などにはともに死の影が濃い。出会って二十日余りで心中する男女、肺結核で次々に死に至る家族などを描く。共通して死へ傾斜してゆく人間を描くところに特徴がある。この散文に対する関心は、小説の執筆から随筆へと移行して、俳句の創作とともに蛇笏の生涯を貫く。

今朝秋や笏をいだけば袖長し（明治三十八年）
旧山廬訪へば大破や辛夷咲く（明治三十九年）
就中学窓の灯や露の中（明治三十九年）

ともに題詠による作句が思われる。露のなかにことさら親しい学窓の灯、秋の朝の静けさ、野趣ある辛夷《こぶし》の花と、ともすると溢れるような詩趣を俳句の韻律とぶつけながらそのリズムをたしかめるように詠み込んでいる。

帰郷

国民俳壇での活躍もあって飯田蛇笏は明治四十一年八月、高浜虚子が催した「ホトトギス」の一ヶ月の俳句鍛錬会「日盛会《ひざかり》」に抜擢される。この日盛会の最終日に虚子は、「ホトトギス」を小説中心の雑誌にすると宣言した。翌四十二年、蛇笏は、蔵書一切を売り払って帰郷する。この帰郷は、さまざまな要因を数えるが、飯田家の長男であった蛇笏は、その当主としての責を全うすることが運命づけられていたのである。この明治四十年代、帰郷を跨いで蛇笏は、高浜虚子、松根東洋城《まつねとうようじょう》が選者をつとめた国民新聞俳句欄に熱心に投句する。国民俳壇は、題詠であり、この時期蛇笏は、一つの季題によってまとまった数の俳句を作る鍛錬の時期を過ごした。同時に蛇笏は、若山牧水が明治四十三年三月に創刊した雑誌「創作」に同年六月から八月まで三回、それぞれ一ページを使って合計百五十句を越える俳句を発表している。

明治四十四年、故郷に帰って二年を経た蛇笏は、東山梨郡七里村の矢澤覚の長女菊乃と結婚。翌年には長男に恵まれ、生涯五人の男子を得る。

くれなゐのこゝろの闇の冬日かな　（明治四十一年）
炉ほとりの甕に澄む日や十二月　（明治四十二年）
秋蜩やあした夕べの炉火の紅　（明治四十四年）
ふるさとの雪に我ある大炉かな　（明治四十五年）

学生時代と帰郷、そして郷里に落ち着いてゆく時間までの経過が、これらの作品から浮かび上がってくる。冬日の暮れてゆく心の闇、水の満たされた大甕に心安らぐ年末、秋になっても吊られている蚊帳とその傍らの炉火、雪中の炉に座る作者。それぞれ日々の暮らしを見つめ、俳句によってその時々の心境を情景に託すように表現する。雪の日の大きな囲炉裏に寄せる信頼には、蛇笏の郷里定住への意志が感じられる。

大正元年十月二十七日、甲府の瑞泉寺において、峡中俳壇秋季大会が開かれた。選者として河東碧梧桐《かわひがしへきごとう》、荻原井泉水《おぎわらせいせんすい》が招かれ出席した。この会には蛇笏も参加しており、この俳句会をきっかけに、蛇笏は、新傾向と呼ばれる碧梧桐、井泉水に対抗、反駁する文章を地元の新聞に書く。「山梨毎日新聞」大正二年の三月から五月へかけ、蛇笏は十三回にわたり「俳諧我観」を執筆、季題趣味と十七音定型を主張する。同じ頃に蛇笏は、長谷川零余《れいよ》子《し》から「ホトトギス」に雑詠欄が復活することを知らされるのである。

大正二年、高浜虚子は、河東碧梧桐らの新傾向俳句に対抗して「ホトトギス」に俳句欄を復活させた。帰郷して定住の覚悟を決めつつあった飯田蛇笏は、この高浜虚子のもとに投稿する。この大正初年が、虚子によって称揚された俳人、渡辺水巴《すいは》、村上鬼城《きじょう》、原石鼎《せきてい》、前田普羅《ふら》そして飯田蛇笏、これらの俳人によって第一期ホトトギスの黄金時代が到来したとされる時期である。虚子は、「進むべき俳句の道」を書いて飯田蛇笏を取り上げた。虚子は、蛇笏の句の特徴を、小説的虚構、地方色、鋭敏な感覚、ことばの新奇等と数え上げたが、その冷ややかな観察の底に深く情熱が潜むことを指摘する。

竈火赫とたゞ秋風の妻を見る　（大正三年）

ある夜月に富士大形の寒さかな　（大正三年）

一日山廬を出て偶々旧知某老妓に会す

なつやせや死なでさらへる鏡山　（大正四年）

大木を見つゝ閉す戸や秋の暮　（大正四年）

たましひのしづかにうつる菊見かな　（大正四年）

山寺の扉に雲あそぶ彼岸かな　（大正五年）

「竈火赫と」「ある夜月に」と、芝居の台詞のように差し迫った勢いをもって始まるこれらの句は、秋風のなかの妻と、冬の寒気のなかにある富士山を麓から、ともに驚きをもって描く。感情の高ぶりが俳句の気息に反映して、一句の韻律を形作る。菊見、彼岸と静寂を描くが、菊を見る視線に集中した感情の高まりがある。ことばに感情が託され、山国の風景を深い自然観照の裡《うち》に描き出す。たしかな韻律にのってドラマを思わせる情景が現れる。

「キラヽ」創刊

飯田蛇笏の活躍を三河の青年俳人たちは「ホトトギス」誌上を通じて注目していた。大正四年五月、俳句雑誌「キラヽ」を創刊すると、第二号からその雑詠の選者を飯田蛇笏に依頼した。愛知県幡豆《はず》郡家武《えたけ》村(現在の西尾市)の小学校の校長、長谷瀧北と、教頭、岡安一松が編集、村の浄顕寺の住職円山恵正が発行人となって「キラヽ」は創刊された。この「キラヽ」に句を投じたのは、三河のひとびとと、地元山梨の俳人、そして遠く熊本の火の国吟社に集う俳人であった。はじめ投句数は無制限だったが、数年後には五十句、十年後には十五句と制限されてゆく。大正六年末には蛇笏が主宰者となることを宣言、大正七年からは誌名を「雲母《うんも》」と改める。大正十三年三月には十周年記念号を発行、その翌年には発行所を甲府に移す。やがてその雑詠の選、発行、編集と蛇笏が雑誌発行のすべての責任を負うようになるのは、昭和五年であった。

大正年間は、蛇笏が、俳論を執筆した時期でもあった。そのなかで代表的な一文は、

「ホトトギス」大正七年五月号に書かれた「霊的に表現されんとする俳句」である。蛇笏によれば、文芸に携わることは最も厳粛、崇高なものであり、高踏的な俳句作品は、信念と情熱とあいまって人間至上の芸術的な詩であると述べる。それが霊的に表現されんとする俳句であり、

初空や大悪人虚子の頭上に　虚子
雪解川名山けづる響かな　普羅
溺死ありおごそかにうごく鰯雲　（失名）

といった句を例として引いた。鰯雲の句は、その後宮武寒々の句であったことが判明している。この人道を重んずる理想的な俳句観は、現実に美を見出し、芸術は人生の為にあるとする自然主義、生命の根本を重んずる大正教養主義、生命主義を思わせる。飯田蛇笏が佳吟として引用したこれらの俳句は、「初空」「雪解川」「鰯雲」という季語のはたらきとともに神秘的な自然のなかに善悪を超えた人の姿を見ようとする。

ここから十年後、飯田蛇笏は、さらに考察を加え、大正年代の自作を振り返りながら芭蕉の晩年の俳句の魅力を語る俳論を発表する。「雲母」昭和四年一月号の「超主観的句境」である。蛇笏は芭蕉の「青くてもあるべき物を唐がらし」「秋ちかきこころのよるや四畳半」「秋もはやはらつく雨に月の形」など晩年の作品を挙げ、主観句でありながら極上の技巧を経て天衣無縫の物我一如を示したとして、これが超主観的句境であると述べた。の

ち「軽み」として称揚される芭蕉晩年の句の達成を、蛇笏は昭和初年に既に指摘している。

『山廬集』刊行　―昭和年代―

昭和初年、「雲母」は全国に支社、句会を置き、全国に会員を得、徐々に勢力を拡大していった。飯田蛇笏は四十代を迎え、各地の句会を訪ね、句会をともにするなどその俳人としての歩みを確かなものにしていく。

大正十年以降、昭和初年代の蛇笏の俳句は、当初の青年時代の激情を沈潜させ、瞬時の把握と、対象を冷静に凝視する視線と迫力を増してゆく。

いき〳〵とほそ目かゞやく雛かな

富士川舟行

極寒の塵もとゞめず岩ふすま

死骸や秋風かよふ鼻の穴

芥川龍之介氏の長逝を深悼す

たましひのたとへば秋のほたる哉

わらんべの溺るゝばかり初湯かな

秋たつや川瀬にまじる風の音

これらの俳句は、表現は簡素であるが、鋭敏な感覚を抑制し、瞬時の把握に感覚をはたらかせている。「死骸や」には「仲秋某日下僕高光の老母が終焉に逢ふ。風蕭々と柴垣を吹き古屏風のかげに二女袖をしぼる」という長い前書きがある。この前書きとともに一句の味わいが醸され句が完結していると言ってもよいだろう。『山廬集』の俳句は、このような前書きとともに物語が成立する前時代的なゆとりと緩やかさのなかにあるものが見られ、そこが、『山廬集』の特徴でもあり、『山廬集』が逆年順の季題ごとに句を配列する江戸時代に刊行された類題句集の体裁をとっていることと併せて、その緩やかな詠みぶりを味わいたい。

芥川龍之介《あくたがわりゅうのすけ》追悼の一句は、その交流を踏まえ、文芸の香が高い。大正七年、芥川は、我《が》鬼《き》という俳号によって虚子選「ホトトギス」八月号雑詠欄に「鉄条に似て蝶の舌暑さかな」という句が掲載された。蛇笏は「雲母」誌上でその句を「無名の俳人によって力作さるる逸品」と認め、やがて二人の間に、書簡によるやりとりが交わされるようになる。大正十三年の「雲母」十周年記念号には、芥川が「蛇笏君と僕と」という一文を寄せている。「春雨の中や雪おく甲斐の山」の一句は文中、蛇笏に贈られた一句。芥川は、その死の半年前『梅・馬・鶯』という随筆集を刊行、そのなかに、かつての句を推敲、「蝶の舌ゼンマイに似る暑さかな」として掲載した。これに蛇笏は反発し、ダレに落ちたと批判、それに対して芥川は書簡によって推敲の理由を説明したが、蛇笏は認めることはなかった。この書簡のやりとりの数ヶ月後、七月二十四日、芥川は自裁して果ててしまう。蛇笏は芥川の死を新聞で知り、その年の「雲母」九月号にこの句を発表した。はかなく明滅する蛍に、芥川の命と文業を思い、十年の交流をしみじみと偲ぶ。

第一句集『山廬集』は、昭和七年十二月二十一日、雲母叢書第三編として雲母社から出版された。装丁は、川端龍子《かわばたりゅうし》。口絵には龍子の描く蛇笏の肖像が掲載されている。俳句は、昭和六年から逆年の順に明治二十七年以前まで、それぞれ年ごとに新年、春夏秋冬の順に、さらに季題ごとに分類整理して配列した。これは、江戸時代以来の類題句集の体裁を思わせる。

序において飯田蛇笏は、俳句文芸に携わることほど地味な仕事はないと述べる。芭蕉の俳句と生涯に言及し、それを「古金襴を見るような気持ちで眺め」「自分の生活がその古金襴のくすんだ微光を追って俳句生活に入っていることを自覚する」と語る。俳句とそれに携わる生活に対する自尊心を思わせる一文である。

この頃、蛇笏は、充実の壮年期を迎えていた。第一句集に続いて、昭和八年には第一評論集『俳句道を行く』、十年には評論集『俳句文芸の楽園』、翌十一年には第一随筆集『穢土寂光』を刊行している。

『穢土寂光』は、永井荷風《ながいかふう》、芥川龍之介などの限定豪華本を出版した野田書房から刊行された。自序には、芥川比呂志《ひろし》、西島九州男《くすお》への好意を謝する旨の記述がある。西島九州男は号麦南《ばくなん》、九州熊本出身で火の国吟社にかつて属し、やがて上京、岩波書店に勤務する「雲母」の俳人であった。この随筆集には野趣溢れる山国の生活に材を求めた随筆を収録、蛇笏を代表する随筆集である。

第二句集『霊芝』以後　―昭和十年代―

第二句集『霊芝《れいし》』（昭和十二年六月十七日、改造社）は第一句集『山廬集』から五百句、昭和七年から十一年末までの作品から五百句、合計千句を所収。霊芝とはサルノコシカケという茸の一種の意。明治三十九年以前からはじまって昭和十一年句まで、年ごとに順を追って配列されている。

くろがねの秋の風鈴鳴りにけり
ほたる火を唫みてきたる河童子
採る茄子の手籠にきゆアとなきにけり
天蚕虫《てぐすむし》瑠璃光りしてあるきけり
死火山の膚つめたくて草いちご
大つぶの寒卵おく襤褸の上

「くろがねの」の作は、吊り忘れられた風鈴が、秋の冷気のなかへ音をたてる様子を表す。「くろがね」は鉄の古名。初出の「雲母」昭和八年十月号には「鐵の秋ノ風鈴鳴りにけり」

とあり「鐵」にクロガネとカタカナでルビが振られ、「秋ノ」の「ノ」は小さなカタカナで右下に書かれている。一見すると、漢詩を書き下し文にしたかのような印象である。「鐵」という漢語の把握とともにこの句の発想があったのだろう。しかし、発表の四年後、句集『霊芝』（昭和十二年刊）には「くろがねの秋の風鈴鳴りにけり」と「鐵」をひらがなにして表記された。飯田龍太《りゅうた》は、「一句の重心がさがり、風鈴の音はひとしお凄然とひびく。」（『日本名句集成』）と鑑賞している。確かにこの推敲によって一句全体が風鈴の音に収斂《しゅうれん》し秋の澄んだ気配へ及ぶ。

このような重厚な作品がある一方で、ほたる、茄子、天蚕虫、草いちご、寒卵と微小な動植物を自在に詠んでいる。殊にほたる火の句は、芥川龍之介追悼の一連の中にあり、子の河童が口のなかに蛍をふくんでやってくる光景。河童の頬に蛍の光が透けて見える。河童は、あやしく幻想的で、生命感にみちている。天蚕虫は蚕の意。瑠璃光は蚕がいよいよ繭を吐くころ、体が透き通ってくる様子を思わせる。小動物に美しい色彩と生命の不思議を見ている。

第三句集『山響集』（昭和十五年十月三十日、河出書房）は、昭和十一年より十五年の作品を自選して八百二十句を所収。山の暮らしをテーマとする。

山盧端午

軒菖蒲庭松花をそろへけり
草川のそよりともせぬ曼珠沙華

山廬寒夜句三昧

寒を盈つ月金剛のみどりかな
蛞蝓の流晒《ながしめ》してはあゆみけり
冬の蟇川にはなてば泳ぎけり
夏雲むるるこの峡中に死ぬるかな

「山廬端午」と前書きのある「軒菖蒲」の句、山中に定住した安らぎを思う。「寒を盈《み》つ」の句では、自邸での寒中句会の充実を浪漫的に詠いあげている。同時に気味の悪い「蛞蝓《なめくじ》」や「蟇」も目の前にありありと見えてくる。「蛞蝓」は、人臭くユーモアとともに描く。「冬の蟇」は、自注において村の子供たちが捕えた蟇を川に放つところを実際に見たと語っている。寒気のなか、蟇という野生が生き生きと動く驚きのなかに、冷徹にして情熱を思わせる詠みぶりであり、蟇の意外ななまなましさも伝わってくる。「夏雲むるる」の句は、山廬の裏山に立って、北方の大菩薩《だいぼさつ》連嶺を望んだとき、夏雲がわき上がるように群れ立った情景であるという。夏雲と作者自身の感慨を直接むすびつけ、ものの存在を鷲掴みにし、太いたしかな韻律に心情を乗せて俳句のリズムのなかにものとことを描ききっている。壮年期の飯田蛇笏の充実を如実に物語る一句である。

この頃から、蛇笏は「雲母」の表紙絵、挿絵、著書の装丁等を画家に依頼することが増え、その俳句を「雲母」に掲載するなど、画家との親密な交流がつづいた。岸田劉生《りゅうせい》、牛田雞村《けいそん》、小川千甕《せんよう》、平福百穂《ひらふくひゃくすい》、川端龍子、のむら清六《せいろく》等、画と文の交響のなかに蛇笏の俳句はあり、和洋の味わいを醸す。

第四句集『白嶽』(昭和十八年二月二十日、起山房)は、昭和十五年から十七年までの句を中心に六百九十六句を収録。大陸旅行、次男の死、母の死と多端の時期である。

京城にて
春北風白嶽の陽を吹きゆがむ

帰庵
旅をへてまた雲に棲む暮春かな

夏真昼死は半眼に人をみる

子は危篤さみだれひゞきふりにけり

ぺかぺかと午後の日輪常山木咲く

ぎんねずに朱ヶのさばしるねこやなぎ

蛇笏は、昭和十五年四月から、日本統治下の朝鮮半島、旧満州(中国東北部)、北京へ旅行し、京城において「春北風」の句を詠んだ。異国の山岳の風景に日本の春北風を感じとる旅情豊かな風景、旅行の昂ぶりが伝わってくる。暮春の句は、その旅を終え帰郷した感慨を詠む。郷里である甲斐の国を白雲たなびく仙境のように劇化して描いている。夏真昼の句は、昭和十六年六月次男數馬《かずま》逝去の一連の作品のひとつ。生死の境から作者を見つめる次男の視線は徐々に死の方へ引き込まれてゆく。死を擬人化し、突き放して描いて冷徹であり、胸に迫る。常山木の句は、ぺかぺかというオノマトペによって晩夏初秋の太陽の輝きがまぶしいほどである。ねこやなぎの句は、ねこやなぎに走る瞬時の色彩が手触りとともに柔かく豊かに伝わる。

昭和十六年四月、人文書院から刊行された『旅ゆく諷詠』は、大正十五年から昭和十五年まで十回の旅の紀行文を収録する。そのなかに昭和八年、足利《あしかが》、足尾《あしお》を訪ねる「癸酉紀行」がある。蛇笏は、芭蕉の句をひきながら旅へのあこがれを語り、出盧（十月十三日）の前書きとともに、「秋風やみだれてうすき雲の端」を掲載した。空に乱れる雲の情景に異郷への旅のあこがれが託されている。

昭和十七年九月号の「雲母」には、随筆「月夜の蟻」が掲載され、これは後に随筆集『田園の霧』（文体社）に収録された。蛇笏の随筆への執心は生涯続き、なかでもこの一編は、小説的な虚構を思わせ、完成度が高い。「私」は七歳の童女の溺死体に蟻が群れているのを村人の驚きの声によって知る。一編は人の生死の境界を鮮明に描く。

第五句集『心像』（昭和二十二年十一月十日、靖文社）は、昭和十七年から二十一年まで四百十九句を収録する。戦中から戦後へかけ蛇笏は不安を胸底に鎮めた日々を過ごす。父の死、長男、三男、五男の出征。やがて終戦。五男は無事帰還するが、蛇笏は、生死不明の長男、三男を待ちつづける。

打水のころがる玉をみて通る
冬滝のきけば相つぐこだまかな
古茶の木ちるさかりとてあらざりき
父ゆくや凍雲闇にひそむ夜を
家を去る柩のはやき冬日かな
秋の虹ほのくらく樹をはなれけり
雪やみて山嶽すわる日の光り
兵の子を炉に抱く霜夜いかにせん
花弁の肉やはらかに落椿

打水の句は、感情を鎮め、ころがる水の玉とそれをじっと見つめる作者を冷やかに描く。一方「冬滝の」の句は、冬枯れの谷に響く滝音にじっと耳を傾け、人為を超える自然の奥深い響きを聴く。この句は、現笛吹《ふえふき》市御坂《みさか》の美和《みわ》神社に奉納された扁額に染筆された一句である。「古茶の木」は、さらに濃やかに植物の生命を描く。晩秋から初冬にかけ長い期間咲き継ぎ、散り継いでゆく茶の花を表す。昭和十八年一月、父宇作逝去。父の死を詠む一連の声調は重厚である。「凍雲闇にひそむ」と逝去を荘重に詠い、冬の日に葬儀の陰影を描く。秋の虹の句の「ほのくらく」からは、秋という季節の芳醇にして冷やかな大気を思う。「落椿」の句の「肉」の感触はリアルで強烈な印象を与える。これらの時に生々しい踏み込んだ表現に、対象に肉薄しようとする蛇笏の姿勢が見える。

終戦

第二次世界大戦が終戦となって、蛇笏は出征した長男、三男を待ちつづけた。蛇笏はその心境を「終戦の夜のあけしらむ天の川」(「東北文学」昭和二十一年二月号)の一句に託している。長男、三男の戦死の公報が届くのは昭和二十二年、二十三年。やがて農地改革の波が押し寄せてくる。

第六句集『春蘭』(昭和二十二年七月二十日、改造社)は、木村荘八《きむらしょうはち》の装幀によって発行された。昭和十一年から二十二年まで自選九百五十七句を収録する。

新年のゆめなき夜をかさねけり
なやらふやこの国破るをみなこゑ
冷やかに人住める地の起伏あり
いわし雲大いなる瀬をさかのぼる

新年のめでたさとむなしさを語る。「なやらふや」は、鬼やらひの日の女性たちの声に日本の敗戦を思う情景。女性の甲高い声に敗戦をかみしめる沈痛な思いがにじむ。「冷やかに」は、どこにも悲しみを語っていないが、長男、三男の生死のまだ不明な頃の一句である。また秋が巡り、冷やかな大地は人の暮らしとともに果てしなくつづく。戦死の公報が届くのはこの翌年だった。「いわし雲」の句からは、笛吹川を想像する。境川村を甲府盆地へ下ると北東の方角から南西へむかって笛吹川が流れ下る。雲はほぼ西から東へこの笛吹川に逆らうように流れてゆく。この流れが互いに交差してぶつかるような情景の重苦しさに当時の蛇笏の心中が垣間見えるように思われる。

第七句集『雪峡』は（昭和二十六年十二月二十五日、創元社）は、昭和二十二年から二十六年までの五百三十九句を収録する。逆縁の深い悲しみを抱きながら蛇笏は戦後の日々を過ごしてゆく。

ぱつぱつと紅梅老樹花咲けり
戦死報秋の日くれてきたりけり
なまなまと白紙の遺髪秋の風
春雪に子の死あひつぐ朝の燭
渓の樹の膚ながむれば夏きたる

火口湖の高浪をきく余寒かな
春燈やはなのごとくに嬰のなみだ
川波の手がひらひらと寒明くる

戦争直後の蛇笏を思わせる俳句である。長男聰一郎の戦死の公報は、昭和二十二年八月十六日に届いた。飯田蛇笏はそれを秋ととらえ、「戦死報」の句を詠む。一句は戦死報を眼前に秋の日暮れに立ちつくす作者を描く。翌年には、三男麗三の戦病死の知らせが届く。「二月十三日、三男麗三亦外蒙アモグロンに於て戦病死せる公報到る」の前書きがある「春雪に」の句は、この三男の公報が届いた日のことを詠む。度重なる悲報にこの三男の死についてはこの一句のみ、淡々と事実を詠んでいる。同時にこの句集には、「ぱつぱつと紅梅老樹」「川波の手がひらひらと」などの擬態語、また「春燈やはなのごとくに」などの直喩が使われ、こまやかな描写と比喩による感覚的な作品を見ることができる。「渓の樹の膚ながむれば」は、渓の樹の木肌の感触をたしかめ、戦中戦後の悲傷にうちのめされながらも、周囲の自然に癒されつつ句作する蛇笏の日常が垣間見える。戦中、休刊を余儀なくされた「雲母」は、戦後の二十一年、編集部を東京の石原舟月《いしはらしゅうげつ》宅に移して復刊。二十五年には、編集・発行を東京から山梨境川の飯田蛇笏宅に戻す。その頃には、四男龍太が結婚して飯田家を継ぐこととなり、「雲母」の編集に携わる体制が整ってゆく。

第八句集『家郷の霧』（昭和三十一年十一月三十日、角川書店）は、昭和二十七年から三十年までの七百二句を収録。この句集は、ものの手触り、ことの確かな感受がありありと感じられる充実の句集、たっぷりと読み応えがある。

凪ぎわたる地はうす眼して冬に入る
春めきてものの果てなる空の色
冬といふもの流れつぐ深山川
おく霜を照る日しづかに忘れけり
こゝろざし今日にあり落花ふむ
蘆川幽谷の村嬢ら日々の払暁、炭を負うて峠を越え来る
女神らは穢を萌草に雲の中
炎天を槍のごとくに涼気すぐ
郭公啼くかなたに知己のあるごとし
深山の日のたはむるる秋の空
月光のしみる家郷の冬の霧
金輪際牛の笑はぬ冬日かな
冬川に出て何を見る人の妻

老齢を肯《うべな》い、見るもの触れるものに即して自在にして健やかである。例えば「凪ぎわた

る地はうす眼して冬に入る」の大自然の初冬の生命、「冬といふもの流れつぐ深山川」における冬川に流れつぐ不変の思い、「おく霜を照る日しづかに忘れけり」の厳かな霜に降る日の描写、「炎天を槍のごとくに涼気すぐ」にある気迫溢れる炎熱の把握など、遠近を見据えて、自然観照の冴えと深さを如実に示す。蛇笏の俳句の骨格を示し、その情景に自然と一体となった感覚、精神を思わせる。同時に、「春めきてものの果てなる空の色」の霞む遥かな風景と柔らかい春の季節感、一方、「郭公啼くかなたに知己のあるごとし」「冬川に出て何を見る人の妻」など人の生命の感触を俳句の情景とする蛇笏の硬軟、柔剛自在な俳句の世界が実現されている。

『椿花集』　―晩年―

昭和三十七年十月三日、飯田蛇笏は七十七年の生涯を閉じた。
第九句集『椿花集』（昭和四十一年五月二十五日、角川書店）は、蛇笏没後四年を経ての刊行であった。編纂は四男飯田龍太。三十一年から三十七年までの四百六十二句を収録する。最晩年の作品である。

地に近く咲きて椿の花おちず
薔薇園一夫多妻の場をおもふ
寒雁のつぶらかな声地におちず

朝日より夕日親しく秋の蟬
後山の虹をはるかに母の佇つ
カンナの黄雁来紅の緋を越えつ
靖国神社に句を乞はれて
御魂祭折から月の上るなり
山中の蛍を呼びて知己となす
ありあはす山を身近かに今日の月
葉むらより逃げ去るばかり熟蜜柑
涸れ滝へ人を誘ふ極寒裡
荒潮におつる群星なまぐさし
金扇の雲浮かしたる冬の翳
いち早く日暮るる蟬の鳴きにけり
ロンヂンに大根なます詩昨今
夜の蝶人ををかさず水に落つ
ゆく水に紅葉をいそぐ山祠
誰彼もあらず一天自尊の秋
飯田蛇笏最晩年の七十一歳から七十七歳の臨終に至る作品である。蛇笏の最晩年の作品の特徴は、命終に至るまでみずみずしいことである。なまなましかったと言っても良い。どこか尋常ならざる境域さえ感じさせる。その声調は重心の低い、深沈とした響きがあり、描かれた静止した情景に静かな緊張があり、その張りつめた時間が全体を包んでいる。「地に近く咲きて椿の花おちず」などはその好例である。作者は、じっと地に近く咲く椿の花に目を注ぎ、一句からは真っ赤な椿の花が鮮やかに見えてくる。落ちるのを我慢するかのように咲く椿の生命感が思われる。同時に「薔薇園一夫多妻の場をおもふ」は、薔薇園の絢爛豪華な情景から一夫多妻という架空の場面を思い浮かべる。想像ではあるが、大胆な飛躍に飯田蛇笏の涸れることのない脂濃さが思われる。

自然描写には、どっしりと腰の据わった姿勢があり、その視線と感受は、生命のぬくもりを大きく感じとって情景全体を包む。「寒雁のつぶらかな声地におちず」の表現には、寒中の空を飛ぶ雁の、宙をゆく姿に生きとし生きるものへの広やかな共感を感じとる。また、「山中の蛍を呼びて知己となす」など、晩年の孤独とともにその生命を慈しむ自愛に、抑制された表現の禁欲を思う。三人の子息を失って、特に戦争によって長男、三男を失った蛇笏は靖国《やすくに》神社から句を乞われ「御魂祭折から月の上るなり」と詠んだ。そこに深い悲しみと複雑な思いを想像せずにはいられない。月は、古来ひとびとの悲しみを癒し、その悲しみが託されてきた。この満月に飯田蛇笏は万斛《ばんこく》の思いを託したのだろう。

最晩年に至って飯田蛇笏の句は、尋常の感覚を超えて不思議な句の世界を示す。「カンナの黄雁来紅の緋を越えつ」の句は、異様な感覚の高潮とともに黄と緋の色彩の重複を描く。「夜の蝶人をかざず水に落つ」は、自然現象を人倫を含めた含意とともに表現、蝶の美しさと幻想性に迫る。末期の目がとらえた世界である。その句は同時に人への親しさをまた示す。「ありあはす山を身近かに今日の月」には、日常卑近の親しさを思わせる。「ありあはす」という語からは、江戸時代、境川村で活躍した北野道等の句「名月や有合せたる山と山」が蛇笏の居住する境川村の峠に碑となっていることを思い出させる。蛇笏は、村の先人に挨拶を交わしたのだろう。

辞世の句とされる「誰彼もあらず一天自尊の秋」は、最期に及んで蛇笏が示した自尊心と若々しい生命感を表す。飯田龍太は、蛇笏の晩年、枕元にあった自筆句帖から書き抜いて毎月の「雲母」に発表した。またこの句集も編集した。この句は、龍太によってこの句集の最後に置かれ句集は完結した。あたかも、飯田蛇笏の句業と人生を完結させるかの如く。一句の情景は、秋の晴天である。誰も彼もない、すべての命は尊ばれるべきものとしてあることよ、この秋晴れの空の広がりに、という意味を示す。はるかに広がる青空を表現して一句は若々しい。破調の一句は限りない広がりと精神の高揚を表して決して完成していない。この句からは、常に途上にあった飯田蛇笏という俳人の俳句にかけた爽やかな決意と自尊のこころが伝わってくる。俳句という小さな文芸の様式にすべてを賭けた飯田蛇笏という俳人の作品の力、魅力によるところである。

略年譜

明治一八年（一八八五）　〇歳
四月二六日、山梨県東八代郡五成村（現笛吹市境川町）に生まれる。父宇作、母まきじ。本名武治。
明治二三年（一八九〇）　五歳
清澄尋常小学校（後の境川小学校）入学。
明治二七年（一八九四）　九歳
この頃、父の生家の清水家で開かれた月並俳句会に参加する。
明治三一年（一八九八）　一三歳
山梨県尋常中学校（後、県立甲府中学校、現在の県立甲府第一高等学校）に入学。
明治三六年（一九〇三）　一八歳
七月、随筆「橋上の思」（校友会雑誌第一七号、山梨県第一中学校校友会）
明治三七年（一九〇四）　一九歳
京北中学に編入学。校友会雑誌に詩や俳句を発表、日夏耿之介、森川葵村を知る。七月、森川葵村と富士登山。
明治三八年（一九〇五）　二〇歳
早稲田大学入学。高田蝶衣らの早稲田吟社に参加。六月、「ホトトギス」の各地俳句欄に「早稲田吟社」の一員として、「玄骨」の名によって初めて俳句が載る。
明治三九年（一九〇六）　二一歳
東京牛込「霞北館」に若山牧水と同宿。詩、小説に心を傾け、河井酔茗選の「文庫」新体詩欄、児玉花外選の「新声」新体詩欄などに作品を発表。
明治四〇年（一九〇七）　二二歳
高田蝶衣が病弱のため学業を途中で引いたので、蛇笏が中心となって早稲田吟社を開く。この頃、土岐善麿と親交を結ぶ。
明治四一年（一九〇八）　二三歳
高浜虚子選の「国民新聞」俳句欄へ旺盛

に出句。八月、高浜虚子の「俳諧散心」に参加。

明治四二年（一九〇九）　二四歳
松根東洋城選の「国民新聞」俳句欄へ旺盛に出句。帰郷。

明治四三年（一九一〇）　二五歳
九月、若山牧水の訪問を受ける。祖母奈美死去。この年、若山牧水の「創作」に俳句を寄せる。

明治四四年（一九一一）　二六歳
一一月、東山梨郡七里村（現塩山市上於曾）矢澤覚の長女菊乃と結婚。

明治四五・大正元年（一九一二）　二七歳
七月、「ホトトギス」に雑詠欄が復活。十月、長男聰一郎出生。同月、新派俳句会（甲府・瑞泉寺）において河東碧梧桐に初めて会う。

大正二年（一九一三）　二八歳
三月から五月、山梨毎日新聞に「俳諧我観」を連載。一二月、「千鳥啼くや港の雪夜俥無き」等十句で「ホトトギス」雑詠欄の次席となる。

大正三年（一九一四）　二九歳
一月、次男數馬出生。三月、「冬山に僧も狩られし博奕かな」等六句で「ホトトギス」雑詠欄巻頭。一一月、「芋の露連山影を正うす」等一二句で「ホトトギス」雑詠欄巻頭。一二月、「洟かんで耳鼻相通ず今朝の秋」等一八句で「ホトトギス」雑詠欄巻頭。

大正四年（一九一五）　三〇歳
一月〜五月にかけて「ホトトギス」雑詠欄巻頭を三回占める。五月、愛知県幡豆郡家武村（現西尾市）から長谷瀧北、岡安一松、円山衣人等によって俳句雑誌「キラヽ」創刊。二号から俳句欄の選を担当。七月、九月、一〇月も「ホトトギス」雑詠欄巻頭。

大正五年（一九一六）　三一歳

一月、俳論「俳句と宗教味の問題其の他」（ホトトギス）を発表。二月、西島麦南、九州熊本より山廬を訪問。三月、三河「キラゝ」吟社主催俳句大会に参加。同月、高浜虚子・原石鼎らと吟行、富士川を下る。五月、「ホトトギス」雑詠欄巻頭。

大正六年（一九一七）　三二歳

六月、入峡した高浜虚子と、増富温泉に赴く。七月、三男麗三出生。八月、「キラゝ」の編集者、長谷瀧北・岡安一松、山廬を訪問。一一月、「キラゝ」誌上に、「雲母を主宰するに就いて」の一文を掲げ主宰を宣言。一二月、「キラゝ」を「雲母」と改める。

大正八年（一九一九）　三四歳

八月、信州白骨温泉に遊ぶ。一二月、『雲母句集』（雲母社）刊行。

大正九年（一九二〇）　三五歳

四月、「ホトトギス」雑詠欄巻頭。七月、四男龍太出生。九月、笛吹川観月会。高浜虚子を囲み句会。前田普羅が初めて山廬を訪問。一〇月、愛知県を訪問、岡安一松の墓に詣でる。一一月、「ホトトギス」雑詠欄巻頭。

大正一〇年（一九二一）　三六歳

一二月、『続雲母句集』（雲母社）刊行。

大正一一年（一九二二）　三七歳

一月、東京で眼球手術を受ける。「雲母」七月、八月の雑詠欄の選を前田普羅が担当。一〇月、国民吟社の島田青峰、篠原温亭などが甲州を訪れ、富士川を下る。

大正一二年（一九二三）　三八歳

二月、五男五夫出生。

大正一三年（一九二四）　三九歳

一月、前田普羅、山廬に遊ぶ。三月、「雲母」十周年記念号。

大正一四年（一九二五）　四〇歳

二月、「雲母」発行所を三河から甲府市愛宕町三年坂下に移す。

大正一五・昭和元年（一九二六）　四一歳

四月、第一回「雲母」寒夜句三昧を発表。九月、「雲母」経理部を大鎌田村（現甲府市高室町）高室呉龍宅に置く。一一月、成島一斎遺稿『明丘舎句集』（非売品）刊行。

昭和三年（一九二八）　四三歳

八月、今村霞外・高室呉龍とともに大井川のほとり、河骨吟社の記念大会に出席。「逍遣」（雲母）。一〇月、小川千甕が山廬を訪問、御嶽に遊ぶ。

昭和四年（一九二九）　四四歳

九月、改造社「現代日本文学全集」に俳句作品を発表。一〇月から一一月、高室呉龍を伴い関西方面の旅に出る。

昭和五年（一九三〇）　四五歳

四月「雲母」発行所を蛇笏宅に移す。

昭和六年（一九三一）　四六歳

一月、九州、別府に遊ぶ。

昭和七年（一九三二）　四七歳

一〇月、関西から松山を経て出雲へ旅行する。一二月、句集『山廬集』（雲母社）刊行。

昭和八年（一九三三）　四八歳

一〇月、足尾、日光等に旅行。一一月、評論集『俳句道を行く』（素人社書屋）刊行。

昭和九年（一九三四）　四九歳

一月、東北旅行。三月、水戸の寒梅俳句大会に出席。

昭和一〇年（一九三五）　五〇歳

一月、「我鬼俳句遺珠」と題し芥川龍之介の遺稿より一四句を発表（雲母）。四月、大阪、神戸に遊び、淡路島へ渡る。六月、評釈『近代句を語る』（交蘭社）刊行。一

二月、評論集『俳句文芸の楽園』（交蘭社）刊。

昭和一一年（一九三六）　五一歳
一二月、随筆集『穢土寂光』（野田書房）刊行。

昭和一二年（一九三七）　五二歳
六月、句集『霊芝』（改造社）刊行。

昭和一三年（一九三八）　五三歳
一月、前田普羅、山廬に遊ぶ。

昭和一四年（一九三九）　五四歳
七月、随筆集『土の饗宴』（小山書店）刊行。九月、評論集『俳句文学の秋』（人文書院）刊行。

昭和一五年（一九四〇）　五五歳
四月、小川鴻翔とともに朝鮮半島から中国大陸に旅行。一〇月、句集『山響集』（河出書房）刊行。

昭和一六年（一九四一）　五六歳
四月、句文集『旅ゆく諷詠』（人文書院）刊行。六月、次男數馬病没。一〇月、随筆集『美と田園』（育英書院）刊行。一一月、母まきじ没。この頃、四男龍太健康を損なう。

昭和一七年（一九四二）　五七歳
一一月、入門書『青年俳句とその批評』（厚生閣）刊行。「田園の霧」（新文化）。

昭和一八年（一九四三）　五八歳
一月、父宇作病没。同月、作品鑑賞『現代俳句秀作の鑑賞』（厚生閣）刊行。二月、句集『白嶽』（起山房）刊行。一二月、随筆集『田園の霧』（文体社）刊行。

昭和一九年（一九四四）　五九歳
一月、長男聰一郎応召。一二月、聰一郎フィリピンにて戦死。三男麗三、ハルピンにて応召。

昭和二〇年（一九四五）　六〇歳
「雲母」休刊（五月号から）。五男五夫、応召。

昭和二一年（一九四六）　六一歳
『俳句評論』原稿行方不明。三月、「雲母」復刊。東京の石原舟月宅に発行所を置く。五月、三男麗三外蒙古で戦病死。

昭和二二年（一九四七）　六二歳
四月、還暦祝賀俳句大会（東京）。七月、句集『春蘭』（改造社）刊行。一一月、句集『心像』（靖文社）刊行。同月、関西俳句大会に出席、関西地方の各支社を訪ねる。

昭和二三年（一九四八）　六三歳
一〇月、「雲母」東京支社二十周年記念俳句大会。

昭和二四年（一九四九）　六四歳
一月、『蛇笏俳句選集』（植村書店）刊行。四月、『蛇笏俳句選集』出版記念会（東京）。

昭和二五年（一九五〇）　六五歳
四月、「雲母」発行所を山廬に移す。五月、石原舟月を伴い伊藤凍魚の案内で北海道に遊ぶ。七月、評釈『現代俳句の批判と鑑賞』（創元社）刊行。一一月、東京にて「雲母」四百号記念大会。

昭和二六年（一九五一）　六六歳
二月、甲府にて「雲母」四百号記念俳句大会。三月、句文集『北方羇旅の諷詠』（花棒会）刊行。四月、「雲母」大阪支社二十五年・四百号記念俳句大会に出席。一〇月、評釈『現代俳句の批判と鑑賞』（創元文庫）刊行。一二月、句集『雪峡』（創元社）刊行。

昭和二七年（一九五二）　六七歳
三月、山本健吉編による『飯田蛇笏句集』（角川文庫）刊行。

昭和二八年（一九五三）　六八歳
四月、岡山、長島を訪問。一〇月、毎日新聞俳壇創設、選者となる。一一月、評釈『続現代俳句の批判と鑑賞』（創元文庫）刊行。

昭和二九年（一九五四）　六九歳

一一月、東京にて「雲母」四十周年記念大会・古稀祝賀会。評釈『現代俳句の批判と鑑賞』『続現代俳句の批判と鑑賞』(角川文庫)刊行。

昭和三〇年(一九五五)　七〇歳

一〇月、増富温泉吟行。秋田さきがけ新報社主催俳句大会に出席。

昭和三一年(一九五六)　七一歳

一一月、「雲母」大阪支社三十周年俳句大会。句集『家郷の霧』(角川書店)刊行。

昭和三二年(一九五七)　七二歳

六月、句文集『現代俳句文学全集　飯田蛇笏集』(角川書店)刊行。

昭和三三年(一九五八)　七三歳

一一月、随筆集『山廬随筆』(宝文館)刊行。

昭和三四年(一九五九)　七四歳

一月、「雲母」五百号記念特集号発行。三月、「雲母」五百号記念甲府大会。九月、山廬後山に山口素堂の句碑を建立。一一月、「雲母」五百号記念東京大会。

昭和三五年(一九六〇)　七五歳

四月、『蛇笏自選句集』(新潮文庫)刊行。五月、「雲母」五百号記念大会(大阪・神戸)。

昭和三六年(一九六一)　七六歳

六月、健康上の理由から「雲母」の「春夏秋冬」欄を一時休載。

昭和三七年(一九六二)　七七歳

七月、一時昏睡状態に陥る。九月、再び昏睡状態となる。一〇月三日、午後九時一三分死去。同月六日、自宅にて葬儀。一二月、「ゆく水」七〇句(俳句、飯田蛇笏追悼特集号)。

昭和三八年(一九六三)

二月、「飯田蛇笏研究号」(俳句研究)。三月、「雲母」三・四月合併号「飯田蛇笏追悼特集」を発行。一〇月、甲府城二の丸

跡に「芋の露連山影を正うす」の文学碑建立。
昭和三九年（一九六四）
飯田家にて三回忌の法要を営む。
昭和四一年（一九六六）
五月、句集『椿花集』（角川書店、飯田龍太編）刊行。
昭和四二年（一九六七）
五月、角川書店、蛇笏賞を設定。
昭和四三年（一九六八）
九月、山梨文化会館にて「飯田蛇笏展」開催。
昭和四六年（一九七一）
四月、『飯田蛇笏全句集』（角川書店）刊行。
昭和四七年（一九七二）
一〇月、「特集・飯田蛇笏読本」（俳句研究）。
昭和六〇年（一九八五）
四月、『新編 飯田蛇笏全句集』（角川書店）刊行。「特集・飯田蛇笏生誕一〇〇年」（俳句）。
平成元年（一九八九）
一一月、山梨県立文学館開館。常設展示室に飯田蛇笏コーナーが設けられる。
平成四年（一九九二）
五月、甲府城の整備にあたり、蛇笏文学碑は甲府市貢川の芸術の森公園内に移される。八月、飯田龍太「雲母」を九百号をもって終刊とする。一〇月～一二月、山梨県立文学館にて「飯田蛇笏展」を開催。
平成五年（一九九三）
三月、廣瀬直人主宰「白露」創刊。
平成六年（一九九四）
五月、『飯田蛇笏集成』（角川書店）刊行開始。
平成七年（一九九五）
四月、『飯田蛇笏集成』（角川書店）刊行

終了。

平成一九年（二〇〇七）

二月、四男龍太没。

平成二四年（二〇一二）

九月から一一月、山梨県立文学館において『歿後五十年　飯田蛇笏展』を開催。

・本略年譜は、『飯田蛇笏集成』第七巻（平成七年、角川書店刊）所収の「年譜」（井上康明編）を底本とし、山本健吉編『飯田蛇笏句集』（昭和二七年、角川書店）、『現代俳句文学全集　飯田蛇笏集』（昭和三二年、角川書店）、角川源義・福田甲子雄『飯田蛇笏』（昭和四八年、桜楓社）、『飯田蛇笏展　没後三十年』（平成四年、山梨県立文学館）などの年譜を参考に作製した。

（飯田秀實・井上康明）

季題索引

＊本書所収の全句を、概ね角川書店版『図説 俳句大歳時記』及び『角川 季寄せ』に従って、季題別に分類、配列した。
＊制作に際しては、『飯田蛇笏集成 第三巻』(一九九五年、角川書店刊)所収の「季題別全句一覧」を参考にした。

春

[時候]

春　二三八・二三五・二五七・二五九・二八〇・二八九・二九五・三〇九・三一三・三一四・三一五・三四三・三四四・三六五・三六六・三六七・三六九・三七三・三七四・三八一・四〇〇・四〇五・四一一・四一二・四一三・四一五・四一六・四一七・四七三・四七九・四八六・四九四・五四九・五七八・五七九・五九一・五九二・六〇二・六〇四・六一三・六一四・六二七・六二九・六三〇・六三一・六四一・六四二・六四六・六六一・六六三・六八二・六八八・六九四・六九七・七〇〇
二月　三・一〇一・二一七・二八〇・四〇〇・四七三
旧正月　一一・三一三
寒明　五一・二三四・二五七・三一一・三九四・四七三・五四九・六〇〇・六一六・六二八・六四八・七〇三
立春　一三・三一・三三・六〇・一〇一・一一〇・一一八・一三七・一九三・二〇九・二一七・二三四・二三八・三〇九・三四一・五六五
早春　一・三一・六〇・六六・七三・二〇七・二〇九・二一七
春浅し　一三・七三・一〇一・一一七・一五七・一七三・一八一・一九三・一九七・二九五・二九六・四七九・六一六
冴返る　一三・三九・四〇・二五七・三四三・三六五・三六七・三六九・四二一・四五九・四九八・五三八・五五三・五七八・六〇二・六六〇
余寒　一三・一三・七九・八六・一四七・二三四・五九二・六一六
春寒し　一三・三三・八六・一四七・二〇九・二一七・二三四・二四八・三四二・三四三・三六五・三六六・三九九・四四六・四九三・四九八・五二三・五三一・五五〇・五九一・五九二・六一五・六九七・七〇三
料峭　二四八・三六八・四九九・五三九・六〇〇
春の闇　二五七
春めく　二四八・三〇九・五四八・五五九・五七七・六一六・六二七・六四六・六六一・七二一
仲春　三七〇・五〇〇
三月　九五・一〇八・二〇一・四五四
如月　一三・三三
啓蟄　一三・三六五・三七〇・五四九・六一四
春分　六八七
彼岸　一一・一一八・一九三・二三四・二九六・三二一・四二七・四七九・五三八・六一四
社日　一四三・一八五・二九一・四七七

四月　一六・一四七・一六〇・一六四

弥生　二一・一二九・二三六・三七五

清明　四〇

春の暁　三九・一五七・八〇三・六九九

春の昼　一一・二三八

春の夕　二六

春の宵　三三・二四七・二二五

春の夜　二三・一三七・二九五・四四〇・

暖か　五二・一二七・二九五・四四〇・五七〇

長閑　一六

日永　一六・二八四・二四六・三五〇・四五〇・五七九・六〇三・六〇六・六八一

遅日　一六・二八四・三五〇・四五〇・五五九・六〇三・六四〇

花冷え　五五三・六四二・四九〇・五三九

木の芽時　四四二・六二七・三七二・三六三

蛙の目借時　二八四・六二五・六〇四

春深し　三・二三六・三五〇・三三六・

春暑し　七〇三

暮の春　三八〇・三二〇・六七〇・二一一

行く春　三三・四四〇・六七〇・二一一・六九九

春惜しむ　六四九・六六一・六八〇・六九〇・六七〇

春の日　二一二・四〇〇・六四三・六四九・六三〇

三月尽　二六一・一四三三・四四九・五五

弥生尽　二六一・一四五・四四九・五五

夏近し　一五七・八三・二三八・六二五

春近し　三六〇・四二六・六一

〔天文〕

春の空　六〇二・六六一・六一

春光　二八・三三三・三七〇・四四

春の雲　三六七・三〇〇・六六一・四一

春の月　六〇一・六一六・六〇一・六一六

朧　一三一・二二二・二四七・一五〇・三三六

朧月　一三三・二二二・二四七・一五〇・三三六

朧夜　一四七・三九七

春の星　三八・二五九・三六八

春の風　二一〇・二二二・三六六・二六五

東風　一三・七三・二二一・一〇六一

風光る　三六七・六〇二・六一二・六一

春の嵐　四六二・六六三・六六八・六六二

貝寄風　一五七

春北風　六四一・三六四・七三・六〇二

霾　二六八

春の雨　三七七・六一〇・五八六

春時雨　五六六・三七二・五一・六二一

春驟雨　六六一

春の雪　五四八・五五六・五五九・六一五

淡雪 四〇五
春の霜 一三・三四・四四六・五三・五五九・五七八・六一四・六四八・六六一・六六三
別れ霜 二八・二九七・三六八・五四九・五六六
春の露 三九七・六二九
春の霧 六八八
春の虹 三五八・四九四・六六一
初虹 三九六・四〇五
春の雷 二九七・四八〇・六四六
霞 一三・四〇・二三四・二四八・二四九・二五〇・三四二・三六五・三六八・四〇〇・四一三・四五九・四九八・五二九・五三七・五三八・五四〇・五六七・五七八・五九二・六〇二・六三〇・七一四
陽炎 三・二一七・二三四・四七三
春陰 六〇三
花曇 五三・七九・八六・一一一・一九五・二一二・四〇一・五六七・五九一・五九二・六四一
鳥曇 四三五

［地理］

春の山 八六・一一三・一七三・一八一・二三八・三七五・三七七・四一四・五〇一・五三九・六四七
春の野 一三八
焼野 三・一〇一・一九八・六六二
春の水 一三七・一三八
水温む 三〇九・四五四・五三九・六一四
春の川 一三七・一八六・六六一
春の渓 六四五
春の海 五九二
春の潮 三七三・四一四
汐干 一六九・一七四
苗田 二三四
春の土 二八〇・四四七・四七三
春泥 一四・九五・二三五
残る雪 一三七・五六五・六〇〇・六六〇・六七二・七〇四
雪間 三二・二一八
雪解 一三・三二・四〇・五二・一〇一・一一二・一三七・一四七・一九五・一九七・二一八・二四八・二五七・二五八・二九七・三一一・三四三・三七五・三九七・四〇一・四〇六・四一三・四八五・四九四・五〇五・五九二・六一三・六一四・六二八・六四七
凍解 一四・一〇一・一九七・三六八・四五四・五三〇・六〇一
凍てゆるむ 五四九・五六五・六〇〇・六〇一・六四六
氷解く 三六八・四九九・五九一
流氷 三六七・四九九

［人事］

曲水の宴 一七〇
紀元節 三五八
初午 一五八・三一四
二日灸 一六九
出替 七三・二三五・四一八
針供養 一四三
寒食 一七〇・六四三
雛祭 五三・六七・一四八・一六九・一八四・二〇七・二二八
鶏合 一七〇
雁風呂 一四三
釈奠 一四三
水口祭 一四三・一八五
遠足 七〇五
種痘 五二・二五八・二九二・四七八
花衣 七五・二〇六
春衾 五七九
春衣 二八〇
春袷 六一四
春羽織 五七八
青饅 一五八
鮒膾 一五八
壺焼 一五八
桜餅 一五八
春の宿 一五八
春の灯 一四・三一四・三六六・三六七・三七〇・四九八・五九九・六〇〇・六〇二・六一三・六一四
春の炉 四一六・五四八・五四九・六一四
春炬燵 五二・二二八・五六七・五七八・六〇〇・六一六

春火桶　二九八・四八〇・六三一
炉を塞ぐ　一四三
野火　六七・一一八・一三一・一八九・三五八・三七四・四一一・五〇〇・五〇六
田畑を焼く　三三・七四・一三八・一八六・二一八
芝焼く　七四・二三八
耕　七九・三一五・三六六・三七四・四六〇・四九八・五三九・五六七・六六一
田打　三七八
畑打　一四三
畦塗　七九
種袋　六二九
種浸し　一四・八〇・一一三・二三五
花種蒔く　七四・五三六・六四三
植木市　三七六
木の実植う　一五七・一五八・一七〇
植林　三四三・三四四・五三一
椿植う　四〇二・五〇七
接木　七四
挿木　七四・八六・九五・二〇六
菊の根分　一三・一八九
霜燻べ　六四七
蚕飼　二三九
茶摘　一五八
鮎汲　一五七
汐干狩　二四八・六〇〇
踏青　三七四・五九一・六四三
摘草　一三
花見　八〇・二〇四
桜狩　二四九
猟名残　一〇一・一九八・二三八
駒鳥笛　二三八
春の風邪　三五八・六四六・六四七
朝寝　五九一
春眠　二三四
春の夢　三四三・四一三・六四三
春愁　一四・二三・三三・二二〇・三六七・六四一

［行事］

春祭　二八一・三一四・六〇〇・六四七・六七九
靖国祭　三九八
涅槃会　七四・一四三・三四二・四九四
常楽会　三四三・四九四
彼岸会　二九六・三一一・四七九
開帳　五三
花祭　四〇・七四・九五・二〇一・二一四・二九六・三六五・四七九・五七九・七一六
御忌　二三九
峰入　一五九
二十六聖人祭　二五〇
謝肉祭　三七一
聖週間　三四一・四九三
聖土曜日　三三六・三四一
復活祭　三四一・四九三
パスハ祭　三六七・三六八・三七一・四九九
耶蘇祝祭　三四一
煙柳忌　三三・四一九
巨人忌　二二八
夢拙忌　二二八
皷緒忌　二二八
撫石忌　三九八
淡路女忌　六八〇
西行忌　一三八・一八六
梅若忌　一一三・一九五
人丸忌　一四三・一八五

［動物］

馬の子　六一八
春の鹿　二三九・二五七
猫の恋　八〇・一〇一・一九八
猫の子　一四八・二三四・二九六・四七九
蛇穴を出づ　一七〇
蝌蚪　四〇・五三・三七七・三九九
蛙　六七・一七〇・二〇七・三七六・三九八・五〇一・五〇六・六四八
春の鳥　三六六・三七三・四〇〇・五六五・六三〇
百千鳥　三三・二八〇・六一五
鶯　一四八・一七〇・六四八
雉子　三三・一四八・一七〇・一八四・二一八・二八一・三一〇・三七七・四五四・四七三・四八四・四八五・五〇一・五三一・五四二・六一六・六四七・七一七
雲雀　五三・六〇・二〇九・二一二・二三九・三七五・四〇三・四〇四・五〇七・五〇八・五四九・六九三・

七〇八・七二〇
頬白　七〇四
春の鵙　五八〇
燕　八〇・二四九・二九六・三三六・四二七・四五四・四八〇・四九一・五三九・五三一・六〇一・六二九・六四八・六八〇・六八一・六九四・六九五
春の雁　五六七
帰る雁　二三・五六七・五七九・六九九
引鶴　三七一・五七九・六四七
囀り　二五七・三九七・四一九
鳥交る　一七〇
親雀　三九九・五〇六
鳥の巣　二九二・三六四・三六九・四七八・四九八
白魚　九五
柳鮠　二三・一四八・二一八
蠑螺　二五〇
蛤　一五八
蜆　八六
田螺　五三
蝶　四〇・一四八・二一四・二九六・二九七・三一四・四八〇・五八〇・六四八・七一八
蜂　六二九
春の蝿　三六七・四九九
蝿生まる　四四六・五三三
蚕　四〇・五三・七四・八〇
春の蝉　二六〇・六四三・六九九
松蝉　二九七・三八六

［植物］

梅　一五・六〇・八六・一四九・一五八・二〇九・二三五・二四九・二五八・二九六・三一五・三四四・三四五・四〇〇・四〇一・四〇三・四〇六・四一四・四一五・四三五・四五四・四五五・四五九・四六〇・四七九・四九五・五〇六・五二一・五二九・五三〇・五三一・五三六・五三九・五六〇・五六六・五六七・六〇〇・六〇一・七〇三
椿　二三・七四・八〇・八七・一一九・一三三・一九四・二〇三・二三〇・二三八・二四〇・二四九・二五八・二六九・三一四・三七六・四〇一・四〇二・四一三・四三五・四三六・四六一・五〇七・五一四・五二一・五二九・五三七・五三八・六〇三・六〇四・六一五・六四四・六六二・六七九・六八八・六九八
桜　一五・八〇・一七〇・一八一・二三五・二四〇・四一八・五五〇・六二九・六三一・六四三・六八〇
花　一五・七四・七五・八七・一〇八・一一八・一三三・一四八・一七〇・一八一・一八九・一九四・二〇四・二〇六・二三五・二四九・二五〇・三四三・三九七・四〇一・四〇三・四〇五・四一七・四五九・五〇八・五二九・五三八・五六六・六〇〇・六〇二・六三〇・六四一・六四二・六四七・六四八・六八〇
山桜　五三・八〇・一一三・一九五・二〇四・二九七・三七五・五〇一・五七八・六六二
残花　一五・二九七・四八〇・五一五・五六八・六四一
牡丹の芽　二九八・四八〇・六〇三
椨の花　四六〇・五三八
辛夷　一七四
沈丁花　五六六・五七九
連翹　一一八・四〇二
海棠　一四三
リラの花　三六九・三七〇・三七二・四九九
躑躅　五三・一七二・一八一・二五八・三七七・五〇一・六四三
木蓮　七〇八
藤　五三・三七七・四六〇・五〇一・五三六・六三〇
桃の花　四六一・四六二・五二九・五三七・五三九・五四〇・五六六・五八〇・五九一・六一五・六四九・六七九・七一一
李の花　五九二
木瓜の花　一五・六七・七四・二〇七・二四〇・二九八・三七六・三九九・五〇一・五二九
木の芽　一四・六七・八六・二〇七・二三九・二四〇・二八〇・三七〇・四一九・六二八・六七九

蘗　三六・三六八
若緑　六〇二
楤の芽　一四・二五九・二六八
桑の芽　三五・三七七・四六六
柳　一三・二四・二六四・二六六・三六六
桑の芽　二六〇・二六七・二六一
櫨子の花　三七三・三五一・三六一
松の花　五〇五・五三九・五三一
榛の花　六〇一
樺の花　六九
楢の花　三七五・四六〇・五〇一
猫柳　五六
柳絮　一九四・六〇二
枳殻の花　六二八
桑　四四八・五五四
桑の花　三四六・五四七
松露　三〇八・四三五

鈴掛の花　三一・二八五
竹の秋　一五四・六七六・七二・八〇
蔦の芽　二〇一・二三・二六
草の芽　六四九
メロンの花　二五八
山帰来　三二八
菜の花　一四・六四二・六四八
大根の花　一九
豌豆の花　四二・五〇七
葱植う　三五四・六七五
苺の花　四六六
韮　三九・二九一
慈姑　一四
青麦　八六・二九四・三五七・六二四
種芋　一五九
下萌　一四・三三五・三四九・三六八・六七三

草の芽　四六〇・五九六
若草　一四二
菫　二六七
紫雲英　五三四・三六八・四六四・四七七
蒲公英　八七・一四二
土筆　一三三・一四三・三七六・五〇一
杉菜　三五七・五〇一・一七〇
翁草　一四・一三二・一七三・二六
虎杖　一三五・一四三・七二・一八六
薊の花　一三五・二四・一八六
蕨　九五・一四三・二〇一
芹　一四五・二〇一・五四三
春蘭　三三二・五三三・二二二・二六六
蕗の薹　二二〇・三一〇・四八〇・六二六
蓬　二五〇・三二〇・四八八・六一六
萍生ひ初む　一七〇・三二七

[時候]

夏
初夏
夏
卯月
五月
立夏
夏めく

薄暑　一四・二八・二九・二五〇・二六〇・二六一・二六四・二七一・四〇・四八・四九・五九・六〇・

麦の秋　四一・八〇・二四〇・二五三・六一

六月　二五二・二四・五三四・五六〇・六六五・七〇〇・七七

入梅　三五・二四八・三二八・

梅雨寒　三五・三六二・三六五・

夏至　三三・三八五・四五一・五三四・

白夜　三八・四〇五・四七三・五九

半夏生　三三・四〇六・四三五・

水無月　二三・三三五・三六六・

梅雨明け　四七・五五九・

夏の暁　三八六・四六九・

夏の昼　三七二

炎昼　五五三

短夜　一三一・二〇〇・六四・二六五・一八二

土用　一二一・二二二・二四二・五二・六三三・六三四・

盛夏　六三三

三伏　一〇二・二三・二六一・五二一

暑し　一九五・一七一・二四〇・二五一・三一八・

炎暑　三八・四五八・四〇〇・二六一・七二・

涼し　一三・一四二・一二二・六二四・七〇・

夏深し　六七・二〇七・三二五・四三七・四五七

夏の果　二六二・四二九・二六八・六三三・六六八・一八三

秋近し　一九八・二六三・三四三・三五七・三二九・

[天文]

夜の秋　一五・一〇二・二九八・

夏の日　三七・三二七・三四五・五九四・六七六・六八一・

夏空　二四・二二・五〇〇・

五月空　三五一・二六〇・四九五・

梅雨空　二四・二六・六〇六・

夏の雲　一〇・二二〇・三三一・

梅雨の雲　三〇・四〇・五九・

夏の月　九六・四〇六・三二・六三三・

夏の風　四一・三四・三八・五四・

南風　二八一・三三六・三四三・三三七・三三九・

三一・二六三・二四七・四九・六五八・

ながし　三八・三四・二〇四・

黒南風　一五・二三五・

筍流し　五三・二二二・

御祭風　一〇三・二七・二四三・二九・

青嵐　四七・二六三・五九・

夏嵐　三三九

土用東風　二九六・二四・二五・三六・

夏の雨　四二・一九六・二六一・五五九・

梅雨　六七・六六八一・一〇三・

空梅雨　一〇二・二九八・二七〇・五四一

五月雨　三九・三八一・三八四・四三七・七〇三
送り梅雨　三八・四六三・五四二・五四三
夕立　五三・八七・一七五・二一二・三一七・四八七・六〇五・七〇三・七一〇
夏の露　三四・二一八・三八六・五六〇・五六八・五八一
夏の霞　一七一・六五〇・六六四
雲海　五八一
虹　二五一・三四七・三五九・三六〇・三七一・三七九・三八六・四九四・五〇二・五六九・五七〇・六九五・七〇二・七〇七
雹　一三
雷　六八・一七一・二〇七・二五一・二六一・二六三・四三九・五四一
雷雨　六八・二六一・四二〇
梅雨曇　八一・三八六・六八三
梅雨晴　三〇〇・四八一
朝曇　三八八
五月晴　三三一・六九八・七〇六
朝焼　二四一・二八九・三六九・四一四・四九九・五九三
夕焼　三八・四六〇・五八一・五九四
日盛　一六・六七・一四九・一五〇・二六四・三七一・六一八・七〇三
西日　六八二
炎天　三一八・三三一・三八五・四九一・六三二・六五〇・六六四・六八二・六九〇・六九五
油照　三三八
旱　四六三・五四二・六九八

［地理］

夏の山　一六・六八・一〇二・一一三・一九〇・一九九・二〇七・二三五・三四七・五八〇・六三一・六八三・六九八・六九九・七〇三
五月富士　四〇六・五〇八
富士の雪解　二四三・三〇八・四一一・四三六・四八四・五一四・五五九・六一四・六六一
お花畑　三四七・五九二
夏野　一一三
夏の水　四一・二二五
夏の川　一一九・一五〇
夏の潮　三三八
夏の海　一五〇・一八四・二四〇
土用波　四二八・五〇六
植田　一七一
青田　五六〇
泉　三四・四一・九六・一〇二・一九九・二〇一・二一五・二一八・二四一・四五五・五三一・六八〇
清水　五三・一一三・二二二・二九九・四三七・四八一・五〇九・六一三
滝　四一・五三・二五一・三七九・五〇二・五六九

［人事］

端午　一六
幟　一五〇・一七三
菖蒲引く　二二五
菖蒲葺く　二八一・四七三・六六四
菖蒲酒　四一・二二五
土用灸　四三・二二五
暑中見舞　二四一
暑中休暇　六〇四
帰省　三四・四二・二一八・二三九・三五九・四九七
競馬　二四・二二一
薬の日　二三・二二一
薬玉　二四・二二一
更衣　三四・三〇〇・三一六・三七九・五〇二
夏衣　一二四
袷　七五・一一三
初袷　二五九
セル　四六三・五四二
単衣　二四一
帷子　四二・四二七
羅　二九二・三一五・三七二・三八六・五九三
上布　三三七・三七八・四九二
浴衣　五三・二一二・三七八・三八〇・三八一・四五六・六三三・六八二・六九九
海水着　六五〇
夏衿　三一九
夏帽子　三四・一二四・二一八・二三九・三一八・四八七・

白靴 六四
鮓 四二・二五三・三三六・三三七
乾飯 四五・二七二・二三
冷奴 二三
梅漬る 一三
ソーダ水 七七
飴湯 五三
麨 五四

夏館 四二・三九・三六・三三八
夏の宿 八六・八八・九二
夏の灯 一五〇

夏炉 三五・四三・二六・三九
夏衾 三九・二三六・二三八
夏蒲団 三八〇・三六五
寝茣蓙 三六
簟 六〇
抱籠 三四・二〇
青簾 三二・二四・二〇
葭戸 一六・一三六・二三六
三九

藤椅子 六六・九二
蠅叩 五四
蚊帳 一〇二・一〇三・一一三・二七
蚊遣火 四七・三七六・四四一
四八・四四九・六〇二
六六

薫衣香 二五四
香水 一五〇・二三六
掛香 二五四・二三二
暑気下し 四二
香需散 四二
天瓜粉 七五・二〇六
氷水 八七
風鈴 二三・二六六・六八〇・七五
扇 二四・三六六・六八〇・七五
日傘 一六六・二一三・二三一・三六
風炉茶 三五

蒼朮を焚く 三九・四六二
夜振 四八一・四九二
築 一三六
避暑 三七九
納涼 二四・三二一・二六二・二九一
舟遊 二五二・九三・三二一
登山 二二〇・四四六
水泳 二四・五五・九二・三二一
花火 四三・二〇八・二六・一七
金魚玉 五二四・六五一
蛍見 四三八・五一〇・五九九・七三
蛍狩 四三三・五二五・四八五・四九
蛍籠 二三六・二五三・四八〇
裸 四二・二四一・二七六・二五一
汗 五四・六一・三三二・二六二

虫干 八三・二三四・二五一・二二
井戸替 一七二
打水 一五〇・一七二・二三・二四二
行水 一三九・一五〇・一七三・二八六
代掻く 五〇
田植 七五
馬洗ふ 四二六・五五〇
麦扱 一五一・二三三・六六五
早乙女 一六・二九一・四八
雨乞 二九一
水喧嘩 一五九
麻刈る 四二
藻刈る 四二
蘭刈る 四二
竹植う 八七・六二一
鳥糵搗く 一七二
繭 四二一・六二一
鵜飼 二五一・八〇〇・三二〇・三三一

三八三・三八五
日灼　三八三
昼寝　一五九・七〇九
赤痢　二四五
疫痢　二四五
夏の風邪　二六〇・二六一・三一九・三四六・六一七
暑気中　一六・二二六・二二九・四二七・五〇七
夏痩　一二四・一五〇
汗疹　二四・七五・二五一

［行事］

富士詣　一五一・二三〇・二四一・二六一・七一三
形代　六八・四一七
安居　三四・二一九
昇天祭　三四一
柘亭忌　三五
蕗薹忌　六一
河童忌　二四四・六八一

［動物］

雨蛙　八二・一六〇・二四三・三三一
河鹿　三三五・五〇九
蟇　三一一
蠑螈　二六一
守宮　一七
蜥蜴　五四・九六・二〇一・二四三・三五九・三七九
蛇　三一〇・四八五
時鳥　一一三・一二四・一五九・一六〇
郭公　四三・一二四・二四三・二八二・三八五・六五一・六八一・六八二・六八九
夜鷹　六五〇
夏雲雀　二五三・二八一・四五五・四七四・五六〇・五六八・六〇五・六八九
青葉木菟　六三三・六四九・六六四・六八九
老鶯　三五・二六二・三三一・四九〇・六三一・六四四・六八一
川鴉　六三三・六八〇・七〇三・七一四
夏燕　三四七・三八〇・六六四・六八九
岩燕　六九八
海猫　三三六
鮎　一六・八八・一三九・一六一・一八六・二三六
岩魚　三九一・四二九・五二一
山女魚　二六四・二九二
金魚　一二四・一六〇・三八二・三八三
初鰹　一六一
鯖　一五一
鰺　一六一
鯒　三三九
鮑　三三七・三三八・四九二
蟹　二三九
舟虫　三三八
夏の蝶　一〇三・一九九・六八二
揚羽蝶　二四二・二五三・六四一・七〇〇・七〇四・七一八
夏の虫　一六〇
蛾　八二
灯取虫　六一・一三三・一六四・一八三・一八八
天蚕虫　二三六
天蚕　二七一
毛虫　一一九・一六四・一九四
尺蠖　三七九
蛍　四三・五四・一〇三・一六四・一七三・一八二・一九九・二二二・二二五・二三六・二四四・二五三・三一九・四一八・四三八・四六三・四六四・五一〇・五四〇・五四一・六一八・六九六・六九九・七一〇
兜虫　五五〇
金亀子　一〇三・一九九
豉虫　一六〇
水馬　八二・二〇四・二三六・三一六・三一八・五六八
蟬生まる　二五九
蟬　四三・五四・一一九・一六〇・二一五・二三〇・二四三・二六一・二八二・二九九・三一八・三三九・三七八・四四七・四四九・四七四・四八八・五〇二・五二三・六三六・六五一・六五四・六六八・六八一・六九九・七〇四・七一七
空蟬　六九〇
蠅　一七・七六・八二・一一三・二五二・二九一・三三一・四九〇
蚊　一一三・一二五・一六〇・一七三・一九五
蟻地獄　六九五・七〇四
蚤　一六〇

蟻 一六・七六・三三一
羽蟻 一六〇・五八〇
蜘蛛 一〇三・一九九・二九九・三三八
蛞蝓 一三五・二九九・四八〇
蝸牛 二六四・二七七・四七一・六五〇
蛭 一六〇
蚯蚓 三一八

［植物］

余花 一三五・一五一・二五〇・二五三・三四六・六〇三
葉桜 六九・一六一・四〇七
薔薇 四四・八八・二四三・二四四・二五九・三四五・三四六・三五九・三八三・四〇四・四〇五・四九五・五〇八・六八一・七一六・七一七
牡丹 五四・一六一・一六四・一八三・二一三・四六三・五四二・五八一・六六五
紫陽花 一三六・一九〇・二三一・二六二・二七七・二九二・四七八
石楠花の花 一四三・二六一・六四四
百日紅 一五二
梔子の花 二六〇・二六一・二九一・四四七・四七七・五二三・五八一
額の花 四三八
夾竹桃 三〇〇・四八一・五八一
柚子の花 六九八
栗の花 六六五
柘榴の花 一三六・二三一・五六八
青梅 八二・一二五
青柿 二四二
青胡桃 二九八・六〇四・六一八・六三三・六八二
青栗 四二八・四三七・五〇六・五〇九・七一七
青林檎 六一八
山桜桃の実 三一六・四〇七・四二九・四八七・五〇七・五〇九
枇杷 一三六・一九〇・三〇八・三三六
茱萸の花 二九九・四三六・四八〇・五一四
夏木立 四四・一五三・一六四・五九三
新樹 四一九
青葉 一五三・三八二・六六三
新緑 六一八・六八一
茂り 二八三
緑蔭 二四三
若楓 一三五・六四三・六六三・六八八
樟落葉 六四四
卯の花 二三一・二六二
野茨 四四・四四七・五一八・五二三・五八一
茨 五八一
桐の花 八二・一一九・一五三・一九四・二〇四・二六二・二八二・三一六・三八六・四四七・四八六・五一八・六一七・六六三
朴の花 二六三・三一八・四八七
棕櫚の花 一三六・三〇〇・三七七・四八一
山梨の花 六八八
櫟の花 二五八
櫨の花 三七五・四〇三
楡の花 三八二
合歓の花 六九・八二・一〇三・一一四・一三六・一六一・一七三・一八二・一八四・一九〇・一九九・三三一・三四七・四六三・五四二・六八九
桑の実 八二・二三六・二九九・四四七・五一八
夏茱萸 四四八・五二四
草苺 二五三・五二三
竹落葉 四四・六八二・七〇八・七一八
若竹 一一四
渓蓀 一〇三・七一六
芍薬 二九九・四八一
ダリヤ 三三〇
紅蜀葵 二九一・四七八
ユッカの花 四二八・五〇六・五〇七
サルビヤの花 六三六・六九〇
向日葵 一一四・一九六・三七九・六九〇
葵 一一三・一二五・一五二・一七三・二九九・四二九・四六三・五五〇・六五一・六八一
罌粟の花 一一九・一三五・一九〇・二四三・四四七・五一八

769　季題索引

雛器　六五二
夏菊　一五一・三三〇
睡蓮　六六・六六九
百合の花
松葉牡丹　三五一・三六二・三六〇
覇王樹の花　二二三
青酸漿　三六〇
鉄線花　四三
玉巻く芭蕉　七三・七五
苺　五六・二二八・二〇六・

蕗の絮　二五二・三五三・三四四・四七四・
蕗の花　五〇〇
筍　一七・三三五
蒟蒻の花　二六〇
唐蜀黍の花　二九六・三四七
唐辛子の花　二六六
胡麻の花　三三一
茄子の花　三三二・三四三・三六一
芋の花　二九五・三五〇・四八一・
瓢の花　一一九
瓜苗　二四一・二七〇四

瓜　二三五・一五一
胡瓜　二三〇・三五〇・四四五三
メロン　二五三・二六二・二六四三
茄子　三二〇・三三〇・三六一・四三二
蕃茄　三一八・三五〇・四二六・六一六
甘藍　二九八・三三〇・四〇五・四六八
玉葱　五六八・六四〇
辣韮　二六九
パセリ　二一九
蓼　四五七・五五三・五六五
紫蘇　二五三・三三一
蓮の花　一七八・二〇一・三三六
麦　一五一・一七六・三二六・三五六・
夏の草　三九六・四四九・六三三
草茂る　五九一・四四六・四九四・六三三
草いきれ　三六一・四八三・六二〇二
夏芒　三六一・六八三
青萱　三八・四八七・六六三
青蘆　七〇三

青蘆　三三八
夏蓬　五五〇
夏萩　五五一
葎　五四三
鈴蘭　六九八・七〇六
昼顔　四四一・三三五
月見草　三五二・三三五
水芭蕉　五五三
藜　二五二・二五七二
夏薊　三三七・四四二・六二六
車前草の花　二六一・四四九・五二三
山牛蒡の花　二一三・三四九・四四三〇
野蒜の花　二九九
蛇苺　二九八・四四〇
雪の下　一六一
苔の花　四四三・五五〇・四四七九
苔　六一
藻の花　一三五・二五一・六三二
萍の花　一九〇・二二九・六八二
萍の絮　二二三・二三六一・二六五八
萍菜　三八・四八七・六八二
黴　五六・六八四・六八七

秋　[時候]

秋　三三四・四五五・四六七六・五二六・
初秋　二五五・三三五・五五・七一三・一〇四

一九九・二〇六・二一二・二一九・二三一・二四五・二五三・三八七・三八八・四二九・四四一・四四九・五〇二・五一一・五三四
文月　五五・五三三
立秋　一七・一三四・一七五・二二六・二三一・二五四・二九四・五八二・五九四・六六五・六八〇・六八三・七〇八・七一七
残暑　一七・四五・五五・六一・六二・八三・一五三・二一〇・二二六・二三一・二六五・三三一・五四五・五四六・五八二・五八三・六六六・六八三・六八四・六九一・六九六
秋めく　四二九・四三一・五二〇・五六九・六〇五
新涼　二四五・二五三・二六五・二九五・三六〇・四二〇・四三九・四九四・五一五・五六九・五七〇
仲秋　七七・一五三
葉月　一〇四・一九九
九月　六〇六
八朔　五六・二三一
秋分　八八・二〇三
秋彼岸　四五六・五三一
晩秋　二六六・六一九
十月　八三
秋暁　四四・二一六
秋の昼　四四・一一四・一九六・二一六・二三一・二四五・二九三・三三六・三六一・三八七・四九七・五六三・五七一
秋の暮　四四・一二六・一九一
秋の夜　八八・九二・九七・一〇八・二九三・五六三・五七一
夜長　三五・六一・九七・一一四・一三四・一七五・一八八・二〇一・二一〇・七一三
秋澄む　七一一
冷やか　八三・八八・二〇四・五四四・五四五・五五三・五七〇・五九五・六三四・六三五・六五二・六五三・六六六・六八四・六八六
爽やか　四五・二六五・三三五・三六〇・三六一・三六三・四八九・四九七・五三三・五九六・六五三・六六五・六六七・六六九・六八六
身に沁む　五六一・五六三・五九五
秋寒し　二七八・三〇一・三一八・三六〇・四八二・四九七・五八三
夜寒　二五・四五・六九・二二一・二六七・四五〇・五二五・五八三・六三〇
霜降　二五
秋深し　三二九
暮の秋　一二六・一七四・二七一・五八三・六八四
行く秋　四五・一一四・一六七・三〇一・三三六・四三三・四八一・七〇五
秋惜しむ　五四四・五七一・五八三
冬隣　三五
［天文］
秋の日　二五・三五・四五・五五・八三・九七・一〇四・一一四・一五三・一八四・一九六・二〇五・二三三・二四五・二五四・二六六・二七八・二九三・三二七・三三八・三九一・三九二・四三三・四三九・四七一・五六二・五八四・五九四・六一九・六二一・六六五・六六六・六八四・六九一・七〇〇・七〇一
秋晴　五六・一七五・二九三・七〇三・七〇五
秋光　五六一・六六五
秋の空　一八・七七・一二六・一三四・二二六・二六四・二六六・三三五・三九三・四六六・四八九・五四六・六五四・七一一
秋の雲　八三・八八・一二六・二〇三・二六三・二六五・三三九・三九一・四四〇・五〇三・五一九・五六四
鰯雲　二三六・二七八・三六〇・三六三・四四二・四五〇・四七一・四九七・五一七・五二五・五四三・五五〇・五六二・六一九・六五二

月　一七・一五二・八三・八六・九二・一〇四・一五〇・二〇・一九・一二〇・一二七・一二四・一六一・一七四・一八二・一九一・一九二・一九九・二〇〇・二〇三・二〇四・二二三・

満月　五八三・六〇五・七〇六・
名月　八三・九二・一〇四・二〇〇・二〇五
夕月夜　六〇六・六四四
三日月　四五〇・五三五・五六一・六六五
初月　四五〇・五三五・五六一・六六五
盆の月　五六二・七二一
弓張月　七八

良夜　一二四
雨月　九七・二〇一・二二一・二三一・二四五
十六夜　六三・二三一・六五二・七〇五
臥待月　三八・四四〇
宵闇　一八・六二
後の月　五六・一〇一
秋の星　五六・一〇一
星月夜　一八・二三六・三八九・五九三
天の川　一八・三二六・三八九・五九三
流れ星　三五・四五五・五六二
秋の風　六六・七一・一〇一・二二一

初嵐　一六七・一八二・二六・二九
野分　二六・一三四
颱風　一八・六二
盆東風　七〇三
高西風　三五・二九・五三三
秋曇　五五四・六六七
秋の雨　三五・四五五・六六七・八八
秋の雪　二五五・四五四・八八
秋時雨　五六・一三六・一四二
秋の雷　五九五
稲妻　二六・四四二・六六九

秋の虹　六九・八八・一〇二
秋の霞　三六・四四・六三・九九・八九二・二六一
霧　五五・二二二・二七一
秋の露　五五三・四三〇・四三一
露　三九三・四三〇・四三一

772

［地理］

秋の野　四一・四四九・四六六・四七六・五〇二・五〇三・五三二・五三六・五六九・五八五・五八八・五九四・六〇六・六二九・六三六・六三六・六六七・六六九・六七三・六八五・六六一・六八六・七〇一・七〇七・七〇七　九六

秋の滝　二六四・三一〇・六七

野山の錦　三五〇・四四二

花野　二五四・二九四・四三三

秋の園　二八六・三三四・四三三

花畠　五二五

刈田　二五三・三三八・四四三

秋の土　二五二・三三二・四四三

落し水　三三三

秋の水　二六・九八・七〇〇

水澄む　三五五・三九五・六七六

秋の川　一〇五

秋出水　一〇七

秋の海　四五六・四九五・二〇一

秋の潮　二二〇・六二・二三三

初汐　一六七・二六三

秋の波　六六二

秋の霜　六五・二六七・七〇四

露寒　八三・二八三

露時雨　四三・五二・六一九

秋の山　二六・六三・一〇五・一二〇

秋の富士　三六二・四九九・五三四

［人事］

硯洗ふ　九六・一〇一・一〇八

七夕　一六・六〇・一六五・二一〇

梶の葉　一六・一三六

草市　六〇・二一〇・一五一

盆市　二一・五四・一五〇

八朔　二一・五四・一五〇

原爆忌　一六

後の雛　六五

文化の日　四六・一三三

美術展　四六・一三三

夜学　三七・二四〇・二八七

富士閉山　一六五

水燈会　九一

神嘗祭　三八

秋祜　三五・一五一

新酒　四六・八一・二四六

古酒　二六五・八一・二六八

新麹　一二五・二八

夜食　三七・二六八

菊膾　一二五

秋の灯　九一・二六・五一

秋の蚊帳　三六・四二・八八

秋扇　三六七・二六・二二〇

秋の団扇　五五五

菊枕　七七・八九

燈籠　三六七

秋の簾　二九四

障子貼る　九三・一〇二・一九四

秋耕　九三・一〇二・一九四

添水　二七・三三二・四二〇

案山子　一八・二六・二四九

二二・二二六・六〇五
鳴子 五六・九八・一二八
鹿垣 二六
稲刈 四六・六二・八九
稲扱 九三・一二〇・一九四
籾 五六一
豊年 四五〇
新藁 二七〇・三八九
砧 四六・六九・八三・一三九・一四〇・一八七・二一六
新渋 三六
新絹 一八
菜種蒔く 一〇五
罌粟蒔く 六〇五
当薬引く 七〇
薬掘る 三九〇
胡麻刈る 一一五・四五七・五三三
菱採り 六九五
囮 一八・二二七
初猟 六九・九八・一二八
崩れ簗 三九五・四一九・五〇四
秋の鵜飼 一八・二三七・二四五・三八九
踊 六一・七六・九六・二〇一
相撲 五六・七〇・九八・一三四・二〇二・二〇八
月見 四五・六二・三六二
菊人形 二七一
茸狩 七〇一
紅葉狩 六〇六
鳩吹 一五三
秋思 六八三

[行事]

盂蘭盆会 二四・二五・四三・五五・六一・六八・七六・二〇六・二〇七・二〇八・二一〇・二一三・二一五・二二一・二三〇・二三六・二四一・二五一・二五三・二六三・三八八・五〇二・五六〇・五六九・五八二・六九一・六九八・七〇〇・七〇九・七一〇・七一三
霊祭 三四・五四・六八・二一九・二三六・二六四・三六一・四九七・五六三・五九三・七〇九
生身魂 三五
門火 七六・二六三・三八八・四〇七・五〇三
茄子の馬 四三・二二五・三〇〇
墓参 二四・四三・六一・八一・八二・一〇三・一六四・一七七・一九八・二〇四・二二五・二三〇・三三一・三八七・三八八・四三〇・五二一・五二二・五四五・五四六・五五〇・六一九・六三四
燈籠流 三四・六八・八一・八七・九六・一二四・一七三・一八二・二〇一・二〇七・二一八・四一七・四三〇・四三三・五二一・五二三・五五一・六〇五・六三三・六五三
解夏 二七・三六・二一九・二六三
地蔵盆 二六三・六一九・七〇六
聖母祭 二七一・三四二・五九一
十字架祭 二四六・二九四
守武忌 一二八・一九一
太祇忌 一三五
西鶴忌 一二八・一九一・二三七
子規忌 六二・八九
湖舟忌 四七

[動物]

鹿 二七・一二八・一六二・一六八・二二三
秋の蛇 九三・九九
渡り鳥 一六二・二五四・三四七・四九五
燕帰る 七七・一一五・一二〇・一六四・二〇六・二八三・二八四・三〇二・三二七・四三三・四七五・六三六・六五四
秋燕 二八四・三〇二・四〇七・四七五・四八二・五一〇・五四三・五八四・六三六・六五四・六六八
稲雀 二五四・二七一・三八八
鵙 一六二・三三一・四八八・五七〇・六三六
鴫 二六六
鶫 二七〇・五四四
懸巣 三三九・六九三
椋鳥 五四五・六九一
鶺鴒 一八・五六・七〇・七八・九〇・九八・二〇二・二〇八・三六二

鶉　四七
啄木鳥　七〇・七〇三
雁　一三五・一四〇・一六二・一八八・五八五・六〇六・六五三・六八四
秋の鮎　五四四
落鰻　一〇五
鯊　一六二
秋の蛍　四七・五七・六三・二一三・三三六・三三七・三六三・六六八・六九〇
秋の蚊　七〇
秋の蠅　二七・八三・九〇・一〇五・一〇九・二〇五・二五四
秋の蜂　九〇・三〇二・四八二・五七一
秋の蝶　九九
秋の蟬　四七・六三・一〇五・二六五・二七八・三三〇・三八九・四三一・四四〇・四七二・四八八・五〇三・五一五・五八四・五八五・六八三・七〇〇
蜩　六三・一六二・一八四・二一〇・二八四・二八五・二九四・四七五・六三六・六六八・七〇九
法師蟬　三三〇・三六三・三八九・四三一・五一二
蜻蛉　二七・七八・九〇・九八・一一六・一六二・一八四・二〇三・二一三・二三六・三三〇・三三六・四一七・四四〇・四九〇・六二〇
虫　六二・九三・一六二・二一〇・二五四・三三〇・三九〇・四五六・四八八・五三二・五四五・五八一・五八四・六二〇・六三五・六三六・六五四・六六八・七〇一・七一七
蟋蟀　五七・二一三・三五一・三八八・三八九・三九一・五七〇
邯鄲　五七・四二一・四三〇・四四〇・四五〇・五一五・五三六
螽蟖　四三九・五六九・六〇五・六二〇・七一一
機織虫　五六九
馬追虫　一一五
蝗　二七・九九・二二三・五六九
蟷螂　六六八
蓑虫　五七・三九五・五〇四・六九一
地蜂捕る　三〇一・三〇二・四八二・七〇八
秋繭　三六・八九・二一九
秋の蚕　七〇・七八・二〇八
秋の猫　三六・一〇五

［植物］

木槿　三九三
芙蓉の花　一三九・一九一・二八四・三九〇・五九六
木瓜の実　一三五
桃　二三六・三一七・四二八・四八七・五四一・六一八
梨　一三五・五八三
山梨　三三五・三三七
柿　三六・五八・九〇・一三五・一六五・一八八・二一三・二一九・二三七・三六一・四五七・五三三・五四四・五八五
林檎　一二六・五七一
葡萄　九〇・六二〇
栗　三七・二一九・二七八・二八三・四四九・四六五・四七一・四七五・五四三
柘榴　五八・二四六・五八四
棗　五八・三三一・四八八
無花果　六九・二三三・二七一・三〇一・三三一・四八一・六五三・六八三
胡桃　二八二・四七四・六二三・六五三
柚子　二六三・三六一・四一八・四三〇・五一二・七一二
紅葉　四七・五八・一三五・一三六・一八九・二一六・五三三・七一八
薄紅葉　二六九・三二八・四四九・五二五
黄葉　三三六・五四六
黄落　六一八・六八四
楓　五八・七〇八
白膠木紅葉　一〇九
桐一葉　六三・九三・三三九・三六二・四四二・五一七・五九五
木の実　四七・四八・九〇・二〇三・二一六・二五五・五九五
橡の実　三七・三二九
榛　四八・一〇六・一二九・一九二・二〇〇
団栗　四八・二五四
榧の実　三五一
常山木の花　三九〇・五〇九・五九五・六二〇・

六二一・六三四・六八四・六九九・七〇〇
樝子の実　三五一・四九六
山椒の実　五四五
梅擬　六六八
蔓梅擬　四三一
茱萸　三四七
茨の実　三六・四八
蘡薁　一八・二八三・三二五・三九一・五六一
通草　二六三・三〇一・四二九・五二一
蔦　四七・六三・七〇
竹の春　一二九・一九二
竹の実　四四
芭蕉　一〇六・一一六・一四一・一八七・二四三・二六五・三九二・五〇三・五四四
破れ芭蕉　五七四
泊夫藍の花　三一〇・五九五
カンナ　六五一・七〇九
万年青の実　三〇三・五七二・七一〇
蘭の花　九〇・一三五・一四〇・一八七・一八八
朝顔　五四・六二三
鶏頭花　一四〇・七一六
葉鶏頭　二八
コスモス　五七
鬼灯　九〇・二九四・三〇二・四三一・五一一
鳳仙花　一二八
菊　一八・二八・一二八・一三五・一五三・一七四・一七六・一九一・二二三・四三三・四五〇・五一一・五三五・五六一・五七四・五九五・五九六・六二三・六五三・六六九
西瓜　二三〇・四二八
冬瓜　七〇・七一・二〇八
秋果　二八四・六九一
瓢箪　五七
秋茄子　二八
芋　八四・一〇九・一一六・一二〇・一三九・一九六・二四四・三九〇・四一六・七一一・七一五
零余子　五八・九九・二三六・二八三・四七四
菜を間引く　七一七
大角豆　七〇
辣韮の花　二六七
唐辛子　三六・六三・一三九・一六五・三五一・四四九・四五七・五二四・五三三
稲　九〇・三六一・五四四・五九六・六三三・七〇五・七一八
稲の花　四四一・五一六
早稲　五八四
晩稲　六九・八四・二〇八
落穂　二八三
藷　二八三・四四二・四四三・五一七
玉蜀黍　三〇二・五六九・五九六
黍　二八三・四七四
粟　二八・二八四・四七五
蕎麦の花　一一六・三三一・四八八
畦豆　三八八
蓖麻　五三三
ホップの花　四三八
煙草の花　一二〇
秋の草　八四・九九・一〇五・一〇九・一二〇・一九七・二〇二・二九四・四四〇・五一五・五六三・七〇五
草の花　六三・七八
秋の花　三六一
草の実　三三五
末枯　四七・二一六
萩　一九・八四・一〇六・一〇九・一一六・一二九・一三五・一九一・一九六・二六四・二六六・三〇二・五四四
薄　二八・五七・一四〇・一七六・二一三・二二三・二四六・三九〇・七〇〇・七〇四
萱　一〇九・七一一
蘆の花　三〇一
葛　二八・四七・五七・二二二・三九一
葛の花　二七八・四二〇・四七一・六九六
郁子　三六二・四九七
野菊　一〇五・三二八・四九〇
狗尾草　四三七・五一〇
山薊　二八・四三三・五一二・五四六
曼珠沙華　九〇・一三五・一八九・二八三・三四七・三六一・三六二・四七五・四九七・五七〇・六二〇・六六九・六八四

［植物（続き）］

見出し	頁
桔梗	五七・六三・七〇・二三・
女郎花	五四・五六・
吾亦紅	二六・二六・二九・一九六・二〇
水引草	五四・五三九・四六六・二三
竜胆	九三・二四・五二・
露草	一五五・二九・四六七・
鳥兜	四三一
蓼の花	二五五・四五一・五三二
犬蓼	五六九
蒲の絮	三一〇・四八四
烏瓜	一三五
萍の実	六五四
茸	四二一・四五六・吾六六・吾三三
霊芝	二六七

［時候］

冬

見出し	頁
冬	六四・六三・九二・一〇・一〇〇・
初冬	六七〇・六六九・六八一・六一六
立冬	九八・二六・一六八・二〇八・
神無月	七一・二四二・二七七・二〇六・
小春	一九一・一九六・二五四・
小雪	四三一
冬暖か	二六七
冬めく	五七五・五五七・六六五・ 七〇六・
十二月	一六・二五五・二四九・六七三・
霜月	一九・二五五・二四・一八三・
年の夜	二六・三五五・二八・九三・
年の内	三〇八・三二五・二五〇・七三二・
冬至	三七・五八・九二・二六・
師走	二六・五八・九二・一〇〇・二三一・三三三・
年の暮	三五五・三五五・四五二・五五〇
行く年	五八・六六・七九・二四九
大晦日	三三三・二六九・四九五・六三七
年惜しむ	二六八・二六九・五九八
年移る	三〇六・四八四・六三二
除夜	二三三・二六五・三〇四・六三八・
大寒	六五・二一〇・三二一・六五五
寒の入り	三三三・二四九・六九三
寒の内	三七・五八・九二・七一五
寒ゆるむ	六七・六九・四〇一・七二四
冬の昼	三六・三〇三・六九五
短日	二九・二五〇・二三三・二八六

三三・四〇八・四八九・五五三・五七一・五七二・五七四・五七六・五八八・六二三・六二四・六七一
冬の暮　三三二・四八九
冬の夜　七一・七八・一二九・一六五・一七四・二三三・二七〇・二九〇・四一八・四七七
霜夜　二五五・三二四・四五七・四八九・五三四・六三九
冷え　二九四・五九四・六八二
寒し　一九・八四・一三六・一五四・一六五・一八九・二五五・二七〇・三〇六・三〇七・三〇八・三一一・三九三・三九六・四〇八・四〇九・四四四・四八四・四八五・五〇四・五〇五・五一九・五五二・五九〇・七〇六・七二一
凍て　三〇七・三二三・三三三・四〇八・四一一・四一二・四四五・五一三・五二〇・五七二・五七四・五七五・五七七・五八六・五八七・五八九・五九〇・五九七・五九八・六〇七・六〇八・六二三・六三七・六七一・六七二・六七五・六九二・七〇九
冴ゆる　四〇九・五八九
寒波　六五六
三寒四温　四一三・四五七・五三四・五七七・六八七
厳寒　三三九・四四四・四九二・五一九・六七〇・六九三
冬深し　三〇六・四八三・六八四・六八七
春近し　五八・一四一・一六五・一八三・一八七
冬尽く　四八・三六六・四九八・五九九・六七九

［天文］

冬の日　一九・九九・一三〇・一四一・一六五・一六八・一八七・一九二・二三三・二四六・二八八・三一二・三三三・三九四・四四五・四七六・四八八・五二〇・五六四・五七四・五八五・六〇七・六〇八・六二三・六二四・六三七・六三八・六五五・六五六・六七一・六七三・六七四・六九二・六九四・六九六・七〇二
冬晴　一九・二九・四八・七一・七八・三四八・四三三・五一三・五七一・六二三・六三七・六五五
寒晴　二八六・二九〇・三〇五・三一二・三四〇・四一〇・五一三・六〇七・六三七
寒旱　六八七
冬の空　一三〇・一五四・一九二・三一二・三九五・五七二・五七五・五九八・六三七・六七三
凍空　五七五・六七四・七一五
冬の雲　三七・二二〇・五六四
凍雲　四四四・五一九・五八九
冬の月　八四・三一〇・五九八・六三七・六九三
冬の星　二八八・二九〇・三四九・四九六・六七〇・六七三
冬凪　七一・二〇八・四六六・五三五
冬の風　二九・六四・一〇六・一三〇・二〇〇・二一〇・二六七・六二三・六五八・六八七
木枯　一五四・六七三
北風　二〇・六四・九四・二八九・四七六・六二三・六七四
空風　四〇九・五七三・五七六
雪颪　二八六・四七六
嶽颪　六八六
初時雨　三七・二四六・二六九・二八五・二八六・二八七・四七五・五七三・六五六・七〇七・七一六
時雨　四八・一〇六・一五四・二七〇・二八六・二八八・三二四・三三五・三九五・四八九・四九三・五一三・五七六・五八七・五八八・六〇七・七一三・七一八
冬の嵐　六七一・六八七・六九七・七〇七
霰　二九・一二二・二二三・二五五・二七九・二八六・三六四・四七二・四七六・四九八・六三八・六九二・七〇一・七〇二
霙　六四・一六六・一八三・六八七
樹氷　三三四・五九九
霜　七一・七八・九一・一〇六・一一〇・

一三〇・一五四・一九二・一九七・二六七・三〇五・三〇六・三二七・三九五・四〇七・四〇八・四一二・四三三・四四四・四八四・五一二・五一九・五二三・五三四・五三五・五五一・五七二・五七三・五七四・五七六・五七七・五八七・五八九・五九六・五九七・六〇七・六〇八・六二四・六三九・六五七・六五九・六七二・六八五・六八六・六八七・六九二・七〇二・七〇七・七〇九・七一二・七一三・七一四

雪　一九・二〇・二九・三七・四八・四九・五九・七一・七八・八四・九一・九四・一〇六・一〇七・一一七・一三〇・一四四・一八五・一九二・二〇〇・二〇三・二〇八・二一四・二一六・二二三・二二七・二四六・二五五・二六七・二六八・二八五・二八九・三〇五・三〇六・三〇八・三〇九・三三九・三六三・三六四・三九三・三九四・四〇六・四〇九・四一二・四二一・四四三・四五一・四五二・四五七・四五八・四六六・四六七・四七七・四八三・四九二・四九七・五〇四・五一八・五一九・五二七・五三四・五三五・五四六・五四七・五四八・五五二・五七二・五八五・五八六・五八八・五八九・五九七・五九八・六〇一・六〇六・六〇七・六一五・六二四・六二五・六二六・六二七・六三八・六三九・六五七・六五八・六五九・六七二・六七三・六八四・六八七・六九四・六九六・六九七・七〇二・七〇六・七〇七・七一二・七一四

風花　二〇

冬の雷　八四・二〇五

雪起し　四四五・五二〇

冬の霞　三八・二一九・二八五・三〇三・三〇六・三二二・四五七・四七五・五三四・五七四

冬の霧　二九・二二三・四五三・五二七・六五六

冬の紅　三四八

冬の虹　四一二・六二三

［地理］

冬の山　一〇六・一三〇・一三六・一五四・二〇〇・二六七・三〇四・三九六・四三四・四四五・四六六・四八三・五〇五・五二〇・五四六・五四七・五五一・五六四・五八五・五八六・五九七・六二五・六二六・六三八・六三九・六四〇・六五七・六五八・六五九・六七一・六七二・六七三・六九二・七一二

冬の富士　三九六

枯山　三〇七・六二三

冬の渓　六二六・六三七・六八七

山眠る　七一二

枯野　一五五・一六六

冬景色　三四八・四九五

水涸る　四四三・五一七

冬の水　三八・八四・二〇五・三二二・四〇九・四五三・五一三・五二八・六三八・六五五・六五六・六七四・六九二

冬の泉　六四〇

寒の水　四九・二三三・三〇八・四八四

冬の川　三八・五五一・五九八・六七四・七一四・七一五

冬の海　一三〇・一五五・一九二・五八九

寒潮　二六七

霜柱　五五一・五九七・六〇八・六三九

凍土　三三九・四四三・四九二・五一七・五五一・六〇七・六七一

氷　一一〇・一六六・三〇七・三三三・四一〇

冬の滝　三〇六・四三三・五一三

凍滝　四四三・六二六・六二七

［人事］

年用意　五八八

歳の市　二三七・二九〇

年木樵　八四・二〇五・四三〇

追儺　二四七・四五三・五三〇・五四八・六〇六

豆撒き　三一四・四八六・五四八

貘の枕　二七九・四七二

岡見　一五五
煤払　一一〇・一三〇・一六八
社会鍋　三四九・四九六
餅搗き　五九八
年守る　六五四
冬服　二九・二三三
綿入　六四・八五・二〇五
蒲団　一三・一三〇・一三一・二四七・二八七・二八八・四四四・四七六・五七三・七一八
胴着　七一・二〇九
褞袍　二九・二三三
頭巾　一三〇
冬帽　九一・一三〇・一九二
襟巻　六四・二一〇
ショール　五七五
手袋　一一〇・一六六・五七五
足袋　八五・三〇三・三三三・四八二・四八九・六七三
マスク　二七九・四〇九・四七二・五一三
寒稽古　一〇七・二〇〇
毛糸編む　二六九・三〇五・五七五
寒声　一五五
餅　五七七
寒灸　七一・二〇八
雪見舞　五九七
蕎麦掻　四一六
寒卵　二三三・二五五・三〇三・四八二
雑炊　四一六
河豚汁　二一・二二七
蕪汁　一六六
茎漬　一三六
冬籠　六四・七九・一〇〇・五九八・六七一・七〇二
雪搔　一四四・一八五
冬の灯　九九・一三一・二六八・二九〇・四四五・五一九・五二〇・六二三・六五五・六七〇
冬座敷　四九・七二・一〇〇・五六四・五八七
障子　三四八・三九三・五〇三
衾　四四五・五二〇
屛風　五九・七二・五二〇・五五三・六二五
暖房　三〇五・四八三・六二三
電気炉　三〇四・三〇六・六二五
暖炉　七三・八五・二〇五・二八七・三〇三・三三三・四一五・四八二
ペチカ　二七九・三三三・四八九
炭　四九・九四・一三一・三九五
埋火　一三三・一六六・一九三
炭売　八四・一四一・二〇五・六〇六
炬燵　三八・九四・一〇〇・四三四
炉　五九・六五・九一・一三一・二五五・二七〇・二八五・二八六・二八八・三六三・四一六・四五二・四七六・五一七・五二六・五三七・六〇八・六七四・七〇六・七一六
榾　六五・八五・一〇〇・一三一・一三三・一四一・一八七・二一〇・二八五・四一六・四七五
薪を伐る　七一五
火桶　二〇・一二一・一三一・一九二・二三七
火鉢　三八・二三〇
温石　二〇・二二七
温室　二七〇・三〇三・三〇四
懐炉　二三七・五七二・五八八
湯婆　四九・九一・二〇三
炉開　一三〇・一六八・一六九・一九二・
二五五
新暦売出　四九・七八・二一六
暦の果　四九
焚火　二〇・四九・六五・七九・八五・一〇七・二一七・三〇四・三三三・三三九・三六三・四一〇・四三四・四四五・四八三・五一三・五二〇・六〇六・六二六・七一五・七一七
火事　一三三・二三七
雪沓　一〇〇
樏　七三
橇　九四・一三一・一九二・二四七・四一九・四五二・五二八・五五一・五五二・六四〇・六五九
冬耕　二一・三〇四・四八三・五七六
蕎麦刈る　八五
麦蒔く　一一〇
甘藍植う　六一三
寒肥　六九四
狩　三八・一一七・一九六・二五五・二六八・二六九・二八五・三四八・四三三・四五七・五三四・五八九・六二五・六八六・六八八
鵯罠　四四三・四四四・五一九

竹瓮　一五五
泥鰌掘る　二九
牡蠣剥く　二五五
炭焼　四五二・四五三・五二八・七〇六
避寒　七三・二〇九
雪見　四六六・六九七
スキー　五四七
風邪　七九・三四九・四〇九・五一四
湯ざめ　三三二・三四八・四九五・五二七・五七四
嚏る　三三三
水洟　一一七・二八七・二九〇・四七七
息白し　六五六
木の葉髪　五七三
皹　二六九
雪眼　二五五・二八六
懐手　三〇三・四八二・六九七
日向ぼこ　三八・二三三・五五一・五五二・五七三・五八五
新兵入営　七八
悴む　五九〇
北窓塞ぐ　七三

[行事]

神送　四九
神農祭　三三
神楽　二九・一四一・二二三・二三三・二四七・三〇三・四一〇
報恩講　六九一
除夜の鐘　二六七・四六六・五四七
寒詣　六五五
寒念仏　二一
クリスマス　二三三・二六八・二七一・二七九・三〇九・四七二・五七五
聖燭祭　二五九・二八八・三四二・四九三・五九一
芭蕉忌　二七・四七・四四四・五一八
空也忌　一三三
一茶忌　三〇・二二三
近松忌　三〇
契沖忌　五五九・六〇〇
昔斎忌　五〇・六五
仏山忌　六五
破浪忌　七九

[動物]

冬眠　二四六・二八九
狸　一三三・一九三
貉　三八
むささび　二六九
竈猫　二六八・四五三・五三七
鷹　三四・五七三・六二三・六三六・六五六・七〇八
鶲　三〇・三八・五九・六五・一〇〇・二一一・二一四・二二〇・二二四
冬の鳥　三三二・三三四・四五三・五二八・六五七・六九三
冬の雁　六九三・七〇七
冬の鵙　三〇五・四八三・五七二
冬鶯　三三三
笹鳴　一五五
梟　六三三
木菟　七三・二八七・三〇七・四七六・四八四・五四五
鷦鷯　五五一・五七三・五八九・七一四
水鳥　九一・一六九
浮寝鳥　五五二
鴨　五七三・六三九・六七二・七〇八
鴛鴦　九四・一一〇・一二一・四五八・五四六・五五二・五七四
千鳥　一一七・一三三・一四一・一五五・一六九・一七四・一七五・一八一・一八五・一八七・一九六・四二一・五五三・六三一・六八五・七一三
都鳥　五八八
冬鷗　五七四
鶴　三五〇・四〇九・四一〇・四九六・五一三
凍鶴　四一〇
白鳥　六九二
鶏乳む　七三・二〇九・二八四・四七五
鮟鱇　一五六
氷下魚　三〇九
寒鯉　二一・二四七・二六八
寒釣　四九
河豚　一三五・六〇八
海鼠　三九五
凍蝶　二六八・五八八
冬の蠅　四九
雪虫　四四五・五二〇・五三五・五七六

[植物]

寒梅　四五五・五三〇
冬至梅　四五五・五三〇

781 季題索引

帰り花 ………………………… 一五五
冬桜 …………………………… 五五三
冬薔薇 ………… 二六八・二六七・三〇一
冬茶花 ……… 二五四・二六八・五五三
山茶花 …………………… 六八五・七〇一

八つ手の花 …………… 二六六・三七一

茶の花 …………… 二六九・二七〇・四七・一四五・五八
蜜柑 ……………… 三〇・五五・六八・一四五
枇杷の花 ……… 三六五・四五三・四六八
冬紅葉 ………… 四四三・五五七・五二一
木の葉 ……………………… 三三三・三四二
落葉 ……… 三九・六五・六六・八五・九六
枯葉 …………………………… 一六五・八五
枯芭 …… 五五七・五五九・六三四・六三九

朽葉 ……………………… 三〇七・四七三
蔦枯る
冬木立 ……… 三・四一・一三三・二四三
冬の草 …………… 二〇三・二〇四・六三六
冬枯れ ……… 四三二・五五八・五九三
冬枯の草
霜枯れ ………… 二八五・三三〇・四九〇

冬苺
水仙 ………………………… 三〇六・四九三
柊の花 …………………………… 七六
冬菊 ………………………… 一四五・一六六
枯菊 …………………………………… 一三三
枯蓮 ……………………………………… 一三三
葱 …………… 三・一九五・一六六・一六九
大根 …… 一〇〇・一〇二・一二三・一三三
苴枯る ………………………… 七・一八
蘿麻枯る
枯蘆 ……………………………… 五五五
枯萩 ……………………………… 二・三四七
枯芒 ………………………………… 一二三
枯荏 ……………… 三六七・五六九

草枯 …………… 二七・一五四・二二・二四

新年

[時候]

藪柑子 …………… 一五四・四五〇・四七四
石蕗の花 ………………………………… 二二

新年 … 一・二二・二三〇・二三三
初春 … 三二・二〇・二三〇・二四〇
正月 … 三・三〇・三三〇・四三四
睦月 … 六・四二・六二五・六三・六六
初昔 … 三五七・四四八・五五八・若七
去年今年 … 三五七・四八・五五八・若七

元日 … 五九・一五六・二〇・三九六
旧年 … 五三・一五四・六二三・六二七
去年 …………………………………… 六九七
三日 ……………………………………… 三九
人日 ……………………………………… 四四
松の内 ……………………… 一六・四二七
松過ぎ … 二六〇・三四六・三三五・四二七
小正月 … 三四〇・三五四・四四三・七〇三
女正月 …………………………………… 六三七
三ケ日 … 三〇・三二・二三七・四二四

[天文]

初空 ……… 三三八・四二二・三九六・六四四
初日 ……… 四四八・五一・四三二・五六五
初凪 ……………………… 四四五・五三三
御降り …………………………… 五一・五五七
初霞 … 三五七・三五九・四二一・四九四

五三
淑気　三九・二二四・三九九・四二三

[地理]

初富士　二五六・三九七・四三四・六二八

[人事]

朝賀　二八八・四七六
子の日の遊　二二・四三五
弓始　三九・一四六・三一三・四八六・五一四
門松　一四六・三五八
飾　二・三・三九・二二四・二三四・三七四・四三四・五〇〇・五六五・五九〇・六六〇
蓬莱　一一・二二四・二二七
鏡餅　四三六・五三二・六六〇
飾り臼　三三七・三一三
雑煮　五一
太箸　八五
庭竈　二七九・四三五・四七二
女礼者　三九・六四五
歳玉　六六
書初　一六三
読初　二五六
買初　四一九
薺打　四三六・六二八・六四五
薺摘　四五八・五三一・五三九
松納　三四一
十四日年越　五一四
繭玉　七三・一三一・一四六・一八九・二〇五・二四七・二五六・三七四・五四七
藪入　二九六
万歳　一〇七・一九七
鳥追　六〇
著衣始　八六
春着　五〇・二二一・三九八
春袋　三一・二二七・三一四
椒酒　五三一
薺粥　六四五
初湯　一一・五一・二二一・二三四・三一三・六六〇
初鏡　三七四・五〇〇
日記始　五〇・二二一・二八〇・四二一・四七二・五六五
初竈　二九五・四三六・四七九・五四七
織初　五〇・五一・二二一・二九五・三四一・三五七・三五八・四〇〇・四九四
鍬始　一一・五〇・三七四・六二八
山始　五一・五四八
樵初　五六五
歌留多　三一・二二七・五九一
絵双六　六六
羽子　三四〇・四三五・五一四・六九三
手毬　一〇〇・一四六・一六三・二三八・二四七・四一九・六六〇
凧　七三
破魔弓　五一・二二一
弾始　五七七
初能　四〇〇
初鼓　三一・五四七・六四五
初芝居　一五六
寝正月　六二七

[行事]

恵方　七〇七
初卯　五一

[植物]

楪　一一七・三一三・五四八
歯朶　三
若菜　三

雑

雑　二四八・二九〇・二九五・三三九・三五一・四一三・六〇四・六八三・六九三・六九五・六九八・七〇〇・七〇三・七〇五・七〇七・七〇八・七〇九・七一〇・七一一・七一三・七一四・七一六・七一七

飯《いい》田《だ》蛇《だ》笏《こつ》全《ぜん》句《く》集《しゅう》

飯《いい》田《だ》蛇《だ》笏《こつ》

平成28年 6月25日　初版発行
令和7年 3月20日　11版発行

発行者●山下直久

発行●株式会社KADOKAWA
〒102-8177　東京都千代田区富士見2-13-3
電話　0570-002-301(ナビダイヤル)

角川文庫 19834

印刷所●株式会社KADOKAWA
製本所●株式会社KADOKAWA

表紙画●和田三造

●お問い合わせ
https://www.kadokawa.co.jp/（「お問い合わせ」へお進みください）
※内容によっては、お答えできない場合があります。
※サポートは日本国内のみとさせていただきます。
※Japanese text only

Printed in Japan
ISBN978-4-04-400039-4　C0192

角川文庫発刊に際して

角川源義

第二次世界大戦の敗北は、軍事力の敗北であった以上に、私たちの若い文化力の敗退であった。私たちの文化が戦争に対して如何に無力であり、単なるあだ花に過ぎなかったかを、私たちは身を以て体験し痛感した。西洋近代文化の摂取にとって、明治以後八十年の歳月は決して短かすぎたとは言えない。にもかかわらず、近代文化の伝統を確立し、自由な批判と柔軟な良識に富む文化層として自らを形成することに私たちは失敗して来た。そしてこれは、各層への文化の普及滲透を任務とする出版人の責任でもあった。

一九四五年以来、私たちは再び振出しに戻り、第一歩から踏み出すことを余儀なくされた。これは大きな不幸ではあるが、反面、これまでの混沌・未熟・歪曲の中にあった我が国の文化に秩序と確たる基礎を齎らすためには絶好の機会でもある。角川書店は、このような祖国の文化的危機にあたり、微力をも顧みず再建の礎石たるべき抱負と決意とをもって出発したが、ここに創立以来の念願を果すべく角川文庫を発刊する。これまで刊行されたあらゆる全集叢書文庫類の長所と短所とを検討し、古今東西の不朽の典籍を、良心的編集のもとに、廉価に、そして書架にふさわしい美本として、多くのひとびとに提供しようとする。しかし私たちは徒らに百科全書的な知識のジレッタントを作ることを目的とせず、あくまで祖国の文化に秩序と再建への道を示し、この文庫を角川書店の栄ある事業として、今後永久に継続発展せしめ、学芸と教養との殿堂として大成せんことを期したい。多くの読書子の愛情ある忠言と支持とによって、この希望と抱負とを完遂せしめられんことを願う。

一九四九年五月三日